· 江淮名师成长之路 ·

不忘初心，砥砺前行

—— 一位家乡教育守望者的成长记忆

杨明生◎著

安徽师范大学出版社

· 芜湖 ·

图书在版编目(CIP)数据

不忘初心,砥砺前行:一位家乡教育守望者的成长记忆／
杨明生著.—芜湖:安徽师范大学出版社,2019.3
　　ISBN 978-7-5676-3974-4

Ⅰ.①不… Ⅱ.①杨… Ⅲ.①传记文学－中国－当代 Ⅳ.①I25

中国版本图书馆CIP数据核字(2019)第041476号

BU WANG CHUXIN, DILI QIANXING

不忘初心,砥砺前行

———YI WEI JIAXIANG JIAOYU SHOUWANGZHE DE CHENGZHANG JIYI

——一位家乡教育守望者的成长记忆

杨明生　著

责任编辑:王一澜
装帧设计:丁奕奕
出版发行:安徽师范大学出版社
　　　　　芜湖市九华南路189号安徽师范大学花津校区　　邮政编码:241002
网　　址:http://www.ahnupress.com/
发 行 部:0553-3883578　5910327　5910310(传真) E-mail:asdcbsfxb@126.com
印　　刷:江苏凤凰数码印务有限公司
版　　次:2019年3月第1版
印　　次:2019年3月第1次印刷
规　　格:700 mm×1000 mm　1/16
印　　张:14.75　　　插　　页:4
字　　数:243千字
书　　号:ISBN 978-7-5676-3974-4
定　　价:50.50元

证 书

杨明生 同志：

　　为了表彰您为发展我国

教育　　　　　　事业做出的突

出贡献，特决定发给政府特

殊津贴并颁发证书。

国务院

政府特殊津贴第 9855 号　　　　一九九八年十月一日

中国化学会
Chinese Chemical Society

化基奖第 201402 号

证 书
Certificate

授予 杨明生

Award to Mingsheng Yang

"中国化学会化学基础教育奖"

以此表彰其在化学基础教育工作中取得的显著成就

the "Chinese Chemical Society Prize for teachers who teach chemistry

in secondary school" in recognition of their outstanding achievements

中国化学会
Chinese Chemical Society

2014 年 8 月

荣誉证书

杨明生 同志被授予安徽省
特级教师荣誉称号。

一九九九年四月二十九日

第99091号

荣誉证书
HONORARY CREDENTIAL

授予 杨明生 同志
"江淮好校长"荣誉称号。

二〇一三年九月六日

安徽省先进工作者

安徽省先进工作者

证 书

授予 杨明生 同志
"安徽省先进工作者"
荣誉称号。

安徽省人民政府
二〇一二年四月

编号：0125

2018年安徽省基础教育教学成果奖

获

奖

证

书

证书号：JJCG18027

成果名称：高中生活 从这里起步——基于习惯
养成和思想道德建设的基础教育改
革实践

成果持有人：杨明生、王勇、蔡永平、郑家金、
王德宝

持有人单位：六安市霍邱县第一中学、霍邱县
第二中学、霍山中学、霍邱县
第三中学

成果奖次：一等奖

安徽省教育厅
2018年7月30日

奖励证书

杨明生　何鼎友　贾　斌　张初平等：

中学生思想道德与习惯养成教育研究 荣获第八届安徽省教育科学研究优秀成果评比壹等奖。

特发此证

安徽省教育厅
二〇一一年十二月

授予

杨　明生 同志"安徽省中小学教坛新星"光荣称号，特此表彰。

第263号

安徽省教育委员会
一九九七年七月

获奖证书

杨明生 同志：

在全省中小学优秀德育实践案例评选中，您撰写的
《记课堂……》获得 二 等奖，特发此证，
以资鼓励。

安徽省教育厅基础教育处　　安徽青年报社

二〇一二年十二月二十六日

杨明生 同志：

被评为一九九五年安徽省

优秀教师

安徽省教育委员会　　安徽省人事厅

一九九五年九月

第 211 号

聘　书

兹聘请 杨明生 同志为第三届

省督学，聘期三年。

安徽省人民政府副省长
安徽省人民政府教育督导委员会主任

2013年6月

荣誉证书

授予杨明生同志"六安市专业技术拔尖

人才"荣誉。特发此证，以资鼓励。

六安市人力资源和社会保障局

2018年2月

姓　名 Full Name	杨明生	系列名称 Category Appellation	中小学教师
性　别 Sex	男	专业名称 Specialty Appellation	高中化学
出生年月 Date of Birth	1963.06.	资格名称 Qualification Appellation	正高级教师
工作单位 Working Unit	六安市霍邱第一中学	评审时间 Appraisal Date	2017.01.14
		评委会（章） Commission(Sign) 2017 年 01 月 14 日 Y　　M　　D	

聘　书

杨明生 老师：

您当选为第二十九届中国化学会化学教育委员会委员。任期自二零一四年十月至二零一八年十月。

中国化学会化学教育委员会

二零一四年十月 日

江淮名师成长之路
编委会
（按姓氏笔画排序）

主　　编：周兴国

副 主 编：阮成武

其他委员：李宜江　辛治洋　聂竹明

总　序

从理论上说，教师专业发展存在"补缺"和"成长"两种主要模式。前者主要是为了弥补教师在教育教学上存在的某些缺陷而开展的培训活动，旨在提供一种外在于教师的知识、技能，以弥补教师存在的这些素质上的不足和缺陷，促进教师的客体性发展；后者主要指与教师对其自身教学实践进行持续性探究相伴随的各种发展活动，促进教师的主体性发展。近些年来，我国教师专业发展多采用是的一种客体性的发展方式，即试图通过各种各样的培训来弥补教师存在的知识、能力或观念的"缺陷"，以期达至专业发展之目的。相对于教师培训这种客体性的发展方式，是教师作为教育活动和专业发展的主体，基于教育实践进行自我式、伙伴式或团队式的探索发现、经验总结、深度反思，实现经验的生成和分享，实现一种主体性的专业成长。

为此，近年来我们发起成立的安徽省教师教育协同创新中心，在开辟教师教育协同创新实验区，开展教师职前培养模式改革的同时，注重与一线优秀教师的合作和协同，发掘他们在教育实践和职业生涯过程中积累形成的成长经验，并将此作为成功案例进行系统整理和编辑出版，提供给广大在职中小学教师在专业发展过程中分享。特别是安徽省政府及教育主管部门先后从全省中小学教师中遴选了一批"江淮好教师""江淮好校长""江淮好班主任"，他们的事迹虽然得到表彰和一定的宣传，但都不够系统、深入和完整，难以反映这些优秀教师在各种岗位上探索成长的心路历程。为此，安徽省教师教育协同创新中心联络这些优秀教师进行深度讨论和策划，希望他们将专业成长的历程和经验，以教育生活史的方式进行叙事和讲述并整理出来。这不仅有利于他们自己进一步的探索和成长，更是准备投身教师职业的师范生和广大中小学教师在职学习的活教材，也有利于他们探索和总结教师成长、发展的规律，促进教师专业发展研究和教师培训模式的创新。

《中共中央 国务院关于全面深化新时代教师队伍建设改革的意见》指出，"兴国必先强师"，"教师承担着传播知识、传播思想、传播真理的历史使命，肩负着塑造灵魂、塑造生命、塑造人的时代重任，是教育发展的第一资源，是国家富强、民族振兴、人民幸福的重要基石"，并提出"培养造就数以百万计的骨干教师、数以十万计的卓越教师、数以万计的教育家型教师"。习近平总书记在全国教育大会上进一步指出："建设社会主义现代化强国，对教师队伍建设提出新的更高要求，也对全党全社会尊师重教提出新的更高要求。人民教师无上光荣，每个教师都要珍惜这份光荣，爱惜这份职业，严格要求自己，不断完善自己。"新时代教育呼唤党和人民满意的高素质、专业化、创新型教师队伍。围绕新时代教师教育建设，党和国家制定出台了一系列重要的教育政策措施，但最关键的还是广大教师自身的思想自觉和行动自觉，牢记使命、不忘初衷，爱岗敬业、教书育人，改革创新、服务社会。

我们遴选的这些优秀教师都是扬名一方的江淮名师。他们或在城镇或在乡村，工作的环境和条件各不相同，但他们都执着于教书育人，有着热爱教育的定力、淡泊名利的坚守，更有着在教育实践中不断探索、创新的活力和韧劲。他们将自己的成长之路系统回顾和梳理出来，从中看到他们探索的步履、成长的足迹、成功的欢欣。我在阅读过程中一次次为他们的故事所感动，也从他们的成长之路中得到启示和教益。相信准备投身教师职业的师范生和广大中小学教师，通过这些江淮名师成长的活生生的故事和心语，同样能够领略和分享到乐育英才的成就感和幸福感。

这套丛书由安徽师范大学教育科学学院周兴国教授和我总体策划，辛治洋教授、李宜江教授、聂竹明教授、吴支奎副教授、徐赟副教授、孟庆娟老师和柳丽娜博士、马兴博士等做了大量的具体工作，尤其得到各位作者的鼎力支持，安徽省教师教育协同创新中心和安徽师范大学教育科学学院提供了出版资助，在此一并致谢！

是为序。

阮成武

二〇一八年十一月一日

且行且思：为什么选择留守

2012年4月，我当选安徽省先进工作者。后来，组织上为我写了这样一段广播稿：

杨明生同志，一位甘于留守家乡教育的化学教师，在平凡的教育教学、学校管理及教育科研工作中，艰苦奋斗、勇于创新、爱岗敬业、淡泊名利、甘于奉献、争创一流，创造出了不平凡的工作业绩，为霍邱教育乃至我国基础化学教育事业做出了突出的贡献：从一位普通中学化学教师到享受政府特殊津贴，获得"安徽省特级教师"称号，获得"安徽省中小学教坛新星""安徽省优秀教师"等荣誉称号，被聘为安徽师范大学客座教授和该校教育硕士研究生导师；从一位普通共产党员到"安徽省先进工作者"、十佳安徽省"江淮志愿服务优秀典型"、"六安市先进工作者"、"六安市优秀共产党员"、"六安好人"；从公开发表600余篇文章的教育科研能手到全国优秀教育硕士，全国"十一五"教育科研先进工作者，"全国高中化学新课程实施先进个人"，"中国化学会首届化学基础教育奖"获得者（全国仅十位获奖者，杨明生同志是安徽唯一的获奖者），中国化学会第29届化学教育学科委员会委员（全国中学化学教师仅2位），第八届安徽省教育科学研究优秀成果一等奖获得者，安徽省中小学优秀德育实践案例特等奖（全省十个），"安徽省家教名师"，"六安市学科带头人"，六安市名师工作室首席名师……他犹如一颗璀璨的教育教学与教育科研明星，闪耀在皖西乃至安徽大地上。学生和家长信任他，同行羡慕他，专家佩服他，领导夸赞他。然而，这累累硕果里却浸透了杨明生同志奋斗的心血和汗水，这一个个光环上镌刻着杨明生同志勇于探索、积极进取的足迹。如今，杨明生同志虽已过了知天命之年，但仍然充满激情地奋斗在教育教学及教学管理一线。如果说，他两鬓长出的每一根白发都是一个音符，那么它们组成的就是一首一位家乡教育守望者高亢的奉献、敬业、爱岗之歌；如果说，他额头上的每道皱纹都是一条深深的印迹，那么它们组成的就是一条勤奋者坚实的勇于创新、艰苦奋斗之路。

霍邱的水土养育了一方教育人才，然而就在很多人才纷纷外流的时候，杨明生这位倍受社会各界关注的教育奇才，却淡泊名利、甘于留守，无怨无悔地选择了霍邱教育，甘愿当一名家乡基础教育忠实的守望者。

广播稿一经播出，很多关心我的人，都在纳闷，到底霍邱这片贫瘠的土地有多大的磁力，能够吸引我放弃一次又一次外出的机会，舍弃一个又一个优厚的待遇，甘心地留守在这个国家级贫困县。其实，早在2010年3月27日，我在霍邱教育博客网上发表的《我为什么选择留守》的博文，就已经回应了大家的困惑。

我为什么选择留守

前不久，我偶遇一位老朋友，他向我发出了这样的疑问：你怎么还没有离开？他说："你之所以还留在那个地方，还在校长那个位置上，只可能有两方面的原因：要么是因为'灰色收入'高，舍不得离开；要么是有点傻，对外面的世界没感觉。"

这位朋友的疑问是真诚的，绝没有鼓动我离开的意思，我也不会怪罪这位朋友。但我要说的是，我既不傻，对身边发生的一切，心里都有数，又不留恋所谓的"灰色收入"，因为根本不存在所谓的"灰色收入"。

如果我真想走，1992年我被中国青年政治学院青年工作系录取，我就走了。如果真的走了，可以说无论对自己、对家庭，还是对孩子都比现在要好上千倍、万倍，用天壤之别来形容绝不为过。这也是我人生当中最"后悔"的一件事，这也是我最对不起我孩子的一件事。每当我受到委屈、遭受打击或受到不公平待遇的时候，我的心里总是有一丝丝的酸痛，甚至流泪（脆弱是我最大的缺点）。当为了孩子找工作投朋靠友的时候，当为了学校的工作拜这求那的时候，当为了别人的事走东奔西的时候，我真正感受到了错过机会的可惜和被冷落的可怜。记得我当年放弃上学时，我的叔叔骂我，我还和他顶过嘴——难道我的眼光不如一位普通的农民？难道我真是像这位朋友所想的有什么割舍不了的恩与情？

　　我的一位在教育界德高望重的老领导，也是我的老朋友（至今他仍然喊我老弟），多次对我说："一方水土养一方人，在我们这个地方有什么不好呢？至少我不愿意看到你走。"那一年的春节，我应邀与同志们一道给一位曾经分管霍邱县教育的老领导拜年，这位在我心目中很严肃的领导热情地招待了我们。席间，他站起来对我说："我要敬你三杯酒，为什么呢，就是因为当年我按照县委主要领导的意见，代表组织阻止了你去××学校任职。我们还向上级组织上说，这个人有点小本事，就是有点不成熟！"这是我第一次听说，我差一点因工作需要被上级调走！也许那次走了，我现在可能不是这么一种境况了，因为有了一个新的平台。但我没有后悔，因为后悔也来不及了。

　　又是一年，我心情特别不好，真的想走了，倒不是为了高薪，纯粹是想离开这个让我伤心的环境！不是因为伤心的人，而是因为让我伤心的事，那就是一封关于我的所谓的人民来信（一封匿名信）。有人围绕我的生活与工作编写了8个问题，印发到各位领导手中，甚至给县直机关、乡镇主要领导都寄了。虽然我是被选择走，但绝对是违心的。我在全国100多位校长中脱颖而出，在那么难的情况下靠自身的努力谋得了一个位置。当地组织部门来考察，大家知道我要走了，从县领导到主管部门负责人心里都不是滋味，尽管大家都坐到一张桌子上吃饭了，但从一开始就有了火药味，最终的结果是可想而知的了——不欢而散。我去向领导请辞，他们都是一句话：到那去弄啥？！但我还是去上了半天班，下午我就又回到了我苦心经营、非常熟悉的地方，这次是我自己毫不犹豫地放弃了！北京朝阳区、广州南沙区、上海徐汇区、江苏南通市的学校都向我发出过邀请，但我最终都没有走！

　　那么，到底是什么让我选择了留下呢？是良好环境、人才机制，还是他人口中的"灰色收入"、家乡情结？我说，是我的一份又一份割舍不了的牵挂让我选择了留守！

　　我的母亲——一位非常善良的农村老太太，一位伟大的女性。我父亲早逝，是她独自操持这个家，供养我们兄妹五人，一生中历尽了人间的千辛万苦，让我们一个个成人成家！她老人家最大的困难就是不能坐车，甚至坐摩托车都晕得要命，作为家中老大的我，在她的有生之年，我绝不可能离开她半步！

我的单位——一个曾经十分薄弱的完全中学，通过这么多年的努力发展到今天，真的非常不容易，只有我们自己知道其中的艰难。一次又一次地创建，一批一批地拆迁，一个又一个的冲突，我忍辱负重，能走到今天非常之难！放学时分，我站在大门口，就会心潮澎湃，来来往往的学生流是对我最大的安慰。

我的朋友——我不仅拥有很多普通朋友，他们总是给足了我面子，我还有很多要好的朋友，他们总是对我以"教授"相称，以朋友相待。正是这些朋友了解我、支持我、欣赏我，正是他们鼓励的眼神、中肯的话语，让我能够经常感受到人世间的温暖与真情。特别是我心情不好的时候，大家可以带给我安慰与快乐！最难以忍受寂寞的我，最需要的就是这样的人文环境！

我的同事——我的同事们，他们都非常有个性，他们中的绝大多数都非常优秀、敬业。他们的个性是源于他们不屈不挠、不甘落后的性格，从不自卑、自强不息的精神，他们的优秀源于我们的积极引导和他们的不懈努力。没有他们的积极配合和努力，也就没有霍邱二中的今天。离开他们的支持，我很难想象该如何适应新的环境。

我的学生——我的学生是那么可爱！虽然他们的进校成绩是"三流""四流"的，但他们都和我一样，无论什么时候都充满着自信与乐观情绪。无论我多么忙，我的课堂教学都不能丢，那是我谋生的本领，专业发展的根基。我自以为我上课不会误人子弟，我不上课反倒是一种资源浪费。每每遇到学生的问候"老师好！"，我心里总会涌起一阵阵暖流！

我的课堂——我的课堂是活泼的课堂，多年来我为我的课堂教学积累了十分宝贵的中学化学教学资源。这种课堂气氛，既是我精心备课、广泛储备教学资源的结果，又是我充分利用本土化的教学情境和教学素材的结果。

我的资源——我在全国中学化学教育界和安徽省普通高中校长界的资源，我以为是不错的。我无论走到安徽省的哪里，我和我的同事们都会受到兄弟学校的热情接待，无论我出现在全国中学化学界什么样的会议上，总能找到知道我、关注我的人！

我的爱好——我的最大爱好就是"写"，在我所留下来的这个地方，我已经非常得心应手了，环境成熟了，和周围的人熟悉了，管理也成熟了，我可以放手，可以轻松，可以放得很开！我可以静下心来做学问，写的东西就会很多！

我的理想——我的教育理想就是我们能够早日实现教师敬业、学生勤学、环境优化、设施一流的教育。这个理想需要很多人真心的付出与努力，需要很多人静下心来"真抓实干"。从我们这每走一位教师，特别是成熟的、优秀的教师，我们就可能会少一分力量，特别是我的出走很可能就会动摇"军心"，我甚至还会成为人们关注的、受人指责的"教育逃兵"！

有人还会说，你选择留守，你又得到什么了呢？谁会把你看成中学化学界的学术权威？谁会想起你是一位资深的特级教师？谁又会注意到你是一位为"我国教育事业做出突出贡献"的享受国务院特殊津贴的专家？我要说，这些本是无所谓的，这些光环也许是对我选择留守的最厚重的奖赏，但这些光环绝不是我刻意去追求的！

当然，特级教师的出走，他们心甘情愿吗？背井离乡、离家别子，谁又愿意呢？我曾经说过，如果我不是特级教师，我就在学校里给特级教师这种优质的教师资源发高薪，有了高薪他们还会走吗？如果没有高薪、没有得到足够的重视，"特级教师"这个头衔就是他们出走的"助力器"！但我不能这样做，因为我是特级教师！我不能自己给自己制定奖励政策！现在想一想，他们出走也是无奈的选择，除了每月原来80元现在300元的津贴，还有什么值得留恋的呢？平时或节日里，谁又能想到他们的存在呢？谁又会想到他们曾经做出现在还在继续做出的突出贡献呢？

有位领导善意地提醒我：教师出走，哪个学校出走的最多呢？我说是我们学校。近三年来，霍邱二中调离或出走的优秀教师多达十几人。他们真的都非常优秀，其中有2位特级教师、4位优秀青年教师。他们的离开，并没有对我们的教育教学产生多大的影响，因为我们已经形成了自己的教师梯队。当然，谁要走，我们也不会阻止的，事实上也阻止不了！如果有一天我有权制定学校的奖励政策了，或许我会劝他们留下来，但至少现在我们的"待遇留人"机制还未建立！

学生外流并不可怕，关键是我们的优质教师资源不能外流，只要我们的教师资源能够不断优化，流失的学生资源终究会回来的。但一旦优质的教师资源外流了，恐怕学生资源外流只会加剧！我们今天的教育比过去什么时候都需要更多的守望者，而且是优秀的、敬业的、忠实的守望者！

百年大计，教育为本！用什么办法把教师队伍稳定住，是我们教育的千年大计，除了待遇，就是必要的人文关怀了，而且人文关怀比待遇更重要！

愿我们更多的优秀教师都能够选择留守，以教师特有的博大情怀，为这片艰苦而贫瘠的基础教育土地做出自己的贡献！

此博文浏览量创造了霍邱教育博客网单篇博文浏览次数最多的纪录，很多读者留下了感动的文字。

一位署名"zja"的读者在留言中写道：

近来，读霍邱第二中学校长杨明生先生的教育博客《我为什么选择留守》一文，深为先生坚守霍邱教育矢志不渝的精神而感动。在眼下诸多名师"孔雀东南飞，一去不复返"的背景下，杨明生校长的选择无疑是可贵、可敬、可赞的。感慨系之，特作此诗以记之：

很早就已熟悉了您的大名，

有谁能像您那样对故乡教育情有独钟！

您以自己非凡的智慧和执着，

深刻地诠释了什么是奉献、什么是真情！

选择留守，留下的是您对父老乡亲的一片赤诚；

不愿离开，这里有您孜孜以求志存高远的憧憬！

享受国务院特殊津贴的特级教师本来就凤毛麟角，

情系桑梓更是仰之弥高、令人崇敬；

这一方热土虽然潜力巨大，但还十分贫瘠，

她太需要像您一样出类拔萃的园丁！

您的去留牵动着众多期待的眼睛，

霍邱教育有了您是霍邱的大幸；

为了多出人才、快出人才，祝愿您在教育的蓝天自由翱翔！

一位署名"呵呵"的读者在留言中写道：

杨校长，你是我们霍邱教师的榜样。你的人格魅力和精神将在霍邱教育史上留下光辉的一页。你是人才，你是教育界的精英，这不光是指你的学识，更是指你的精神。你很务实，敢说、敢做，这是你的风格。真心希望在你的带领下不光是霍邱二中，全县的教育事业都蒸蒸日上，打出霍邱教育的牌子。向我你致敬。

现任霍邱二中校长，原任霍邱二中副校长王勇以"太阳"的名义留言：

读罢杨明生校长的《我为什么选择留守》一文，我的心灵受到很大的震撼和洗涤。作为杨明生校长的助手，我在教职工会上说过：我感觉很累、很辛苦。因为在他的引领下，你停不下来，他的身上放射出一种无形的力量，推着你前进。但我也告诉我的同事：当我们走出校门，走到兄弟学校中去，我们的成就感和自豪感就会油然而生。因为我们的教育观念、教学能力和水平远远超前，我们应用现代教育技术的手段和教科研能力令他人汗颜，我们的讲话很内行、很专业，不会贻笑大方。每当此时，我的心中感觉甜丝丝的，感觉"忙得其所"、累得值得。因为我学到了别人学不到的东西，得到了让我受益终身的宝贵精神财富。尽管现在每天忙得不亦乐乎，但我们还是和杨明生校长一道每天坚持一节课左右的晨练，打打太极拳、练练太极剑，感觉身上有使不完的劲，生活得非常充实。在此，真诚地向杨明生校长道一声"谢谢"。

一位曾经当过"教育逃兵"的"yugong"真情地写道：

感动于杨明生校长您的坚守！我读罢此文，已经泪光闪闪。向您致敬！您怀着对霍邱二中的深深的情意留在霍邱，霍邱二中的发展是您真心付出的结果。付出的越多，就会爱得越深，也许是您最后选择了留下的最主要的原因。看了您的这篇文章，我很惭愧，因为我曾经当过"教育逃兵"；看过您的这篇文章，我突然间有了一些动力！我今天看了干国祥老师的一篇文章，特别将里面的几句话送给您，也送给自己：

作为教师，以成就学生的方式，来成就自己的此生意义。

作为校长，以成就师生的方式，来成就自己的此生意义。

作为任何一级管理者、指导者，以成就他者的方式，来成就自己的此生意义。

而为了让自己所欲使之成就者能够看到希望，看到事实，我们总是需要率先坦呈出自己的卓杰，以自己的火光，点燃那些可以成为大光明的生命。

署名"gl909"的网友在他的留言中写道：

只有真正具备教育良知的高级知识分子的道德力量，才能先天免疫源于市场环境下名利场的诱惑。一种根植于对家乡、对事业、对亲友、对学生深厚而广博的挚爱，迸发出比金子更加耀眼的光彩，从而激起人们无限的深深崇敬。平凡的人生，伟大的灵魂。

一位寿县的朋友以"寿州园丁"的名义留言：

不论是春天时的枝繁叶茂，还是秋季里的一片金黄，杨树总是大自然中一道美丽的风景。他在享受自己精彩生命的同时，也在奉献着社会，服务于他人。拜读了此文，我心中感慨万千：先是感动，没想到理科出身的杨主任感情竟也如此细腻、丰富。看了您的博文更是欣赏不已，心动了……感谢您的留守，您让我们感到了您的故乡之恋、赤子之心。您发自心底的善，一定会感染很多人。您不会孤单，因为在您的身后，一定会出现一片根深干壮的杨树林，我们共同期待吧！

目　录

初入教坛：站稳讲台的艰辛 ……………………………………1

破格晋升：沉默十年的爆发 ……………………………14

勤奋耕耘：科研助力专业成长 ……………………22

勇于探索：教改路上知行合一 ……………………56

名师领雁：教学团队比翼双飞 ……………………73

立德树人：用真情践履教育初心 ……………………83

老杨树下：用博客记录教育生活 ……………………113

建功立业：在创建中成就学校发展 ……………………135

参政议政：为教育发展建言献策 ……………………169

携手同行：两岸交流的教育使者 ……………………184

选择留守：厚植家乡教育一片绿野 ……………………201

初入教坛：站稳讲台的艰辛

站稳讲坛的艰辛，也是耐得住寂寞的潜心付出。

1984年，我作为家中弟弟妹妹们的老大，带着对父母、弟妹的家庭责任，带着对家乡教育的一片赤诚之心，放弃了全省范围内"统分"的资格，被一张派遣证带到了霍邱教育局等候分配。那一年，安徽师范大学共有11位霍邱籍的毕业生，有3位毕业生参加了全省统一分配（1位物理系毕业生被分配到了当时的安徽省邮电学校，1位生物系的毕业生被分配到了当时的"淮南电大"，还有1位数学系毕业生被分配到了六安二中），其余8位毕业生全部都回到了原籍霍邱。经过等待，有4位毕业生被分配到了霍邱师范学校，1位毕业生被分配到了霍邱一中，2位毕业生被分配到了霍邱三中，还有1位毕业生被分配到了河口中学。我作为11位毕业生中唯一的化学教育专业毕业生，一开始是被分配到霍邱师范学校，由于当时的霍邱三中唯一的一位高中化学教师临时调往霍邱二中担任教务处副主任，当时已经到霍邱师范学校并熟悉了环境的我，被临时改派到了当时全县唯一保留两年制高中的霍邱三中担任高中化学教师。于是，我在霍邱三中开始了长达10年的站稳讲台的教书生涯。

当时，霍邱已经有两所重点中学，分别为地区重点中学霍邱一中和县级重点中学叶集中学，同时有霍邱二中、长集中学、河口中学、潘集中学等4所普通完中。当时的普通高中招生基本上都是属地招生，如长集中学主要招收长集片的初中毕业生，但家住长集、姚李、户湖、叶集四区的霍邱中考优秀毕业生，主要集中在叶集中学就读，家住周集、潘集、城郊、孟集等北四区及城关地区的中考优秀毕业生，主要集中在霍邱一中就读，这些学校全部为三年制。在此之前，霍邱三中并没有开设高中班，从全县选调的一批优秀教师主要负责复读班的教学任务。1984年9月，霍邱三中开始招收第一批高中生，招收2个高中班，我就成了霍邱三中两个首届高中班的班主任之一。我担任理科班班主任，和我一同从安徽师范大学毕业后分配到霍邱三中任教的尤业保老师担任文科班班主任。霍邱三中仅限在霍邱城关镇辖区招生，又是两年制，即中考成绩相对较好的学生去读三年制高中，而中考成绩相对偏低的学生只能读两年制高中。

虽然霍邱三中所招的这一届学生只有100多人，分文、理两个班教学，但它承载着我最初的教育梦想。这一届学生有其多重特殊性。从年龄上讲，他们中的大多数的年龄和我不相上下，最小的只比我小三四岁，班里还有一位同学与我同龄。在后来的复读班教学中，学生与我同龄的情况比较多见，甚至还出现了由于复读时间过长学生年龄长于老师的情况。从入学成绩看，他们都是当年所录取的高中学生中分数较低的，他们中间的绝大多数同学都不是智力上有问题的学困生，而是一些学习习惯不良，学习不刻苦，上课不听课，晚上看录像的问题生。当时，我与尤业保老师分别担任化学与政治教师，郑华老师担任英语老师，从河口中学调入霍邱三中担任教务处主任的伯克清老师担任语文教师，学校副校长祖朝奇担任物理教师，刚刚从农村初中调入霍邱三中的田大冲老师担任数学教师。在6个学科的教师当中，至少有4位老师从没经历过高中教学，可以说这些教师是一边学一边教，正常的情况应该是"在教中学"，而我们却是"在学中教"。

我抓住了学校外聘的霍邱师范学校教师赵家声老师在霍邱三中复读班教课的机会，一边听课，一边上课，在走上讲台的初始阶段就得到了名师的"真传"，在一定程度上加快了我专业成长与成熟的步伐。从1985年开始，我就一直担任复读班的化学教学任务，直到调离霍邱三中。短短几年的刻苦钻研，再加上在担任复读班教师期间不断的"速成"，我很快成了霍邱的化学名师。可以说，后来到霍邱三中复读班学习的学生中，绝大多数都是直奔着我化学名师的身份而去的。

1984年的霍邱三中和城区的其他中学一样，是一所完全中学，办有自己的初中部。霍邱三中所办初中部也非常有名，当时拥有龙素珍、丁培环、赵以佩、孙以珍、王保航、马明、徐金忠等一批非常优秀的初中班主任。我被分配到霍邱三中以后，因为只有一个高中班的教学任务，所以学校另行给我安排了初一年级两个班"植物学"的教学任务。在我从小学到大学的学习经历中，从没有学过生物，特别是植物学又不是初中毕业升高中的考试科目，对于刚刚走上讲台的我来说，这是一个极具挑战性的工作。不仅是没有教学经验的问题，而且有无法控制课堂秩序的问题。于是，我一方面向有经验的老师请教，向他们学习如何完成教学任务，找到控制课堂秩序的方法；另一方面，我积极探索课堂教学改革，探索如何把初中生不喜欢的课堂变成孩子们喜爱的课堂的方法。通过不断的学习、借鉴和自身的实践，我总结出了一套适合初一植物学甚至初中教学的方法，虽然这些方法也许很不科学，但确实非常有效，特别适合新教师教学使用。如，当课堂上秩序有点混乱时，我会突然大声说："现在开始勾书！"即让学生把课本上重点内容用笔划下来，学生的注意力很快就会集中到课本上来；当看到个别同学注意力不集中或想和其他同学说话时，我会突然向这位同学提问，让他把书上的内容背下来。这些简单的治理课堂的"招数"虽然非常简单，但能把学生听课的积极性、背书的主动性调动起来。我至今见到这些学生时，他们还会向我调侃："现在开始勾书！"他们说，他们的表现欲很强，自尊心也非常强，生怕背不好书，面子上过不去。1988年秋季学期，我兼任了一个班初中化学的教学任务，这是我从教30余年第一次也是唯一的一次承担初中化学的教学任务，虽然我在课堂秩序控制上有了一定的经验，但在教学内容把握上仍然是一片空白。在短短一年的教学时间内，我不得不面对一个又一个挑战。如，面对即将毕业的学生管理难度增大的问题，面对初中化学全新内容的教学难易把控问题，面对复习备考中有效指导学生参加中考的问题，等等。一年的时间虽短，可对我来说，却显得非常漫长，我既要熟悉新的学生，又要熟悉新的教学内容，还要熟悉中考的考试要求。这一年，我的付出是巨大的，但收获也是丰硕的。我既在教学生涯中有了初中化学教学的经历，熟悉了基础化学启蒙教育的内容，理解了初中化学教学的关键之所在；同时，又让我在高中新生入学之初如何开设初高中的衔接课程方面，有了一定的思想准备和知识储备，也印证了很多教学专家倡导的：高中化学教师应该具有初中化学教学经历。

我从事初中植物学和初中化学教学时间都是非常短暂的。可以说，从1984年开始，我一直没有离开过高中讲台，一直也没有中断过高中化学教学。除了仅有的几届因为在校长班学习，没有完整地带完一届学生外，我基本上都是把学生从高一带到高中毕业。在刚刚走上讲台那会儿，我没有任何教辅资料可以参考，没有任何校内的教师经验可以借鉴，手中仅有的工具书就是在大学里学习的《中学化学教学法》，还有就是一套高中化学乙种本教科书和与之配套的教学参考书。无论是对教学内容的把握，对课堂秩序的调控，还是教学方法的形成，包括如何备课、如何命题等，基本上都是靠自悟。没有试题，自己命制；没有人刻印，自己买来钢板、铁笔和蜡纸自刻自印……至今我右手的中指上还留着当年因刻写试卷留下的痕迹，也因此练就了我刻印试卷的特殊技能。

没有参考资料，没有试题集，没有网络，如何命制试题？我做了积极的探索，形成了当时条件下的命题思路，即一是源自课堂教学内容的原创，二是源自学生作业中的错题改编。如，在命制单元试题时，我总是习惯把备课笔记打开，根据教学内容的特点，即时编写填空题、选择题或主观题，然后把学生作业中常见的错题，通过改编题干、题型及提问方式的办法，对考试中的易错点进行巩固、强化。

我刚被分配到霍邱三中任教那会儿，霍邱三中的复读班已经非常有名了，特别是后来调到霍邱二中任教务处副主任、副校长，最后担任校长的王绪维老师，他从叶集中学调来后一直担任复读班的化学教学任务，他的教学成就了霍邱三中复读班在复读生心目中的极高地位。1984年夏天，随着王绪维老师调往霍邱二中，霍邱三中复读班化学教师岗位出现空缺。一开始霍邱三中有意让我担任复读班化学学科教学任务，并安排尤业保老师担任文科复读班的政治教师，但怕影响到复读班的招生，最终还是放弃了这一想法，并外聘了霍邱师范学校的赵家声老师承担复读班的化学教学任务。勤奋好学的我并没有受到学校决策变化带来的影响，而是坚持每天坐在教室后面听赵老师的课。记得有一次，不认识我的赵家声老师在课堂向我提问，其他同学才知道他们身边还有这么一位已经当了老师的"同学"。1985年春季学期，赵家声老师的爱人生病做手术，我不得不临时走上复读班的讲台，当了40天的临时代课教师。因为这样一个插曲，这一届理科复读班的同学见到我时，有称呼我为"同学"的，也有称呼我为"老师"的。

从1985年秋季学期开始，我正式走上了复读班的讲台。虽然有了近一年的复读班听课经历和近一年的高一年级化学教学经历，也有了40天的复读班的教学经验，但离真正能独立、完全掌握高中三年的全部教学内容，从容地应对当年的高考，还有非常大的距离。从这一年开始，我为站稳这张非常难得又非常能锻炼人的复读班讲台，付出了非常艰辛的努力。

对于刚刚走上讲台一年的我来说，脑海中根本就没有所谓的高考三轮复习的意识，对于高考考什么、怎么考、如何应对，可以说没有一丝概念——我只是想借鉴赵家声老师的做法。所以，接到复读班教学任务的我，第一件事就是跑到新华书店买了一本高中化学复习方面的参考书，准备按照书上的知识内容从前往后推进。我后来发现，别的老师并不是这样做的，这本书最多只适合二轮复习参考用。说实在的，我那时真的不知道该如何做，赵家声老师也是第一次带复读班的化学，我听了一年的课，更多的只是听到了高中有哪些知识点，如何把高考知识点简单地推送给学生。但是我明白，高考第一轮复习应该像大扫除一样，首先得把高中化学的所有知识点全部复习一遍。带着这种思路和朴素的想法，我开始了长达13年复读班化学教学方法的尝试，这也成就了我专业发展的第一步——我很快成为霍邱最优秀的复读班教师之一。

在两年制高中里几乎没有多少学生学习的情况下，我付出再多的努力都不见得有效。我选择通过复读班的化学教学来"速成"自己，来提升自己，从而实现成为县域内名师的目标。

我首先从精心备课开始。我不仅认真领会知识的内涵，而且积极钻研解题方法，针对当年的高考化学对计算题专门的命题要求，在巧解、巧算方面，我做了非常有益的探索。在一次偶然的解题实践中，我发现了"十字交叉法"，后来经过多年的反复总结与研究，我在"十字交叉法"的应用上达到了"炉火纯青"的地步。当时，国内化学界对"十字交叉法"的研究非常热，我不仅提出了只要是双组分体系的化学计算都可以用"十字交叉法"快解快算，并指出只要能列二元一次方程组解题的计算题，都适用于"十字交叉法"，同时提出如何在三组分体系中应用"十字交叉法"的解题思路。在那个年代的高考化学试题中，几乎每年都有一道适合用"十字交叉法"的选择题。我不仅解决了双组分混合体系计算难的问题，而且对其他巧解、巧算的方法有独到的见解，提出了很多行之有效的巧解、巧算的方法。如，平均值法、最小公倍数法、极限法等，特别是我对"十字交叉法"的应用，让学生啧啧称赞。与其说当年很多复读生选择到霍邱三中复读班是因为我，倒不如说他们是出于对我在学生普遍薄弱的化学计算方面独特方法的选择。后来，虽然高考题型结构及考查的重点发生了变化，化学计算逐渐淡出了高考化学试题，巧解、巧算已经不再是中学生必须掌握的方法了，但那个年代凡是听过我化学课的学生，今天还会不时地提起我那神奇的"十字交叉法"。

我之所以能成为名师或之所以很快能成为名师，除了认真备课以外，我在课堂上也下足了功夫。为了能够快速驾驭课堂，赢得学生的敬畏与尊重，我尝试着"脱稿"上课，也就是说，我从走上讲台到下课铃响，不看一眼备课笔记或课本，一节课的教学内容完成时，黑板上写满了完整的板书。这一招果然效果奇好，很多同学都这样向别人炫耀他们的老师：杨明生老师水平实在是高，从不带书上课。其实，为了能够达到这种"不带书上课"的境界，我付出了艰辛的努力，也付出了无法挽回的健康代价。我从小学到大学毕业，眼睛都是1.5的视力，当时看到那么多大学同学都带着厚厚的眼镜，我好不得意。可是，在走上工作岗位不到五年的时间，已经成年的我，居然带上了近视眼镜，而且眼里布满了"飞蚊子"——患上了眼睛玻璃体浑浊。直到现在，还没有任何好转的迹象。那个时候的化学课基本都安排在下午，午休的时候，我总是把备课笔记放在床头，不把下午的教学内容背掉不睡觉。即便如此，我在课前还把一节课的板书在草稿纸上"规划"一下。所以，有了这样的准备，走上讲台，当然可以一气呵成地完成教学任务了。实际上，上课之前在草稿纸上演练板书，既是对教学内容的强化，又是对板书做出预安排。这样久而久之，我的眼睛近视了，"飞蚊子"也出来了，但我养成了好的备课习惯。不仅如此，我更是把在课前板书的习惯保持了几十年。后来，我还把这种课前板书定为学校备课管理的一个经常性要求，提出了"大备课"与"小备课"的概念，即所有教师必须在集体备课的基础上进行二次备课，即遵照"补充、补救、规划、反思"的具体要求开展"小备课"，且一课一备、课前备，并将之纳入学校的最为基本的教学常规中，成为学校教学业务检查的基本内容之一。

1986年，我所带的第一届两年制学生毕业了，紧接着新一届两年制学生入学。这些两年制高中毕业的学生，除了在父母单位顶岗或待业外，有的学生选择了自己创业，而剩下的大部分学生选择了到部队去——这些当兵的学生除了考取军校后留在部队的，大多数学生都在复员以后，根据政策安排在霍邱各行各业工作。特别值得一提的是，徐同学、梅同学、侯同学三位同学，不仅当兵去了同一个连队，而且还一同考取了军校。徐同学复员后在南京鼓楼区工作；梅同学后来被安排在重庆工作；侯同学从军校毕业以后，经过基层锻炼，因表现优秀，逐步走上了军队领导干部的岗位，现已经成长为正师级干部，授大校军衔。

从1987年开始，霍邱三中终于"升格"为三年制高中，张继福老师与刘生元老师担任首届三年制高中的班主任，我自然而然地成了理科班的化学教师。

1988年秋季学期，霍邱三中迎来了第二届三年制高中生入学。除我与尤业保老师继续担任班主任以外，刚刚从河口中学调入霍邱三中的王应群老师也担任了班主任，霍邱三中的高中也从第一届的两个平行班变为三个平行班。由于当时的霍邱三中高中部还没有取得家长的充分认可，再加上霍邱二中的高中毕业生升学质量在不断提升，1988年这一年霍邱三中的高中招生很不景气，除了向城区招收了一部分学生外，还向当时的城郊地区招收了学生。尽管如此，高一新生总数也只有100多人，每个班也只有30多人。

在霍邱的教育界，大家都十分认同一个观点，就是霍邱三中后来者居上。这主要得益于1991年和1994年我、王应群、尤业保、谢运连等老师所带的两届高中毕业生在高考中的出色表现。特别是1991年那一届毕业生，当年高考达建档线共有5人，其中肖同学、顾同学达本科线，分别被安徽工学院（后并入合肥工业大学）、淮北煤炭师范学院（现名为淮北师范大学）录取；田同学、张同学达专科线，分别被上海市建筑工程学校、阜阳师范学院录取；方同学达高中中专线，被合肥的一所中专学校录取。取得这些成绩非常了不起，这个班的老师也倾注了大量的心血。当然，这一届的老师也充分赢得了学生的爱戴与尊重。而恰恰在这一年，霍邱二中的教学质量出现重大滑坡，高考达线率为0。自此，霍邱三中开始逐步走上了良性发展的道路，霍邱二中一下子滑至举办高中以来的谷底，这种情况一直持续到因城区教育布局调整，霍邱三中整体并入霍邱一中。那些年，霍邱三中一直是老百姓心中最信得过的学校。有人曾经这样评说当时广大学生家长的心态：如果学生考入霍邱二中，一些家长会想方设法把孩子转到其他学校借读；如果学生考入霍邱一中，一些家长会托亲靠友去六安一中借读；如果学生考入霍邱三中，则家长与孩子就会安心在霍邱三中读书了。

对于走上讲台后所带的第一届三年制高中生，我特别用心，对学生三年后的高考成绩更是充满了期待。从学生入学那一天起，我就付出了巨大的努力。

1988年入学的学生，正好赶上了霍邱三中第一幢教学楼建成。学校让这一届学生最早搬入了这栋宽敞、明亮的教学楼，我在这栋楼里担任班主任工作一干就是7年，直到我调离霍邱三中到霍邱二中担任副校长。如果说，我的学科教学成就源于十余年复读班的化学教学，那么，我的班主任工作成就主要得益于从1988年开始的三年制班级管理。

从这一届学生入学的那一天起，我就坚持每天早上去寝室喊学生起床，然后与学生一同跑步，除了刮风下雨，一年四季，三年如一日从没有中断过。当时的班级团支部书记方同学，可能是因为家庭困难导致营养不良，瞌睡特别大，早上这边喊醒他，那边他一倒头又睡着了。有一次，方同学没有出早操，别的同学都不知道他到哪去了，我非常生气，出操的队伍一解散，我就来到寝室，发现方同学还在呼呼大睡，我费了好大的劲才喊醒了他，本来准备教训他两句就离开，可是他又躺下睡着了。忍无可忍的我，一把拉开方同学的被子，扔到到处是泥的寝室地面上，我一边在被子上乱踩一通，一边吼："让你睡！让你睡！！"关于方同学的成长，我虽然费了很多心血，但教育效果仍然不佳。从方同学平时的课堂表现来看，他考上一般本科学校是没有问题的。方同学非常争气，虽然因为家庭贫困交不起学费，中专毕业时未拿到毕业证，但后来还是考入了芜湖市公安局，成了一位非常出色的公安干警。后来，他成功当选为一派出所的所长。1991届学生中，相当一部分当年都未能达线，大多数都选择了复读，再度成为我的学生，有的则选择了去部队。陈同学就是通过在高中阶段养成了勤奋、能吃苦的品质，在部队的大熔炉中得到了很好的锻炼，复员后在上海创业，他现在已经成为一名非常优秀的民营企业家，是上海陆家嘴地区非常有影响力的城市绿化经营大户。

我对学生的关爱，在这一届学生身上体现得更加淋漓尽致。虽然我比这些学生大不了几岁，但我像对待自己的弟弟妹妹一样关爱学生的身心，关心学生的生活，关注学生的成长。正是因为我对这些学生倾注了无限的爱，我才赢得了这些学生的尊重。我不仅对自己本班的学生如此，对其他班学生也是一样，至今一些其他平行班级的学生还与我保持着联系。

1991届的学生杨同学家住孟集，因患有鼻炎，影响呼吸，经常头痛。终于有一天，实在忍受不了病痛折磨的杨同学选择了辍学回家。我得知情况后，让方同学陪我一起坐车来到孟集杨同学的家中，这是我第一次来到霍邱的东部地区——当然像这样的家访是经常的事了。经过我反复做工作，杨同学答应配合医生治疗，做过手术后继续上学。经过近1个月的手术治疗，杨同学的鼻炎有了很大的好转，他又回到了温暖的班集体，尽管老师们与同学们都积极地帮助他补习功课，遗憾的是他当年高考并没有达线，他在霍邱三中复读班复习一年后考入了安徽建筑工业学院（今安徽建筑大学前身），现在合肥一家建筑设计院工作。

1991届的田同学是一位体弱多病的女生，本来家境很不错，但父亲做生意出了点问题，家庭陷入困境，很要强的田同学硬是坚持刻苦学习。她不仅平时成绩优异，而且在1991年的高考中成为全班5个达线的同学之一，幸运地被上海市建筑工程学校录取，毕业后分配到海螺集团工作，并在芜湖成了家，可谓事业有成、家庭幸福。我还记得，她在高二暑假期间得了严重的肺结核，差一点辍学了。1989年夏天，因为她家在新店街道的房子被债权人占用，她成了"无家可归"的人。我积极与学校联系，让她在寝室住了下来。有一段时间她咳嗽得非常厉害，我劝她去医院检查，她总是说没事，最后还是我骑着自行车把她送到了医院，经检查为肺结核，需要住院隔离治疗，我立即安排田同学在霍邱一院的传染科住下，并垫付了费用。由于发现及时、治疗及时，田同学很快就恢复了，并又投入紧张的学习之中。

1989年春天，我像往年一样又组织学生去金寨春游，虽然事前做了非常周密的安排，但意外还是发生了：班长黄同学与同学们在山顶上玩耍时，一根竹签扎穿黄同学脚掌，可以想象情况多么严重。但黄同学是一位坚强而自信的女生，她不仅没有表现出痛苦的表情，而且坚持自己下山去医院治疗。后来，在同学们的反复劝说下才勉强同意让人背她下山。由谁来背呢？传统观念很强的黄同学坚决不同意让男同学背她，只好由老师来背了。我先是把她从山上背到山下，再从山下背到船上，下了船，又从梅山水库大坝的东头背到西头，平时感觉到水库大坝并不是太长，但背着黄同学的我小跑在大坝上，却感觉脚下的路是那么长！最后，我终于把黄同学背到了大坝下面的梅山镇医院。经过简单的治疗，黄同学的脚并无大碍，但走路成了大问题。黄同学的爸爸是县公安局看守所所长，工作非常繁忙，早上根本没有时间送黄同学上学，于是我主动承担了早上接黄同学上学的任务。我借来邻居家的加重自行车，每天早上从霍邱三中骑车来到她位于城区最北头的看守所职工大院里的家中，再把她接到学校，这样风雨无阻地整整持续了1个月。由于文化课成绩不够理想，黄同学开始学习体育，后来她发现既要学文化课，又要学体育，非常吃力。在刚刚进入高三的时候，她选择了到部队去，她先是在蚌埠的一所军队护士学校学习，毕业后分配到中国人民解放军某医院工作，现在已经走上了该医院的领导岗位。

1994届的胡同学，家住霍邱宋店街道，初中毕业赶上了我从高三毕业班回到高一任班主任的机会，她慕名来到我的班。胡同学的语文、英语成绩非常优秀，记忆力好，物理、数学基础差，化学成绩也不是特别突出。在高一文理分科时，她面临着艰难的抉择，从她个人的学科优势来看，她应该选择文科，但她舍不得离开这个班。当时，我从她的基础条件和未来发展出发，晓之以理、动之以情，动员她去学文科，她坚决不同意。后来，我不得不把胡同学的母亲请到学校来做她的思想工作，但还是没有说服她。在接下来的两年学习中，胡同学吃尽了苦头，为了学好物理、数学，她花费了大量的精力与时间。功夫不负有心人，在1994年应届参加高考时，她幸运地达到了高考专科线，并顺利地被安徽师范大学化学系实验技术专业录取。这是我从教以来所教学生当中唯一一位选择化学专业作为自己大学主修方向的学生。这是一个奇怪的现象，那么多学生，化学学得那么扎实，怎么会不选化学专业而选择其他专业学习呢？若干年后，我的一个学生向我道出了其中的秘密：如果这些学生去学化学的话，怎么也达不到我的高度。1997年，胡同学从安徽师范大学学成归来，按照当时的政策，专科生原则上是不能进城的，但是她学习的是化学实验技术，在农村的学校根本无用武之地，胡同学被分配到了她初中时的母校担任语文学科教师。由于她特别出色的语言学天赋，在她担任语文教师不久，就被评为霍邱县教坛新星，并作为后备干部挑起了学校共青团书记的重担。再后来，由于种种原因，胡同学还是放弃了在宋店初级中学的工作、令人羡慕的职位和在当地教育界发展美好的未来，毅然地来到了广州，在她同学的帮助下，开始了完全不同于教学的化妆品生产、销售的创业，经过艰苦的努力，她完成了资本的原始积累，现已在广州站稳脚跟，成为广州市化妆品行业一位传奇的人物。她每次从广州回来，都要来看看我。她最喜欢说的一句话就是："虽然遗憾的是没有从老师那里学到教书的本领，但幸运的是从老师那里学到了做人的品格和对理想、事业执着追求的精神，如果说今天的我是一位事业有成的人，那要多谢老师高中三年的栽培。"胡同学在事业取得成功以后，不忘家乡的贫困学子，当她得知我创办了"霍邱县爱心公益助学协会"以后，她毫不犹豫地成为其中的一位义工，她自己不仅通过"彩虹计划"资助了5位贫困高中生，而且还动员她的家人也加入其中。

　　我不仅热爱班主任工作，而且爱所有的学生。在我从教30余年的生涯中，从1984年参加工作，到1995年调离霍邱三中，连续从事班主任工作11年，带完了完整的四届学生，由于工作调动，第五届只带完了高一。但这一届学生在1997年毕业以后，高考没有达线的学生都来到了霍邱二中的复读班，那时已经在霍邱二中担任副校长的我，又开始了为期一年的复读班班主任的工作，而且刷新了霍邱县内所有复读班高考升学的记录。我关爱学生，不仅仅体现在注重学生身心健康成长、良好习惯的养成，而且特别关心学生的学习成绩的提升。

从1991届毕业生到1994届毕业生，我们在这6年中经历了从六天工作制到五天半工作制的周工作时间调整，调整后国家机关工作人员每周可以享受到一天半的休息时间，可是作为教师因为高考的压力却不能正常休息。但是作为班主任的我并没有把这些压力转嫁给其他授课教师，而是主动承担起了在休息日帮助学生释疑解惑的工作。一方面，我对学生开放教室，鼓励学习上有困难的学生到教室补差补缺，从英语、物理到化学，各学科遇到问题随时解答，还买来电水壶为学生烧开水。另一方面，我每周周末给学生布置一篇作文，学生定时上交，我逐一批改后利用周一的晚自习时间给学生分析、评价。同时，我还从霍邱二中英语教师胡志敏那里借来英文打字机，每周打印一篇《新概念英语》课文，印发到学生手中，并利用周末给学生讲解。后来考虑到每周借一次打字机不方便，干脆就借一次打印好几篇，印好后一并发给学生。这两届学生虽然入学成绩并不理想，但高考的时候被大专、中专学校录取的录取率都是开创历史的，这无不与我担任班主任期间狠抓语文、英语学习有关。

1986年元旦，我与爱人结婚，1986年11月份孩子出生，结婚、生孩子正好赶上了最初的两届两年制高中的教学工作。作为家中弟弟妹妹的老大，我不得不既照顾孩子、管理班级、教书育人，又要协助母亲拉扯1个弟弟和3个妹妹。

在孩子刚刚出生不到3个月的1987年2月，我的父亲因病在曹庙乡西郢村的家中去世，去世时只有49岁。父亲的去世，给我精神上造成了巨大打击。一提起此事，我心里总是充满了内疚与悔恨，因为我整天忙于工作，没有时间去照顾父亲；因为家庭经济上的困难，我没有让父亲接受更好的治疗；因为相信村里的赤脚医生，而在父亲旧病复发时没有及时送往医院救治……父亲短暂的一生，为这个家付出了生命的代价。我们身边的很多人都说，父亲是累死的：为了能多挣一点工分，他不得不把生产队里没有人干的犁田耙地的活揽在手中；为了让家里人顺利度过春荒，他每天不得不只吃两顿饭；为了能让5个孩子跳出农门，他真正做到了砸锅卖铁供孩子们上学……让我最最感到遗憾的事情就是父亲没有能够看到儿子成功的那一天，更没有能享受到儿子所能提供的幸福晚年生活。

我的父亲去世以后，我的母亲独自一人承担起了照顾家庭的重担。虽然我的弟弟妹妹都没有能够通过读书跳出农门，但都闯下了属于自己的一片天地。在弟妹们都成家以后，我把老母亲接到霍邱二中与自己一起住。老母亲身体健康，逢年过节，她的儿女、子孙从上海、六安等地回到霍邱，特别是寒暑假，她的孙子与外孙子们来到她身边，跟前随后，温馨、安稳的幸福生活，让邻里羡慕不已。闲不住的老人家在屋前屋后种植了很多果树，时令蔬菜应有尽有，自己吃不完，还送一些给别人享用，尽享天伦之乐。

在站稳讲台的这十年间，我经历了恋爱、结婚、生子的人生大事，同时，这十年又是我专业发展打基础的关键十年。正是我处理好了两方面的关系，才为后来的业务领先，在学校管理和基础化学教学方面取得成绩奠定了良好的基础。

破格晋升：沉默十年的爆发

从1984年安徽师范大学毕业，到1994年破格晋升为中学高级教师，我整整经历了10年的时间。按照当前的职称评审文件要求，大学本科毕业生要取得副高级职称，工作1年后取得初级教师职称，以后取得二级教师职称，4年后取得申报中学一级教师职称的资格，再经过5年取得申报中学高级教师职称的资格。因此，从资历上讲，从大学本科毕业到取得中学高级教师职称，只要教学业绩符合教科研条件，有10年的时间足够了，评上副高级职称再正常不过了。但那个10年是漫长的，在那个年代用这么短的时间评上中学高级教师又是极不正常的，因为与我同期毕业的大学本科生最终取得中学高级职称都用了15年以上的时间。

20世纪80年代，全国范围内开展了专业技术人员职称改革，中小学分别设立三级教师、二级教师、一级教师和高级教师，中小学的最高职称为副高级，而且小学的最高职称为小学高级，相当于中学一级。这是中华人民共和国成立以来首次进行的大面积职称制度改革，这次改革的亮点是教师的工资从与教师职级挂钩改为与职称等级相匹配。可以说，论资排辈的教师级别制度确实到了不得不改的地步，职称改革势在必行。这次职称改革，既有理顺教师资历、学历、教龄与职绩关系的历史意义，又有建立制度化的职称晋升机制，充分调动广大教师积极从事教学工作的现实意义。新的职称评审制度开始试行后，同时老的教师级别制度开始废止，老5级以上教师享受的一切待遇也同时停止，待遇与职称挂钩。

这次职称改革充分考虑到了教师队伍的职称学历参差不齐的状况，在进行职称评审时淡化了学历，并出台了很多解决问题的办法。但由于一些原因，这次刚刚起步的职称改革不得不暂缓推进，直到1993年才重新启动。

我于1987年赶上了职称评审的早班车，当年顺利评上中学二级教师。就在我积极创造条件，等待着晋升中学一级教师机会的时候，职称正常晋升机制突然被宣布暂停，直到1993年3月经过评审我才评上了中学一级教师。

1994年11月，也就是职称制度改革重新启动的第二年冬，一年一度的职称评审又开始了。安徽省教委下发文件，第一次以文件的形式明确提出：一些条件优秀的教师可以破格晋升为中学高级教师。

1994年11月初，我正在郑州铁路六中出席全国第二届微型实验研讨会，这是我第一次获得出席这样的全国会议的机会。我之所以能参加这次会议，是因为我之前在《化学教学》杂志上看到了全国第二届微型实验研讨会征集论文的消息后，写出了《可以在滤纸上进行的微型实验》，这篇文章得到了组委会的高度重视。在滤纸上进行微型实验也开辟了微型实验研究的一个新的领域，即如何把课本上的常规实验放在具有吸载液体能力的滤纸上进行，这篇论文获得了三等奖，我取得了出席会议的资格。我开展这方面的研究是有一定实践基础的，因为我们实验室所有的试纸，包括各种石蕊试纸、淀粉碘化钾试纸和pH试纸都是以用滤纸"试液浸泡、干燥保存、湿润使用"的。我当时把课本上的3个实验搬到滤纸上来完成，满足了"减量、减废、绿色"的微型实验的要求。

当时承办全国第二届微型实验研讨会的郑州铁路六中，其校的美术教育已经在全国小有名气。会议的第一天是开幕式，主要议程是专家报告，宣读表彰文件，举行颁奖仪式。从第二天开始，会议进入研讨、交流阶段，凡是论文获奖的作者都要在分会场进行交流。我的论文交流则被安排在会议的第三天下午，想想开幕式结束离自己论文交流还有整整两天，从报到那天算起，直到第五天才能返程，一直对班级学生放心不下的我决定提前离会。第二天上午，我从位于中原路的郑州铁路六中步行到了郑州火车站，买到了当天傍晚从郑州到蚌埠的火车票。中午吃了饭后，我请同住的老师向组委会请了假，坐上了开往蚌埠的火车。由于火车基本上是在夜间行驶，为了不误了下车，我从上车开始就在事先准备好的写有火车停靠站的纸条上画钩，过一站画一下，生怕坐过站。凌晨四五点钟，火车正点到达蚌埠站，我出站后，坐到开往霍邱的客车上，上午8点多钟客车正点到达霍邱。我刚迈入家门，眼前的一幕让我惊呆了：分管政工的副校长张文礼、办公室主任刘圣德正在我家临门的大桌子上整理材料呢。我的突然出现，令在场的人都非常吃惊。"会议不是还有几天吗，你怎么提前回来了呀？"张文礼副校长说，"回来得正好，破格晋升高级教师资格的材料，还是你自己准备吧。"

原来，就在我离开学校去郑州开会的第二天，县教委突然召开了紧急会议，安排布置新一年的职称评审工作，特别通知：业绩优秀的教师可以破格晋升高一级职称。要等我回来再报材料已经迟了，一直与家里保持联系的我却突然"失联"了。那个时候，家里安装固定电话是一种比较时髦的高消费，我家也在霍邱三中的老师中第一批安装了电话。第一次出远门的我到了郑州后所做的第一件事就是去郑州大街上的公共电话亭给家里打了个报平安的电话，但是第二次通话时，我的爱人说，没有事就不要往家里打电话了。谁知道第二天上午就接到报送破格晋升高级教师材料的通知，可是再也联系不上我了。

我到家后，来不及休息就立即投入申报材料的准备当中。我整整用了一天一夜的时间填表、准备佐证材料，直到第二天上午十点终于准时将申报材料送到县教委。特别有趣的是，骑车报送材料的我在大门口遇到了学校的书报收发员，她递来一份邮件，里面居然是《化学教学》。原来，我撰写的《"单糖"教案》已经在早些时候就收到了《化学教学》编辑部的用稿通知，并被通知刊发在1994年第11期上。当时，我对当月收到杂志也没有抱多大的希望，只是在填报材料时写上有文章发表这回事，并附上编辑部的用稿通知，严格地讲，用稿通知包括文章清样在职称评审时都是不算数的。这个在关键时刻出现的惊喜，让我当年的破格晋升有了更大的希望，可以说这篇文章为我顺利破格晋升为中学高级教师起到了十分关键的作用。

1994年的职评文件对破格晋升高级教师的条件给出了具体的规定。其要求在正常晋升的基础上，需要在教育教学和教育科研方面满足一定的条件。所谓正常申报的条件，这么多年来一直没有多大的变化。比如，必须担任班主任或相关工作；工作量必须饱满；必须提供上一个学年完全、规范、详细、完整的备课笔记；在教育教学方面，班级必须在一定范围内的统考中成绩名列前茅或在一个完整周期的教学中学生成绩大面积提高（俗称"转差"）或获得县级以上表彰的优秀教师或班主任称号；在科研方面必须有市级以上获奖论文或在具有 CN 刊号的杂志上发表教育教学论文；等等。但破格晋升高级教师，必须在完全满足相关条件的基础上，另外具备多项条件之一，且在学历及资历上只能"破"一项，不能"双破"。我破格晋升中学高级教师主要有两个条件满足了破格要求：一个是在高中毕业班会考、高考，以及期末的县级统考中，获得了多个全县一等奖；二是有多篇高质量的论文发表，其中最有代表性的是发表在《化学教育》上的《NO 为什么要冷却氧化》和《关于甲烷裂解方向问题的讨论》，以及发表在《化学教学》上的《"单糖"教案》。

当时的安徽省高级职称评审委员会主要负责评审全省范围内的破格晋升高级教师申报对象，同时代评未成立高级职称评审委员会的淮南、阜阳、滁州、池州等市的中学高级教师。高级职称评审委员会的评审程序主要包括：专家组审阅评审材料，各专家组在组长的组织下在小组内进行讨论，并进行学科组内投票，确定出学科组内符合条件、不符合条件和基本符合条件的申报对象，最后上报省评委会投票表决。投票之前，各学科组就全体申报对象的组内评审意见向评委会汇报，重点汇报基本符合条件及破格晋升的申报对象的情况。1994 年 12 月下旬，安徽省高级职称评审委员会评审会议召开，按照程序，先是听取正常晋升高级教师评审结果的汇报，并投票表决，再汇报破格晋升高级教师的评审结果。我作为化学学科组少有的几个破格晋升中学高级教师的申报对象之一，被学科组安排在全组破格晋升评审结果的最后一个汇报。担任破格晋升中学高级教师材料主审专家的芜湖教科所退休教师梅老师，由于年龄偏大，又加上前面几位破格申报对象条件一般，所以他在向评委会汇报时，一直声音不大，多次受到评委会主任的提醒，要求他声音再大点。他在汇报我的材料时，多次受到提醒后的梅老师突然从座位上站起来，一字一句地汇报我的各项成果，任何一个亮点都不放过，汇报完毕在接受评委质询时，一位评委同志提出："杨明生于 1993 年才晋升为中学一级教师，只有一年多的时间就破格晋升为中学高级教师，任职年限太短，这个人还年轻，建议今年不予通过。"根据评委会投票规则，此建议仅供参考，投票权在每一位评委的手上。就在正式投票之前，梅老师再次站起来发表了非常激昂的讲话，他说："今年首次开展破格晋升高级教师的评审，主要目的是不拘一格选拔人才，鼓励优秀教师脱颖而出，在我们的文件中并没有对破格晋升中学高级教师的任职年限进行规定，以'任职年限太短'为理由去否定一个非常优秀的人才是没有道理的。如果非要有任职年限的限制，请你们明年再修订文件，今年必须按文件执行。"梅老师的慷慨陈词，让在场的很多评委都受到了感染，最后我以18票赞成、3票反对的结果成功破格晋升为中学高级教师，不仅成为安徽省当时最年轻的中学高级教师，而且是首批申报就破格晋升为中学高级教师的第一位化学教师。正是因为这次评委会上的争议，从1995年开始，凡破格晋升中学高级教师的申报对象，任职年限不得少于三年。后来的职评文件几经修改，虽然再一次取消了资历限制，但增加了破格申报对象必须占用人社部门与教育部门给学校核发的中学高级教师指标的要求。从这一点讲，破格晋升不是变得容易了，而是越来越难了，也就是说教师在中学一级教师岗位上再优秀，如果学校没有中学高级教师的指标，无论如何也是不能破格晋升的。

可以说，没有梅老师的据理力争，我是不可能破格晋升为中学高级教师的。这件事一直让我对梅老师心存感激，非常遗憾的是，我一直到现在也没有见过这位对我来说恩重如山的梅老师。从1995年开始，我替代了梅老师的位置，担任了6年的安徽省高级职称评审委员会委员，一直到安徽省高级职称评审委员会撤销。在这6年的时间里，我从评审对象提交的材料中学到了很多，既有学科教学的经验，又有学校的管理措施，这对我在教育教学业务的成长和学校管理水平的提升方面，提供了很大的帮助。同时，我也因此认识了很多同行，那些经我评审的很多优秀教师现在已经成长为安徽省化学界的精英。

从1984年走上中学化学教学的岗位，到1994年破格晋升为中学高级教师，我用了10年的时间。这是我不懈努力、厚积薄发的十年，也是我人生当中最艰苦、最困难的十年，还是我忍辱负重、默默奉献的十年。家庭的负担、班主任工作的探索、化学学科教学经验的积累，都凝结了我执着追求梦想的心血与汗水。在破格晋升为中学高级教师之后，与大学同学和老师之间从没有任何来往的我，终于鼓足勇气给我大学时的辅导员付乐义老师写了一封情深意浓的长信。

尊敬的付老师：

您好！

我是您1984届的学生杨明生！大学毕业一转眼已经10年有余了，从大学毕业分配到霍邱三中工作，我就一直想写封信给您，向您报平安，向您汇报我大学毕业以来的工作情况，可是一直没好意思动笔，越到后来，自卑的心理让我越没有勇气写信给您！今天是1995年1月1日，我上午刚刚接到在省里工作的老乡打来的电话，告诉我破格晋升中学高级教师职称评审通过了！我在兴奋之余，更多的是感激，也终于有了向您汇报工作的勇气，我想到了要在第一时间内把这个消息告诉您，我最尊重的大学老师！向您报个喜，向您道一下您的学生10年来在一所普通中学的教学岗位上所经历的酸、甜、苦、辣！

大学毕业以后，我被分配到一所只有初中部没有高中部的霍邱三中任教，也正是从学生进校的那一年开始，霍邱三中开始正式招收高中生，而且在全省普通高中基本上都改制为三年制高中，都在使用甲种本化学课本教学的时候，您的学生开始用乙种本化学课本来教授两年制的高中生。您的学生在连续两届的两年制高中班主任工作与教育教学工作中，虽然没有在学生升学上取得任何成绩，但在培养学生如何做人、如何成人上，还是取得了一些成绩的——大多数学生高中一毕业就走上了工作岗位，部分学生选择了到部队去，这些到部队去的孩子，很多在复员后都回到了霍邱参加工作，也有一部分留在部队深造，还有学生在部队考取了军校。从1988年开始，霍邱三中作为最后一批改制的学校，终于开始招收三年制高中生，这一带就是两届。这两届的学生虽然人数比较少，但大家都很争气，不仅在毕业的当年就有好几位同学在高考中成功升学，而且相当一部分同学通过复读也陆续进入高校。特别是刚毕业的1991届毕业生，30多位同学参加高考，有5位同学达到高考的建档线，其中2人达本科线，分别被安徽工学院和淮北煤炭师范学院录取，高考达线人数首次越过了城区另外一所完中——霍邱二中，这彻底改变了霍邱三中在城区三所高中中高考升学率及社会声誉垫底的状况。喜人的高考成绩在1994年的高中招生中也得到了很好的回报，霍邱三中1984年招生人数大幅度增加，所招收的3个班每个班都有50人以上。

我深知，作为教师，业务发展什么时候都是第一位的。因此，我在教学上对学生严格要求。我从1985年开始就接手复读班教学，为了能上好复读班的课，力求向备课要教学效果，我在备课上下足了工夫。老师您还记得吧，原来您的学生双眼裸眼视力都是1.5的，可现在已经带上了厚厚的眼镜。虽然两年制高中没有给我的教学带来多少促进，但带复读班的课真的让我的业务有了突飞猛进的提高。高中三年的教学任务浓缩为一年来完成，实际上是对我专业发展的"速成"，这里要特别感谢学校对我的信任，给我压了这么一个担子。特别是教学能力的提升，极大地促进了我的三年制学科教学，几乎在每一届高考与会考中，我的学生所取得的成绩在全县都是遥遥领先的。

我在教育科研上也做出了积极的努力，自从1989年在《现代中学生（高中学习版）》上发表了第一篇文章之后，已经有好几篇文章发表了，特别令人欣慰的是，我在《化学教育》上发表了两篇文章，在《化学教学》上发表了一篇文章。这几篇文章的发表成了我破格晋升中学高级教师职称的重要砝码。我已经初步品尝到了教育科研的甜头，我也一定会以此为起点，在教育科研上取得更多的成绩。

老师，被分到霍邱三中任教，我是不甘心的。当时，霍邱三中的办学条件真的非常差，尤其是生源差，要想在教学上取得成绩是非常困难的。刚分到霍邱三中时，我对一切都感到新鲜，也没有升学压力，只是想尽快谈恋爱、结婚、生孩子，也没有想到考研、深造，但静下的时候感到非常空虚。于是，我开始幻想通过考研离开这个地方。最早想到考研是1986年，我与霍邱三中的一位同事一起准备，一起邮购考研用书，别人的复习资料如期寄来了，可是我的书却石沉大海，好不容易下定决心考研的激情一下子就没有了。到了1990年，在兄弟学校的几个考研"专业户"的鼓励之下，我再一次激起了考研的念头，可是因为学校不给签字，我再一次错过了报考研究生的机会。后来，中国青年政治学院第二学位班招生，我从团县委报了名，并参加了考试，虽然以全国第12名的成绩被录取了，但由于种种原因，最终还是放弃了入学。因为这样的经历，您的学生已经别无选择了，那就在教育上干一辈子，力求在教学上向名师方向努力。这次破格晋升中学高级教师的成功，也是您的学生向着这个方向努力迈开的第一步，也许中学化学的讲台更适合我。

尊敬的老师，您的学生已经有了一个幸福的三口之家了。1986年元旦，学生与霍邱县黄梅戏剧团的一位漂亮、贤惠的演员结了婚，同年11月份我们的女儿来到了这个世界上。现在，她已经上小学五年级了。您的学生的媳妇工作比较清闲，对孩子和家庭照顾得非常周到，这让我有了很多的精力与时间用在教育教学上，用在管理班级上，这也是我的福分。当初有人说，我一个堂堂的本科生，为什么要找一个只有初中学历的大集体身份的演员结婚，现在初步看来，还真是找对了。毫不客气地说，破格晋升中学高级教师职称的"军功章"，有您学生的一半，也有您学生媳妇的一半呀！

您的学生作为霍邱三中第一批具有应届本科学历的教师，应该说有能力、也想在教学管理上做一点事情，但是一直没有得到学校有关方面的认同，这也是学生最失败的地方。1989年学校团委改选，在团委委员的选举中，虽然学生的得票第一，但遗憾的是没有能当选为团委书记，至今仍然以一名团委副书记的身份主持团委工作。这个岗位、这种安排也许是对学生的一种极好的考验，我一定会珍惜这样的机会，把团委工作干得出色，以得到学校的认同。

尊敬的老师，这次学生能够破格晋升为中学高级教师职称，既是组织上对学生10年工作的认同与肯定，又是对学生今后工作的最大激励，我一定会百尺竿头、更进一步，绝不辜负您对我的栽培，向着更高的目标迈进！

最后衷心祝愿老师身体健康、工作顺利、万事如意！

此致

敬礼！

您的学生　杨明生

一九九五年元旦

勤奋耕耘：科研助力专业成长

从教以来，我在各种具有CN刊号的教育教学杂志或专业刊物上累计发表文章600余篇，其中50余篇高质量的学术论文发表在《化学教育》《化学教学》《中学化学教学参考》等国家级期刊上，还有多篇论文被中国人民大学书报资料中心的《中学化学教与学》复印转载。

当然，我的第一篇文章并不是发表在核心期刊上的，我发表文章也不是第一篇文稿就被采用，也是写了几年，向各种教育教学杂志或报纸投了很多篇文章，才于1989年10月有了《氧化还原反应小结》这篇只占一个32开版面的千字文发表。正是这篇文章，激发了我积极投身教育科研的热情，引领我走上了我所钟爱的教育科研之路。

1989年10月的一天，我收到一封信函，看到信封右下角醒目地印着"现代中学生编辑部"几个大字，我的心都快跳到嗓子眼了，一直迫切期待着有文章发表的我，迫不及待地拆开了信封，一本《现代中学生（高中学习版）》杂志跃然眼前，掀开封面，在目录上清楚地印着"氧化还原反应小结""杨明生"。我立即在杂志目录正上方的空白处写下了这么一行字："这是我播下的第一粒种子，它一定会生根、发芽、开花、结果。"后来，我从1989年开始播下的这粒种子，经过生根、发芽，结出了累累硕果，我收获了满满的幸福，它们回报给我的是精神上的巨大满足和一个又一个荣誉！

自此，我写文章的热情一发不可收拾，陆续有文章见诸报端。一开始的文章都是面向学生读者的小文章，以辅导学生学习或解题内容为主，主要发表在《中学生化学报》《现代中学生（高中学习版）》《中学生学习报》等报刊上。

现在有了电脑，写稿就比较方便了，写好以后可以有多种保存的方式，写了改，改了再写，那个时候除了市场上有现成信纸销售以外，连切好的白纸都没有，写稿只能先打草稿，再誊写在每页300字的方格稿纸上。为了能把平时写下的文章草稿比较完整地保存下来，也便于日后修改与编辑，我买来了大白纸，自己用剪刀裁成16开的小白纸，再设法装订成草稿本，但是厚厚的一大本，用什么方法来装订是一个大问题。后来，我想到了先在草稿本左侧用剪刀扎四条细长的斜缝，再将编织带穿过，最后用火将编织带两端烧结，这真是我的一个独特的"发明"，这样装订的草稿本既经久耐用，又美观大方。我从1989年开始使用第一个草稿本，至1998年有了第一台组装的电脑，我写稿子共用完了300页厚的草稿本8本。至今仍然保存完好的这8本论文草稿本，凝结了我教育教学生涯近10年的心血与汗水，也记录了我在教育科研道路上成长与成熟的过程，更彰显了我在教育科研道路上的坚定心智与执着追求。

在《现代中学生（高中学习版）》上发表文章以后，我开始把投稿的重点转到了《中学生化学报》上：一是《中学生化学报》为化学学科的专门报纸，一次刊发的稿件多、容量大、容易被录用；二是《中学生化学报》有四个版面，一版为知识辅导，二版为解法指导，三版基本上为单元练习题，四版主要是化学与生活内容，版面对稿件的需求多样化，稿件容易被采纳；三是《中学生化学报》的读者对象是中学生，主办方偏向采用符合学生"口味"的短小文章。来自教育教学一线的我善于总结、勤于归纳，创作起来得心应手，我的很多文章都是来自教学实践，非常符合《中学生化学报》的用稿要求。我抓住《中学生化学报》在用稿方面的特点，把大量的精力与时间都花在了为《中学生化学报》撰稿上。有一段时间，我只在草稿本写文章，把誊写稿件的任务交给了年轻的化学教师，我因此在《中学生化学报》上发表了多篇文章。最高峰的时候，我一年在《中学生化学报》上发表52篇文章，几乎是一个星期发一篇，这也使我成为《中学生化学报》最高产的作者之一，我因此深得时任主编龙伯珍的欣赏。后来，有传言说我如何如何厉害，写的文章都猜中高考题了，太神奇了，等等。其实不然，不过也有一些"影子"，当然也是与《中学生化学报》有关联。

1996年10月，当年的诺贝尔化学奖揭晓，美国化学家罗伯特·科尔、理查德·斯莫乐和英国化学家哈罗德·沃特尔·克罗托因发现了"富勒烯"

共同获得了那一年的诺贝尔奖。经过查找文献，结合教学中的感悟，我于1997年5月在《中学生化学报》第四版上发表了整版的《诺贝尔奖与富勒烯》，对"富勒烯"中的典型代表C_{60}、C_{70}等笼形分子的结构、性质及用途，从中学化学的视角进行了全面地介绍与解读。这一期报纸出版以后，像往常一样，很多读者只是把这篇文章作为一篇化学与生活类的文章读一读，并没有投入多少注意力，但霍邱一中的周广忠老师独具慧眼地捕捉到了文章中的高考化学信息。他专门向他的学生推荐了这篇文章，要求他的学生认真阅读，并加以总结。今天看来也算正常，因为高考命题必然会结合当时的社会实际。巧就巧在1997年高考化学试卷的第36题，以12分的比重全面考查了富勒烯的结构、性质。

高考化学试题一解密，立即在社会上引起了强烈的反响，特别是周广忠老师所带的霍邱一中理科学生取得了非常理想的化学成绩，"杨明生太神奇"也在霍邱传开了。因此，当时已经调入霍邱二中任副校长的我，不得不重新披上理科复读班班主任的"战袍"，这也吸引了来自霍邱一中、霍邱三中等学校的高分复读生，为霍邱二中1998年高考理科复读班有24人考取本科的单班最好成绩打下了良好的基础。

《中学生数理化》是当时最受中学生欢迎的杂志之一，由于是月刊，16开本，数学、物理、化学三科融合，所以容量相对小，也是当时最难发表文章的杂志之一。我从写稿、投稿的一开始，就从不间断地向《中学生数理化》投稿，直到1993年与朱丽萍、王正葆两位老师合写的一篇短文发表在第12期上以后，才在《中学生数理化》上一"发"不可收！发表于《中学生数理化》的文章《化学学习中思维的定势与发散》，奠定了我在《中学生数理化》作者队伍中的重要地位。我从1993年在《中学生数理化》上发表第一篇文章开始，累计在《中学生数理化》上发表文章20余篇，基本上每年发表2～3篇，我的文章也给时任《中学生数理化》化学编辑的侯秀姣女士留下了深刻的印象。2001年，《中学生数理化》创刊20周年，编辑部从全国各地邀请了20位作者齐聚郑州，我作为化学学科的作者应邀参加了活动，我有幸第一次获得了免费游览洛阳龙门石窟、登少林寺的机会，也是人生中第一次进入歌舞厅欣赏了雅俗共赏的表演。在这次会议上，我有幸结识了一位来自珠海的同行——珠海教育系统的张立云女士，至今我和她还保持着比较密切的联系。这次应邀参加活动，也让我有机会再次走进郑州铁路六中，这个时候的郑州铁路六中今非昔比，已经成为全国高中美术教育的龙头老大，高考取得的成绩令我们瞠目结舌，学生考取的中国一流美术高校基本上实现了全覆盖。为了让霍邱二中在美术特色教育方面走得更远，我参加活动时还专门带上了分管特色教育的教务处副主任田洁老师和美术教研组组长曹伟老师，让他们也去感受一下郑州铁路六中的办学实力，希望能从郑州铁路六中那里借鉴一些美术班的办班做法。但差点连校门都没让我们进的郑州铁路六中，并没有给当时的霍邱二中美术特色教育带来任何可取之处，不过郑州铁路六中的办学指导思想"初中重质量，高中重特色，走多层次立交办学之路"倒是给霍邱二中很多启发。

我从事教育科研，没有出现"教"与"写"两张皮的情况，而是立足于教学实践。可以说，我的每一篇文章都是教学经验的结晶或教学体验的感悟。20世纪80年代，高中教科书都是人民教育出版社出版的，三年制学校所用的教科书为甲种本，两年制学校所用的教科书为乙种本，我的教学研究最早也就是在甲种本与乙种本的比较中开始的。有了这样的起点，包括研究思路与方法，我在教科书比较乃至课程比较方面，有了一定的成就。我不仅有2篇关于人教版、苏教版、鲁科版等3种版本的课程标准教科书比较研究的论文发表，而且在台湾与大陆高中化学课程比较研究方面取得了多项研究成果，累计有8篇研究论文发表在国家级期刊《化学教育》上。

2013年7月26日至29日中国化学会化学教育学科委员会主办的"化学教育改革与教师专业发展暨第二届《化学教育》读者、作者、编者学术交流会"在吉林省延吉市延边大学召开，我作为优秀作者应邀出席了大会，并在大会上作了《浅谈教研论文的选题》的学术报告。这次报告不仅首次确立了我在中国基础化学教育界的地位，也让我有机会第一次站在了高校的讲台上，面对中国基础化学研究界最顶尖的化学教育教学研究专家，如北京师范大学的王磊教授、华东师范大学的王祖浩教授、山东师范大学的毕华林教授、东北师范大学的郑长龙教授、华南师范大学的钱扬义教授和厦门大学的孙世刚教授等。与其说我的报告是一个怎样进行论文选题的学术报告，倒不如说这个报告更像是一个展示我教科研经验的分享。非常巧合的是，会议进行到倒数第二天，也即7月28日，正赶上我的生日，当时会议承办方组织与会代表去图们江旅游，晚上大家被安排在一个旅游景点就餐，游客在餐厅吃饭，舞台上有朝鲜族小姑娘表演助兴。就在晚餐刚开始不久，突然有"祝你生日快乐"的音乐声响起，一排朝鲜族小姑娘手捧着蛋糕和鲜花，径直走下舞台，当时我非常激动，心想会议承办方的"功课"做得太足了，连代表的生日都掌握了，还做出了专门的安排。当姑娘们从我的餐桌旁走过的时候，我才缓过神来，原来鲜花与蛋糕是送给另一位代表的。我在餐桌上的细微表现，还是让同行代表刘春生、邵红梅发现了，回到宾馆后，两位老师临时准备了蛋糕，为我补办了一个小小的庆生活动。虽然这件事已经过去几年了，但我仍然记忆犹新，难以忘怀。

《化学教育》是由中国科学技术协会主管，中国化学会、北京师范大学主办的国家级化学教育类学术期刊、全国中文核心期刊、美国化学文摘（CA）收录期刊。2000年前为双月刊，2014年1月起调整为半月刊，全年出版24期，其中奇数期侧重于报道基础教育的化学教育及化学教师教育情况，偶数期侧重报道高等教育（本专科教育、职业教育、研究生教育、成人教育等）的化学教育情况。作为一名化学教师，无论是在高等院校任职，还是在中学化学教学一线工作，一生当中能有一篇论文在《化学教育》上发表都是其教学生涯中极大的梦想。而我从1994年第一篇论文《NO为什么要冷却氧化》发表算起，已经在《化学教育》上累计发表了31篇论文。

撰写论文重在选题，选对了题，才能有东西可写，也才有被刊用的可能。当然，课题的选择，不是空穴来风、凭空想象，而是源于对自身的教育教学实践活动的感悟、总结、反思等。同时，论文的内容必须是自己成熟的教学实践成果或研究成果，绝不能胡编乱造。选对了题，有了写作的素材及内容，最后就是如何根据各刊物的要求撰稿了。不同的刊物有不同的读者群，文章一定要针对读者对象来写，弄混了读者群，也就失去了刊载的价值。同时，不同的刊物有不同的版式、字数、格式要求，写出的文章必须符合用稿规定。只有这几个方面条件都满足了，写出的论文发表的可能性才会大，文章也才有可读性，成果也才有推广的价值。这既是我多年来撰写教研论文的感悟，也是我撰写教研论文所遵循的基本原则。

1992年秋季学期开学，我所带的1994届学生高中化学教学内容进行到第二册，第一章第三节的内容为"硝酸"。工业上制备硝酸的唯一办法就是氨氧化，氨气在氧化炉中经过与氧气的接触氧化，再经冷却氧化，水吸收和循环氧化等工艺，制造出工业上大量需要的化工原料硝酸。在"氨氧化制硝酸"有关的内容中，课本上的这样一句话引起了学生的注意：从氧化炉出来的气体，经过冷却氧化生成二氧化氮。他们把这个问题摆在了我的面前。我没有放过这个细小的问题，想着怎么去给学生回答这个问题。我在查阅了大学课本中的相关内容之后，觉得这不是一个小问题，里面可能涉及更深奥的热力学原理。我打算探个究竟，并通过对这个问题的解决，写一篇高质量的论文，一方面来回答学生的问题，另一方面向在《化学教育》这样的学术性杂志上发表论文努力。

我找来大学物理化学课本，利用热力学原理，经过非常复杂的计算发现，由于一氧化氮与氧气的反应为放热反应，在高温状态下的氧化炉中，尽管氧气充足，但一氧化氮却难以被氧化，只有从氧化炉中出来的气体冷却到773K时，一氧化氮基本上可以完全氧化为二氧化氮，再用水吸收即可得到硝酸。无独有偶，学生产生的类似困惑还在不断地勾起我的探究欲望。在讲到高中化学课本甲烷的用途和性质的时候，我告诉同学们：甲烷可以分解为炭黑，也可以裂解为乙炔。这让很多同学产生了困惑，他们纳闷：甲烷一会儿可以变成炭黑，一会儿又可以变成乙炔，为什么呀？我决定利用解决一氧化氮冷却氧化问题所用到的热力学原理继续探究。果然，我再次有重大发现，原来甲烷在分解时之所以产物各不相同，是因为温度不同所致，温度不同，甲烷的裂解方式不同，产物有所不同。经过反复计算，我发现，甲烷自发炭化的温度必须不低于928.7K，工业上为了提高炭化速率，通常把温度控制在1000℃以上。我经过计算还发现，甲烷裂解为乙炔的温度必须不低于1709.4K，甲烷炭化的温度不能高于1709.4K，否则就会有大量的乙炔生成。同时，这也解释了为什么工业上更倾向于用甲烷来制乙炔，因为用碳化钙来制乙炔虽然比较方便，但碳化钙的生成需要2773K。经过计算，我还发现：甲烷也可以裂解为乙烯，只要温度不低于1866K，甲烷即可自发分解生成乙烯。

我分别以《NO为什么要冷却氧化》和《关于甲烷裂解方向问题的讨论》为题，从问题的提出、热力学计算过程、结果解释与说明等三个方面写了论文，寄到了化学教育编辑部。一个月过去了、二个月过去了、半年过去了，发出去的稿件犹如石沉大海，杳无音讯。1994年4月，我终于收到一封来自化学教育编辑部的信函，打开一看，里面有两张印着"化学教育"文头的信纸，信纸上写满了编辑的修改建议。虽然我当时很激动，但看到修改建议中密密麻麻的符号、文字，我心中顿时一团乱麻：我费了九牛二虎之力才写出来的论文，又要带着一头雾水去修改，这真让我无所适从。自己修改吧，根本不可能，编辑部老师写的符号、原理，看都看不懂；放弃吧，真的太可惜！我甚至有要到安徽师范大学向物理化学老师请教的念头。就在我为此焦头烂额的时候，我的同事，刚刚大学毕业的陈宜新老师建议我不如参考普通化学中的热力学原理进行简化处理，确实有无法解决的问题，就从文章中删去。采纳了这个意见以后，我借来了最新版的《普通化学》，对两篇论文中的符号进行更新，删除无法解决的问题，整整忙活了一个"五一"假期，论文终于赶在返稿的最后时限前修改完成，两篇文章分别刊登在《化学教育》1994年第6期和第7期上。

这两篇论文的发表，在我的专业发展和事业进步上，具有里程碑的意义。这是我首次在核心期刊上发表文章，正是有了这个好的开端，才让我截至目前在《化学教育》上累计发了31篇论文，并有多篇论文发表在《中学化学教学参考》和《化学教学》等国家级期刊上，特别是如果没有这两篇论文的发表也就没有后来破格晋升高级职称的可能。所以，机遇非常重要，机遇面前人人平等。为此，我写了一篇《谈机遇》的文章发表在六安市委机关报《皖西日报》上。

谈机遇

我们经常听到这样的抱怨：上天对我太不公平，让我没有赶上好的机遇，不然我会怎样怎样。显然，这样的抱怨并不能唤起人们的同情，相反会引起人们思考：到底什么是机遇，怎么才能抓住机遇？

机遇不能靠等，它不会主动找上门，要靠我们自己主动寻找，要想办法寻找。机遇的时限性很强，稍纵即逝，抓不住时间，没有时间观念，不可能抓住机遇。机遇有选择性，它往往对那些勤劳、能吃苦、爱岗敬业的人情有独钟，往往只会降临在能把握住机遇的人身边。所以，要想抓住机遇就需要有超前思维。机遇的降临还需要有一定的客观条件，不是主观上想抓就能抓住的，而超前思维可以有预见性，可以为即将到来的机遇创造条件。

因此，抱怨命运不好，没有赶上机遇的人，或者消极等待，幻想机遇会突然降临的人，应该有一个观念上的大转变：少一点抱怨，多一些实干，积极创造条件，用真诚、勤劳、汗水、拼搏去迎接机遇的降临，并用十二分的努力去抓住机遇、把握机遇。

从解决学生提出的问题出发开展教学研究，撰写教研论文，应该说是最有价值的教研形式，也是促进教师专业发展的最佳方式之一。同时，从教师的视角去解决学生提出的问题，既是一种研究，又是一种经验总结，还是一种专业提升的过程。当然，教研论文的素材与资源不仅仅限于课堂，也应该来源于全方位的教学活动与教学实践。我发表那么多含金量高的学术论文，就是不拘泥于课堂的结果，我总是把教研视角拓展到化学学科的方方面面。这样就不断涌出了创作的源泉。

2003年春季，"非典"肆虐，全国上下预防"非典"成了一项核心任务。2003年5月7日，卫生部公布了《公共场所预防传染性非典型肺炎消毒指导原则（试行）》。在这个文件希望读者通过中国疾病预防控制中心网站查阅的《各种污染对象的常用消毒方法》中，详细公布了"非典"消毒用的常用化学用品，特别是过氧乙酸、二溴海因等很多与中学化学知识相关的消毒品。但是，它们的结构、组成、性质、用途是什么，它们为什么能消毒，在使用这些消毒剂时应注意什么等，需要有一个权威的指导，以使大家用好这些消毒剂，于是我写出了《"非典"消毒与化学消毒剂》一文发表在《化学教育》2004年第8期上。由于工作忙，我晚间基本上没有看电视的时间，但我很少错过中央电视台的午间新闻。卫生部下发"非典"消毒方面的文件信息，我也是从午间新闻中获取的。不仅如此，午间新闻提供的另一条信息，也为我写出另一篇关注社会的教研论文提供了创作源泉。2003年5月1日，为了纪念新修订的《中华人民共和国职业病防治法》颁布一周年，中央电视台在当天的午间新闻中专门播出一则专题报道，报道中的一句话引起了我的注意，好像是说绝大多数的职业病都是由化学物质引起的。看到这则报道以后，我意识到这是一个非常重要的撰写教研论文的线索，哪些化学物质会导致什么类型的化学职业病，危害是什么，如何预防，如何治疗，等等，这不仅有助于消除社会对化学物质的"恐怖感"，避免大家进入使用化学物质的误区，而且是帮助广大劳动者远离职业病、远离化学物质危害的有限途径。通过文献研究，我和陆小平老师写出了《常见化学污染物与职业病》一文，发表在《化学教育》2004年第3期上。

1994年在郑州召开的全国第二届微型实验研讨会给我留下了十分难忘的印象。不仅仅是因为这次会议与我破格晋升为中学高级教师有关，更为重要的是通过这次会议的专家报告，我写出了3篇高质量的学术论文。

通过大会的学术报告和微型实验成果展示，我发现这种新的实验研究方向，确实取得了很多创新型成果。如，大连教育学院的老师们开发的"微型实验箱"，不仅简约，而且使用方便、便于携带，更为重要的是解决了常规实验容器容量过大，容易造成资源浪费、排放多，不能有效满足"减量、减废、减排"的绿色化学要求的问题。但也暴露了一些问题，比如，把实验微型化，实验现象不明显的问题；为了追求微型化，引发实验操作不规范的问题；特别是放弃实验室中原有的实验仪器不用，去寻找诸如医用注射器、输液管等替代品做实验，这些做法值得商榷。于是，我写出了《关于开展微型化学实验的几点看法》一文，发表在1995年第5期《化学教育》上。这篇论文对进一步引领全国微型实验研究方向，调整老师探索微型实验研究的思路，起到了非常明确的指导作用。这篇论文得到了微型实验研究专家的充分肯定。

由于1994年秋季学期会在全国范围内使用新版的初中化学教科书，会议的承办方邀请了国家教委基础教育司原副司长于慧敏莅临大会开幕式，于慧敏副司长做了关于新版初中教科书使用的专家报告。我在聆听了于慧敏副司长的报告之后，深受启发、感触很多，结合自己对从大会上带回的新教材的深入研究，写出了《使用义务教育初中化学教材的几点建议》的论文，并发表在《化学教育》1995年第9期上。这部教材的使用很快就结束了，新课程内容的结束，意味着中考复习备考的开始，这时，广大教师又面临着如何开展基于新版本化学教材的复习问题。这时，我结合自己的研究成果，写出了《试谈实施义务教育中化学中考复习》的论文，发表在《化学教育》1996年第5期上。

当然，我发表论文的创作源泉，更多的是源自课堂实践。我发表在《化学教育》上的《摩尔教学的几种做法》《"化学能与热能"教学设计的基本思路》等论文，都是我课堂教学实践经验的结晶。这些发表在国家中文核心期刊上的论文，不仅进一步夯实了我扎实的教学功底，而且为我的同事们开展教学研究指明了方向。

我在安徽师范大学在职攻读教育硕士期间，我的大学同学、时任安徽师范大学化学与材料科学学院党委书记的顾家山，针对我发表的几百篇文章与论文，与我谈心说："专家的研究必须专一，你要么专心于实验研究，要么专心于课堂教学研究，要么专心于课程比较研究。你发表那么多辅导学生的文章，发一篇与发一百篇没有什么区别。"受到顾家山一席话的启发，我深刻地反思了这么多年的教学研究历程，发现我确实存在对问题研究不专一、不深入的问题，虽然我的论文涉及中学化学各个领域，但都没有深入地研究，很少有自己独到见解的文章发表。

通过这次谈话，我对自己的教学研究方向进行了重新定位，我选择了课程研究作为自己的主攻方向。2006年秋季学期，安徽省整体进入高中新课程阶段，我向安徽省教育规划办公室申请了"高中化学课程体系建设研究"课题，邀请了安徽省知名的化学教学法专家闫蒙钢教授、江家发教授等加盟，很快课题获得了安徽省规划办的批准立项。在我邀请闫蒙钢教授、江家发教授参加开题时，他们提出了自己的意见。他们认为，这个课题太大，从内容上看，应该算得上国家层面的课题，是化学课程研究所应该研究的内容，作为一线教师根本研究不了，后来我也只好放弃这个课题了。通过放弃课题这件事，我再一次对自己的教学研究方向产生了困惑——作为中学一线化学教师，在教育科研中到底研究什么，如何研究，应该选择哪种科研方法？经过反复考量，我决定放弃过去的研究思路，把主要的精力集中在开展有效课堂和课程的比较研究上。有了这样一种思路，我写了一系列学术价值非常高的研究论文，并相继发表在《化学教育》《中学化学参考》等核心期刊上。

中学化学中的原子结构内容，跨越高中两个学段，不同学段的教学内容不同，而高中阶段在必修模块与选修模块的教学内容上也有区别。从初中阶段的基本概念与基本模型到高中阶段必修部分的基本规律都非常浅显。高中阶段选修部分的原子结构，属于高考选考部分，内容抽象、试题生僻，很多教师不愿意开设这门课程，学生也不主动选修。其实，从高考化学试题的难度来说，结构部分的试题相对容易，特别是结构部分作为化学学科的一个分支，学生拒学也是一种遗憾。为此，我经过认真研究，结合自己的教学经验，写出了关于如何有效开展原子结构与元素性质教学的论文并发表。

浅谈"原子结构与元素的性质"教学设计的基本思路

普通高中化学课程标准选修3"物质结构与性质"主题4关于"原子结构与元素的性质"的内容标准为"了解原子核外电子的运动状态；了解原子结构的构造原理，知道原子核外电子能级分布，能用电子排布式表示常见元素（1—36号）原子核外电子的排布；能说出元素电离能、电负性的含义，能应用元素的电离能说明元素的某些性质；了解原子核外电子在一定条件下会发生跃迁，了解其简单应用"。人教版《物质结构与性质》教科书围绕5个方面的知识点分别以"原子结构"和"原子结构与性质"进行了具体的内容安排。通过对比分析不难发现，选修3"物质结构与性质"中"原子结构与性质"实际上是必修《化学2》"元素周期表"和"元素周期律"内容的拓展与延伸。同时，"元素的性质"周期性变化的有关内容不仅是理解其与元素周期表、元素周期律的载体，而且跨越必修与选修两个模块，特别是还涉及结构化学与量子化学的相关内容，教学中存在知识门槛高、知识内容抽象、概念术语多、教学难度大、教学深广度难以把握等诸多困难。另外，由于"物质结构与性质"是国家考试中心指定的新课程高考的选考模块，"原子结构"与"元素性质"又是新课标下高考化学的热点问题，因此，"原子结构与性质"客观上在中学化学教学中的地位与作用特殊，现实中"原子结构与性质"的课堂教学效率有待进一步提高。现从3个方面对选修3"物质结构与性质"人教版课程标准教科书中"原子结构与性质"的教学设计思路提出具体建议。

一、科学设计教学内容，落实教学要求

教学设计的关键就是要落实具体的教学要求。我们通过对课程标准和人教版《化学反应原理》教科书的分析不难发现，"化学能与热能"的教学内容主要应围绕"理解1个原理（化学反应基本原理），明确1个关系（能量转化关系），建立1个模型（简化了的有效碰撞理论模型），规范书写1类化学方程式（热化学方程式），了解活化能、活化分子、有效碰撞、反应热（即焓变）、中和热和燃烧热等6个基本概念"等5个方面来进行设计。

第一，在教学设计中要设法让学生理解化学反应过程必然涉及拆开旧键与形成新键的两个过程，拆开旧键需要吸收能量，形成新键可以放出能量。一般情况下的化学反应过程都包含一个放热过程和一个吸热过程，化学反应的热效应是由拆键所吸收的能量与成键所放出的能量相对多少决定的。让学生理解了这个化学反应原理，就可以很好地理解为什么很多放热反应在开始时需要加热，甚至需要持续加热。

第二，在教学设计中要帮助学生不断明确化学反应过程的重要关系之一，也就是能量转化关系。对于放热反应，可以理解为放出的热能是由化学能转化而来的，对于吸热反应，需要将热能转化为化学能。

第三，教学设计中要设法让学生建立起一种化学反应过程的模型。伴随能量变化的化学反应过程主要体现在化学反应体系中反应物的能量、产物的能量和活化能等三者之间的关系上，以 $A_2 + B_2 \rightarrow$ 过渡态 $\rightarrow 2A-B$ 的过程为例，反应过程可以图1所示。E_1 表示反应物的活化能，E_2 为生成物（逆反应的反应物）的活化能，其中过渡态是反应过程中能量的最高状态。E_1、E_2 的相对大小决定反应的热效应，图示的过程为放热反应。

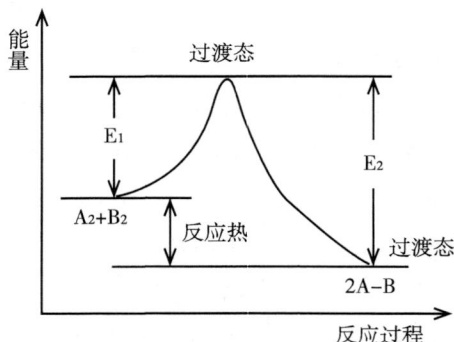

图1

第四，教学设计中要对学生规范书写热化学方程式给予具体的教学安排，这是教学的重点与难点。要通过总结热化学方程式的书写规则，让学生充分认识热化学方程式与普通化学方程式的区别主要表现在5个方面：①热化学方程式需要指明温度与压强，如果不指明，则默认为"298K、101kPa"；②热化学方程式中反应物与生成物均需用"s""l""g""aq"等符号注明状态或存在形式；③热化学方程式的化学计量数约定为物质的量，故可以为小数或分数；④热化学方程式的重要标志就是必须用"ΔH"注明反应热，分别用"+""−"表示吸热反应、放热反应，反应热的单位一律表示为"kJ/mol"，且与化学计量数没有关系；⑤一个化学反应，只能对应写出一个化学方程式，但可以写出无数个热化学方程式，其中表示燃烧热、中和热的热化学的方程式只有一个。

第五，在教学设计中还必须设计出有效的教学方式来强化学生对有效碰撞、活化分子、活化能、反应热、燃烧热、中和热等6个基本概念的认识与了解。如，对燃烧热概念的把握可以采取抓住关键词的方式，即燃料必须为"1mol"，燃烧必须"完全"，生成物必须"稳定"，而且是放出"热量"。又如，对反应热（焓变）的理解，可以在建立"化学反应的过程就是体系与环境能量交换的过程"观念的基础上采取图2、图3所示的方式来进行：

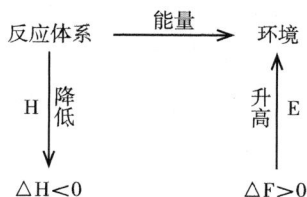
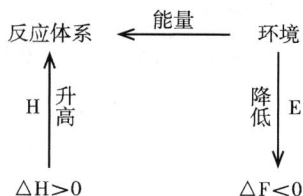

图2   图3

在6个基本概念中，活化能、活化分子是学生最容易理解错误的概念。如，很多学生总会以为"具有活化能的分子就是活化分子"。显然，教学设计中只要安排学生认真研究化学反应体系中反应物、产物的能量和活化能关系图，学生就能准确理解活化分子与活化能概念，即活化能就是化学反应发生所需要的最低能量相对反应物平均能量所多出来的那部分能量。

二、突出具体应用，优化教学过程

在"化学能与热能"实际教学的过程中我们发现，人教版《化学反应原理》教科书在"化学能与热能"有关内容的安排上，既有值得称道的地方，又有需要改进的地方。在我们的教学设计中，一方面需要充分利用教科书中的教学资源，即通过突出具体的应用来强化有关知识的系统建构；另一方面需要设计出科学、优化的教学过程，以便在有限的时间内高效率地完成教学任务。

（一）有效碰撞理论的具体应用

尽管人教版教科书对有效碰撞理论进行了简化处理，但对中学生来说仍然非常抽象。事实上，简化后的有效碰撞模型并不是新的知识内容，而只是一种帮助我们认识与理解化学反应微观过程的工具而已，这也是人教版教科书在绪言中安排有效碰撞模型有关内容的真正价值所在。因此，我们在教学设计中有必要强化简化后的有效碰撞模型的重要应用价值。

第一，从微观角度帮助学生解释外界条件对化学反应速率的影响，并复习巩固《化学2》有关知识，为深入学习"化学反应速率与化学平衡"知识内容建立基础。

通过《化学2》的学习，学生对浓度、温度、压强及催化剂对化学反应速率的影响有了一些初步的了解，进入"化学反应原理"第二章"化学反应速率"的学习后，关于外界条件对化学反应速率的影响，也只是只知其然，并不知其所以然，即只知道外界条件变化如何影响化学反应速率，并不知道外界条件为什么影响化学反应速率。但建立了有效碰撞模型以后，通过活化分子百分数、单位体积活化分子数目（活化分子浓度）两个指标的变化，就可以帮助学生具体地理解外界条件变化对化学反应产生影响的原因，见下表。

表1　外界条件变化对化学反应速率影响原因分析

改变条件	单位体积活化分子数目	活化分子百分数	有效碰撞次数	化学反应速率	活化分子百分数变化的原因分析
增大浓度	增多	不变	增多	加快	/
升高温度	增多	增大	增多	加快	体系温度升高，更多的分子获得能量而被"活化"
使用催化剂	增多	增大	增多	加快	虽然分子的平均能量没有变化，但随着活化能的降低，更多的分子被"活化"

第二，通过绘制充分体现有效碰撞模型的化学反应体系中反应物能量、产物能量和活化能关系图，帮助学生理解并认识具体的化学反应微观过程及其热效应。

化学反应体系中反应物、产物的能量和活化能关系图，虽然只是一种理论模型，但对学生理解化学反应的微观过程，解释化学反应过程中热量变化及化学反应的热效应，有着十分重要的意义与价值。

因此，我们可以把相关的教学过程设计为先分别绘制出表示放热反应和吸热反应过程的图4、图5，学生通过对比读图，在研究化学反应的微观过程中建立化学反应的"两段论"：第一阶段为吸热过程，第二阶段为放热过程。化学反应的快慢或难易主要取决于第一阶段，化学反应的热效应取决于化学反应过程中吸收的热量与放出的热量相对多少。然后，逐步过渡到对化学反应"两段论"的另一种理解，即化学反应往往经历拆开旧键过程与形成新键过程两个阶段，拆开旧键需要吸热，形成新键需要放热，拆开旧键越容易，化学反应越快，化学反应的热效应取决于化学反应方程式中所表示的反应物总键能与生成物总键能的相对多少。

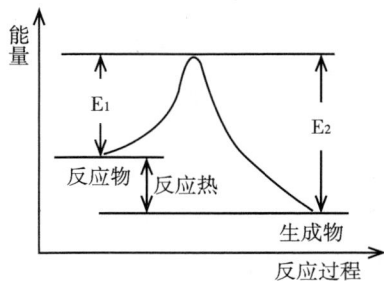
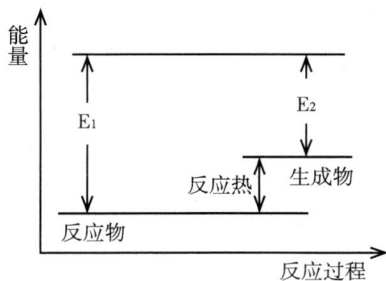

图4   图5

（二）关于盖斯定律的教学

盖斯定律作为热化学的重要基础理论，无论在研究热化学问题的宏观方向上，还是在解决热化学具体问题的过程当中，都有着非常重要的指导意义。因此，我们在设计盖斯定律的教学思路时，既要帮助学生建立解决有关热化学问题的新理念，又要帮助学生强化盖斯定律的工具性价值，即盖斯定律在解决热化学问题上的具体应用。

第一，引出盖斯定律。

如何引出盖斯定律是教学的关键，通常采取设疑法，通过让学生产生最直接的疑问和求知欲，来激发他们的学习兴趣，达到提高教学效率的目的。教学过程可以设计如下：

教师问：我们方便不方便直接测量出 $C(s) + \frac{1}{2} O_2(g) = CO(g)$ 的反应热？

学生回：不方便。

教师问：我们能不能用下面两个热化学方程式计算上述反应的反应热？

$C(s) + O_2(g) = CO_2(g)$；$\Delta H = -393.5 \text{kJ} / \text{mol}$

$CO(g) + \frac{1}{2} O_2(g) = CO_2(g)$；$\Delta H = -283.0 \text{kJ} / \text{mol}$

教师在学生的困惑中指出，早在1840年，瑞士的化学家盖斯就解决了这个问题。

第二，理解盖斯定律。

尽管教科书中设计通过两幅图来帮助学生理解盖斯定律，但都不如将反应物（A）设计为通过三种途径变成生成物（E）的图示（如图6）来理解、认识盖斯定律更加客观、有效。从将盖斯定律的文字叙述转化为图例开始，再到等式"$\Delta H = \Delta H_1 + \Delta H_2 = \Delta H_3 + \Delta H_4 + \Delta H_5$"的建立结束，非常有效地完成了盖斯定律的概念教学。

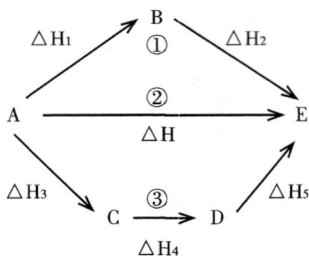

图6

第三，应用盖斯定律。

关于盖斯定律的应用，主要体现在运用盖斯定律提供的宏观思路，设计规划有关物质之间的反应途径，用已知化学反应的反应热，依据简单的代数关系，求未知的化学反应的反应热。关于盖斯定律应用的教学，可以先回到"$C(s) + \frac{1}{2} O_2(g) = CO(g)$"的反应热计算上，再按如下思路展开：

第一步，根据盖斯定律的有关原理，设计规划反应途径。

第二步，利用简单的代数运算法则进行计算：根据$\Delta H_1 = \Delta H_2 + \Delta H_3$，得出$\Delta H_2 = \Delta H_1 - \Delta H_3 = -393.5 kJ/mol - (-283.0 kJ/mol) = -110.5 kJ／mol$，最终的结果可以表示为$C(s) + \frac{1}{2} O_2(g) = CO(g)$的$\Delta H = -110.5 kJ／mol$。

当然，关于盖斯定律的应用教学，还需要设计一些典型题目来加以巩固，尤其是要善于充分利用燃烧热数据来解决具体问题，同时还需要强调代数运算过程的严谨、科学、规范。

（三）关于热化学方程式的教学

人教版《化学反应原理》教科书关于"热化学方程式"的教学内容是采取直接呈现的方式来安排的。我们从理论上认为以这种形式来安排热化学方程式内容，然后再通过与普通的化学方程式进行对比，找到热化学方程式与普通化学方程式之间的区别，并不是最科学的。我们通过长期的教学实践发现，如果把热化学方程式的教学过程设计为在"燃烧热"概念的教学中，引导学生建立热化学方程式概念和热化学方程式的书写规范，则教学过程更合理。具体教学过程可以设计如下。

在反应热概念教学之后，直接引出反应热中最重要的类型——燃烧热的概念，在向学生强调注意概念的关键词、燃烧热的表示方法及单位和测量燃烧热时状况的同时，引导学生熟悉教科书第7页的燃烧热数据表，了解并比较一些常见物质的燃烧热数据。然后，向学生提出任务性要求，用化学方程式来表示燃烧热。当然，要提醒学生在化学方程式中必须注意燃烧热的表示方法，强调燃烧热是1mol可燃物燃烧时对应的反应热，反应热与测量时的状况和反应物、生成物的状态有关。如，通常以表示H_2燃烧热的热化学方程式为例：

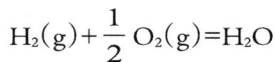

$$H_2(g) + \frac{1}{2}O_2(g) = H_2O$$

$$\Delta H_3 = -285.8 kJ \cdot mol^{-1}$$

在检查了学生任务完成情况和建立了热化学方程式概念之后，在规范热化学方程式的书写的基础上再安排如下学习任务：①写出用以表示石墨、一氧化碳、甲烷、乙醇等代表性可燃物燃烧热的热化学方程式；②写出$2molH_2$、$2molCH_4$燃烧的热化学方程式。进一步巩固热化学方程式的书写要求与规范。

当然，建立热化学方程式的概念，强调热化学方程式的书写规范是远远不够的。在教学设计时，还需要提供一些针对性较强的典型题目，来强化热化学方程式教学。

（四）关于燃烧热的教学

在人教版《化学反应原理》教科书上，关于"燃烧热"的教学内容被安排在第二节，仅仅从基本概念上加以明确，而忽视了"燃烧热"作为热化学最重要、最直接的数据的应用价值。我们知道，燃烧热是热化学上最容易测量的反应热，通过教学实践也发现，燃烧热作为反应热的最重要表现形式，在建立了反应热概念之后，就应该在充分明确燃烧热概念内涵的基础上，强化燃烧热的具体应用。

除了燃烧热可以作为建立热化学方程式概念最重要的教学资源以外，我们在教学实践中还需要充分利用数据表中燃烧热的数据，进行盖斯定律应用和反应热计算。尤其需要围绕燃烧热数据，利用已知热化学方程式，通过"加""减"来计算目标热化学方程式的反应热。教学实践中，可以通过典型题目来完成这一教学设想，具体的题型可以设计为：

利用教科书上石墨、氢气、甲烷的燃烧热数据，计算下述反应的反应热：

$$C(s,石墨) + 2H_2(g) = CH_4(g)$$

显然，这种题型最大的优点在于既让学生充分认识到了燃烧热数据的重要性，又让学生在表达燃烧热的过程中巩固了热化学方程式的书写，同时，还让学生掌握了计算反应热的一种常见的重要方法。当然，在解决具体问题之前，还需要引导学生建立解决此类问题的基本思路：①根据燃烧热数据，写出规范的已知热化学方程式；②研究目标热化学方程式与已知热化学方程式中各反应物、生成物之间的关系；③确定从已知热化学方程式到目标热化学方程式之间的"加""减"法，以及明确两式中有关反应物与生成物的倍数关系；④对已知热化学方程式进行"加""减"的同时，对各已知热化学方程式的反应热进行对应的代数"加""减"。具体的解题过程如下：

第一步，根据燃烧热数据写出的已知热化学方程式如下：

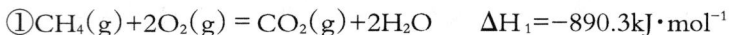

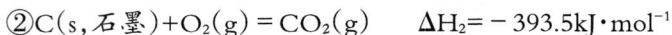

①$CH_4(g) + 2O_2(g) = CO_2(g) + 2H_2O$　　　$\Delta H_1 = -890.3 kJ \cdot mol^{-1}$

②$C(s,石墨) + O_2(g) = CO_2(g)$　　　$\Delta H_2 = -393.5 kJ \cdot mol^{-1}$

③$H_2(g) + \dfrac{1}{2}O_2(g) = H_2O$　　　$\Delta H_3 = -285.8 kJ \cdot mol^{-1}$

第二步，目标热化学方程式为：$C(s,石墨) + 2H_2(g) = CH_4(g)$

第三步，分析：目标热化学方程式中的反应物$C(s,石墨)$和$H_2(g)$分别在已知热化学方程式②、③的反应物中，有关物质在反应式中的位置一致，同时，目标热化学方程式中$H_2(g)$的化学计量数为2，而目标热化学方程式中的生成物$CH_4(g)$为已知热化学方程式①的反应物，有关物质在反应式中的位置不一致。

第四步，进行热化学方程式的"加""减"及反应热的代数运算：

②+③−2×①=④

$\Delta H_4 = \Delta H_2 + 2\Delta H_3 - \Delta H_1$

$= -393.5 \text{ kJ} \cdot \text{mol}^{-1} + 2 \times (-285.8) \text{ kJ} \cdot \text{mol}^{-1} - (-890.3) \text{ kJ} \cdot \text{mol}^{-1}$

$= -74.8 \text{kJ} \cdot \text{mol}^{-1}$

随着课程改革的推进，一标多本的情况开始出现。高中化学在一个"标准"的前提之下，人民教育出版社、山东科技出版社、江苏教育出版社等三家出版社分别出版了三个版本的教科书，三个版本在安徽省的皖中、皖北与皖南都有使用。课程专家建议，作为教师应该同时拥有三种版本的教科书，在课前进行对比研究，充分吸收各种版本教科书的优点，有选择地进行教学。于是，我结合自己的研究方向，陆续推出了不同版本教科书内容比较的研究文章，分别发表在《化学教育》《中学化学教学参考》等核心期刊上。

三种版本课程标准教科书中"非金属及其化合物"内容比较及教学建议

普通高中化学课程标准（实验）关于"非金属及其化合物"有关内容及其教学要求明确指出，通过实验了解氯、氮、硫、硅等非金属及其化合物的主要性质，认识其在生产中的应用及对生态的影响。同时，课程标准还对"非金属及其化合物"的教学给出了五个方面的活动与探究建议：①氯气漂白性实验；②查阅日常生活中的含氯化合物资料；③查阅资料并讨论减少向大气中排放氮氧化物、二氧化硫的措施；④讨论自然界中碳、氮循环在维持生态平衡中的作用；⑤查阅硅及其化合物在信息技术、材料科学领域的应用资料。2004年初审通过的不同版本课程标准必修1教科书（以下简称人教版、苏教版、鲁科版）对"元素及其化合物"的内容编排和教学内容的呈现形式各有特色，现从两个方面比较分析，并就"非金属及其化合物"的教学提出具体建议。

一、教科书的编排

三种版本的课程标准教科书在内容编写体例和知识体系架构上各具特

41

色。虽然人教版课程标准教科书在编写体例上并没有像传统的教科书那样，同种元素及其化合物自成体系，但"非金属及其化合物"内容仍然集中编排于一章，有关内容被安排为4节："无机非金属材料的主角——硅"，"富集在海水中的元素——氯"，"硫和氮的化合物"，"氨 硝酸 硫酸"。苏教版课程标准教科书在"非金属及其化合物"内容编排上，不仅完全打破了传统的知识编排体系，而且根据功能、来源或与环境的相关性，将课程标准要求的非金属及其化合物内容以3个专题分散安排："氯、溴、碘及其化合物"与"钠、镁及其化合物"安排在"从海水中获得的化学物质"的专题中，"含硅矿物与信息材料"与"铝、铁、铜等金属及其化合物知识"一同安排在"从矿物到基础材料"的专题中，将与环境关联性较强的硫、氮及其化合物知识，专设为"硫、氮和可持续发展"专题。鲁科版课程标准教科书关于"非金属及其化合物"的内容编排主要集中于两章：一是从元素的来源角度，以"自然界中的元素"为题，安排了"碳的多样性、氮的循环、硫的转化、海水中的化学元素"等内容，其中海水中的化学元素还包括钠、镁等金属元素化合物知识；二是从材料化学角度，以"元素与材料世界"为题，安排了"硅 无机非金属材料"等内容。

从三种版本课程标准教科书关于"非金属及其化合物"的内容编排来看，虽然各种版本教科书都自成体系，但由于人教版课程标准教科书是从大纲版过度而来的，对教师来说可能更容易适应其内容编排体例和知识系统。而苏教版、鲁科版课程标准教科书在知识架构上基本上都是全新的体系，教师使用时需要有一个熟悉与适应的过程。另外，我认为苏教版课程标准教科书关于"非金属及其化合物"内容过于分散，对学生"非金属及其化合物"知识体系的建构和"触类旁通"地学习相关知识会产生一定的影响。鲁科版课程标准教科书关于"非金属及其化合物"的内容虽然相对较为集中，各节的名称也非常通俗、言简意赅，但与必修1教科书其他各节的名称不太协调。

二、内容标准的呈现

虽然三种版本教科书的编写体例各不相同、各具特色，但都非常忠实于课程标准的内容安排，都能基本涵盖课程标准要求的"非金属及其化合物"内容。由于各种版本教科书自成体系、各具风格，因此，在内容标准呈现上各显其能，这也是三种版本教科书最为显著的区别。

（一）关于"卤族元素及其化合物知识"的内容呈现

三种版本教科书关于"卤族元素及其化合物知识"，无论在呈现形式上，还是在内容安排上，各有重点，差别很大。

人教版教科书只是突出了氯元素及其化合物，比较传统地重点介绍了氯气的性质，如氯气与金属、非金属、水和碱溶液的反应等，常识性介绍了氯水的漂白作用、漂白粉的成分和氯气的用途，还特别强调了氯离子的检验，只是在科学视野中简单比较了氯、溴、碘单质的活泼性，不仅没有涉及溴、碘及其化合物知识，关于氯气的制法在正文中也没有提及。鲁科版教科书把卤族元素及其化合物知识置于"海水中化学元素"之中，突出其应用功能，如，介绍了氯碱工业、食盐加碘等，在"溴和海水提溴"中通过实验观察的形式认识溴、碘等物质的性质，通过实验探究的形式比较氯、溴、碘等单质的氧化性。相对来说，苏教版教科书以"氯、溴、碘及其化合物"为题安排学习内容，容量最大，涵盖的卤族元素范围最广，从工业角度介绍了电解饱和食盐水的化学反应和工业生产原理，以实验观察的形式引出了氯气与铁、氢气和强碱溶液反应的性质，介绍了氯气的用途，强调了氯水的成分及漂白性，以"溴、碘的提取"为标题，通过实验引出了卤素单质与卤化物发生置换反应知识，并归纳了卤素离子的检验方法。

（二）关于"硫元素及其化合物知识"的内容呈现

三种版本教科书关于"硫元素及其化合物知识"的介绍都比较系统、全面，在内容呈现上都充分体现了二氧化硫对环境的危害（如何防治酸雨等），都强调了硫的转化，并以硫元素的价态为线索呈现知识内容，都特别强调了传统知识体系中的浓硫酸在与铜、碳单质反应所表现出的强氧化性等。但每一种版本的教科书在内容呈现上有各自不同的侧重点。

人教版教科书重点介绍了硫的氧化物和硫酸，更侧重于硫的氧化物，特别是二氧化硫的性质，硫的来源、硫单质的性质和三氧化硫一带而过，略显系统性不强，尤其是"硫的氧化物和硫酸"被分别安排在两节之中，给教和学都带来了不便。鲁科版教科书则侧重于自然界及实验室中不同价态硫元素的转化,以实验观察的形式认识硫单质,以实验探究的形式引出0、+4、+6价硫的转化关系,虽然强调了酸雨的形成过程和二氧化硫的化学性质,但对二氧化硫物理性质主要体现在感性认识上。这样的编排更符合学生的认知规律,也更容易实施教学。苏教版教科书则侧重于对二氧化硫的化学性质(酸性、还原性及漂白性)和浓硫酸的特性(脱水性、吸水性和强氧化性)的介绍,遗憾的是教科书中并没有安排"二氧化硫与硫化氢之间发生归中反应"的内容,这会对建立不同价态硫元素之间氧化还原关系有一定的影响。

(三)关于"氮元素及其化合物知识"的内容呈现

三种版本教科书关于"氮元素及其化合物知识"的内容呈现形式及教学内容安排,与其他元素及其化合物的内容安排相比较而言,区别是最小的,都一致强调了传统氮元素及其化合物知识中所重视的氨、氮氧化物和硝酸的性质,只是在具体知识的侧重点及有关内容的呈现方式上有一定的区别。

人教版教科书具体安排了一氧化氮与二氧化氮的性质、氨的合成与制法和氨的性质、浓稀硝酸的强氧化性等内容,重点强调了氨的性质。鲁科版教科书以"氮的循环"为节名,不仅与课程标准中的活动建议相吻合,以"氮的固定"为题引出了氮的性质、氮氧化物的性质和氨的合成,并以较大篇幅介绍了氨、铵盐、硝酸的性质,同时还在相关内容中介绍了氮的化合物与工农业生产的关系,强调了人类活动对氮循环和环境的影响。苏教版教科书共安排了"氮氧化物的生产及转化""氮肥的生产和使用""硝酸的性质"三个部分的内容,主要通过实验观察和实验探究的形式引出相关的知识,强调的重点学习内容仍然是氮氧化物、氨、硝酸的性质。

(四)关于"硅元素及其化合物知识"的内容呈现

无论是大纲版教科书,还是课程标准教科书都非常重视"硅元素及其化合物知识"的内容安排,都从非金属材料或信息材料的角度对有关内容做了介绍。

人教版课程标准教科书重点安排了"硅、二氧化硅、硅酸和硅酸盐"

等相关内容，呈现的形式较为传统，基本上与原大纲版教科书风格相似，更注重有关内容的学科性及知识性，而鲁科版教科书和苏教版教科书则更突出硅及含硅化合物的"材料性"。从"半导体材料与单质硅""二氧化硅与光导纤维""硅酸盐与无机非金属材料"等标题中即可看出鲁科版教科书更注重有关知识与相关材料的联系，从"硅酸盐矿物与硅酸盐产品"和"二氧化硅与信息材料"这两个标题也能看出苏教版教科书更偏重于有关物质的材料价值。

（五）关于"碳元素及其化合物知识"的内容呈现

考虑到碳元素的常见化合物内容已经在初中化学教科书中有所呈现，故课程标准在内容标准中没有直接对碳元素及其化合物知识提出要求。由于碳酸钠、碳酸氢钠、二氧化碳等物质性质的重要性与特殊性，不同版本的教科书都对此内容做出了一定的安排。人教版教科书和苏教版教科书将有关内容安排在钠元素化合物中，而鲁科版教科书对碳元素及其化合物给予了高度重视，专门设置了"碳的多样性"一节，重点安排了"多种多样的碳单质""广泛存在的含碳化合物""碳及其化合物间的转化"等三方面的内容。

三、具体的教学建议

化学研究的重要内容之一就是化学物质的性质及变化，包括物质的存在、单质及化合物的性质和物质的用途等。非金属及其化合物因其特有的性质和特殊的地位，决定了其有关知识的教学过程必须科学、有效。现从四个方面对非金属及其化合物教学提出具体建议。

（一）严格以课程标准为"纲"

由于不同版本教科书的编写者对课程标准的理解与把握不同，同一内容在教科书中的呈现形式就有可能不同，这是传统的"一纲一本"情况下所没有的新情况。因此，这必然会引发一些教师在教科书使用上的顾虑，即担心只使用某一种版本的教科书会出现偏差，甚至担心过分依赖某一种版本的教科书会在高考中"吃亏"，总是习惯将三种版本教科书的内容进行"并集"处理。事实上，尽管三种版本教科书的内容呈现形式有明显的不同，但教科书只是课程标准的一种具体的承载形式，教学依据只有一个，那就是课程标准，我们的课堂教学只是"用教材教"，而不是去"教教材"。因此，在"非金属及其化合物"的教学中，只要我们时刻以课程标准为"纲"，使用哪种版本的教科书都是无关紧要的。当然，教学中同时参考其他版本的教科书教学也是值得提倡的，它对深刻理解课标要求，有效实施课堂教学是十分有益的。

（二）强化实验教学

无论是物质性质的验证，还是物质间转化关系的建立，甚至新物质的发现、新知识的建构，等等，都对化学实验有比较强的依赖性。为此，不同版本的教科书都安排了大量的观察性实验及探究性实验，特别是苏教版和鲁科版教科书不仅安排了14个观察性实验，而且分别安排了8个和4个探究性实验。因此，在"非金属及其化合物"的教学中，既要重视观察性实验的演示，强调实验效果，让学生学会在实验观察中发现问题、建构知识、学会思考，又要重视探究性实验的教学，以此为载体培养学生的动手能力、探究能力、创新能力和控制变量的思维能力等。

（三）突出氧化还原反应原理的应用

一种物质的性质，可能就是另一种物质的制备方法，也可能是其与另一种物质之间的转化关系，建立同种元素不同价态化合物之间的联系，有效实现非金属及其化合物之间的转化，不仅是非金属及其化合物教学的重点，而且是实施非金属及其化合物有效教学的突破口。因此，在非金属及其化合物教学中，最为重要的教学策略就是突出氧化还原反应原理的应用。如，硫元素及其化合物的性质基本上都体现在硫元素的价态变化图"$\overset{-2}{S}$—$\overset{0}{S}$—$\overset{+4}{S}$—$\overset{+6}{S}$"上，只要引导学生认真分析硫元素化合价变化倾向，即让学生明确处于最高价态的硫元素只表现氧化性，处于最低价态的硫元素只表现还原性，处于中间价态的硫元素可以表现氧化与还原两重性，-2价硫元素可以与$+4$价、$+6$价硫元素发生归中反应，硫元素及其化合物的性质的教学即可落在实处，也会产生非常好的教学效果。

（四）强调化学用语的教学

以化学方程式、化学式为重点的化学用语的正确与规范使用，是中学化学教学中需要重点培养的学科素养。无论是非金属单质及化合物的性质，还是非金属单质及化合物之间的转化，都离不开化学式和化学方程式来直观表达或承载。因此，在非金属及其化合物教学中，需要我们围绕有关物质的性质和物质间的转化，来强化有关物质的化学式和有关反应过程的化学方程式的书写与训练，要设法让学生多写、多练，在写与练中强调化学式及化学方程式的书写规范。凡涉及具体物质，就要求学生书写其化学式；凡涉及物质的化学变化或物质之间的转化，就要求学生用化学方程式来体现。

我对课程比较的研究，在学术界产生了一定的影响，尤其是我到我国台湾学习之后，对我国大陆与台湾的高中化学课程进行了系统的比较研究，出了很多研究成果。我等在《化学教育》上连续发表了9篇高质量的学术论文，特别是关于大陆与台湾在实验教学方面存在的理念与观点差异的研究，已经在课程标准修订及新版教科书的编制过程中有所体现。同时，我通过旅行社从台湾带回了初中阶段的《自然与生活科技》教科书，于2015年9月启动了大陆与台湾初中阶段科学课程的比较研究，由于涉及物理、化学、生物、地理等多个学科，参加人员比较多，目前研究成果还没有完全呈现。在大陆与台湾高中化学课程比较研究之中，开篇之作是我和李梅老师、赵以胜老师的关于大陆课程标准与台湾课程纲要的比较研究，该文已发表在《化学教育》上。

我国大陆普通高中化学课程标准与我国台湾课程纲要比较研究

2003年3月，教育部印发《普通高中课程方案（实验）》和语文等15个学科的课程标准（实验），2004年秋季学期开始，宁夏、海南、山东、广东等地率先进入高中新课程实验。2003年5月，台湾地区发布《普通高级中学课程纲要草案》，比大陆晚一年也拉开了新一轮高中课程改革的序幕。2006年，台湾地区教育主管部门颁布《普通高级中学课程暂行纲要》，2008年又颁布了《普通高级中学课程纲要》《普通高级中学必修科目基础化学课程纲要》《高级中学选修化学课程纲要》《后期中等教育共同核心课程化学课程纲要》等相关课程改革指导性文件。现从课程目标及课程内容两个方面对大陆普通高中化学课程标准与台湾课程纲要加以比较研究，供读者参考。

一、两岸高中化学课程目标的对比分析

教育部印发的《普通高中化学课程标准（实验）》是指导整个普通高中化学教科书编写、课程教学、课程资源开发、教学评价、考试命题等唯一的纲领性文件，其课程目标是通过设置多样化的课程模块，使学生在知识与技能、过程与方法、情感态度与价值观等三个方面得到统一、和谐的发展。台湾地区的普通高中在不同的学段有不同的课程纲要，高一、高二、高三每个学段对应的课程纲要分别为《普通高级中学必修科目基础化学课程纲要》《后期中等教育共同核心课程化学课程纲要》《普通高级中学选修科目"化学"课程纲要》，所对应的课程分别为"基础化学""化学""选修化学"，每一阶段的课程纲要所规定的课程目标有所不同。尤其是"选修化学"相对"基础化学""化学"的课程目标指向完全不同，见表2。

表2 台湾地区高中化学课程目标

课程类型	课程目标	说明
基础化学	①借由生活化的教学内容与实验活动，了解化学与环境、科技、人生的相关性，认识自然界的多元性和一致性，以及化学带给人类与地球的影响 ②培养化学兴趣，熟悉科学方法，增进个人解决问题、自我学习、推理思考、表达沟通之能力，以适应社会变迁，成为具有科学素养的居民	高一年级开设，必修课程，2学分
化学	①借由生活化的教材内容与实验活动，建立后期中等教育化学科之基本核心概念之了解与应用 ②引导学习化学兴趣，培养化学基本素养、科学态度，熟悉科学方法，增进个人解决问题、自我学习、推理思考、表达沟通之能力，以适应社会变迁，培养环境保护及永续发展之理念，成为具有科学素养之居民	高二年级开设，与物理、生物、地球与环境共同组成自然领域课程；选择性修习；4~6学分
选修化学	继续"高中必修科基础化学"的基础化学教育，加强化学原理与知识的培养及实验能力与操作技巧的养成，增进学生对物质科学的认知，即能衔接大学课程，确立博学、审问、慎思、明辨、笃行的基本治学方针	高三年级开设，选修课程，每学期3学分

从表2可以看出，台湾地区不同学段的高中化学课程目标是不同的，高一的课程目标主要从学习化学的观念、兴趣、方法论出发，以培养学生的学科能力及居民的科学素养。高二的"化学"更加注重概念教学，在实现课程目

标上更加注重化学基本学科素养的形成。从某种意义上讲，高二与高一的课程目标，既有交叉，又有区别，但都强调化学学科素养的形成。高三的"选修化学"则更加注重知识与能力目标，学科中心特点突出，既重视化学原理与知识的教学，又注重学科思维与学科能力的形成，为升入大学做准备。

从两岸高中化学的课程目标对比中不难看出，台湾地区高中课程纲要所规定的课程目标和大陆的是有显著区别的。

第一，两岸课程目标的呈现形式有所不同。大陆地区的课程目标以十分具体的三维目标形式呈现，具有明显的时代特征与气息，而台湾地区的课程目标从内容叙述上是三维的，但从表述形式上仍然是传统的形式。

第二，两岸课程目标的学段定位有所不同。从某种意义上讲，知识与技能目标在必修与选修学段是有区别的，但不论何种年级段的过程与方法目标、情感态度与价值观目标应该是一致的，同时知识与技能目标的不同完全可以通过所规定的内容标准的不同来呈现。而台湾地区必修与选修学段的课程目标基本上是相互割裂的。

第三，两岸课程目标的具体内容有所区别。大陆课程标准把"科学探究"列为重要的课程目标之一，而台湾地区的课程目标还停留在"实验能力"的培养上。除此以外，大陆课程标准还把"科学态度""合作精神""社会责任感"作为课程目标特别提出，而台湾地区的课程目标几乎没有这方面的要求。

二、两岸高中化学课程内容的对照比较

两岸的高中化学课程虽然都规定有必修课程与选修课程，但两岸高中化学课程的最大区别就是所规定的修习内容不同。大陆地区的高中化学必修课程共分为"必修1"和"必修2"两个模块，选修课程根据内容或领域的不同，划分为"化学与生活""化学与技术""物质结构与性质""化学反应原理""有机化学基础""实验化学"等6个选修模块，达到高中毕业标准必须修满6学分，即必修4学分、选修2学分，学生还可以通过选择修习其他模块修得更多的学分，其中高考必考内容涉及"必修1""必修2""化学反应原理"，其他选修内容涉及选修模块个数由各省区自行确定。台湾地区的高中化学课程设置比较简单，只包括必修课程"基础化学"、选择性必修课程"化学"和选修课程"选修化学"。从严格意义上讲，在台湾地区达到高中毕业要求只需要2学分，即只涉及高一必修化学的学习内容，高二的必修属于选择性必修，学生可以不选择化学学科修习，高三的选修学分也属于选择性选修，学生也不一定选修。台湾地区的高校入学水平测试（学测）和台湾高校入学考试指定科目考试（指考）分别为必修及选修的全部内容。现将两岸高中化学课程中所安排的内容主题及相关内容对比如表3、表4。

表3 两岸高中化学必修课程内容主题及相关内容的对比说明

	内容主题	相关内容的对比说明
大陆课程标准	必修1 ①认识化学科学 ②化学实验基础 ③常见无机物及其应用 必修2 ①物质结构基础 ②化学反应与能量 ③化学与可持续发展	①关于无机物质。台湾地区的课程纲要从自然界的物质出发，分别研究大气、水、土壤中的物质成分、性质及变化等，大陆课程标准则要求直接研究钠、铝、铁、铜、氯、氮、硫、硅等元素及其化合物的主要性质及应用； ②关于有机物。台湾地区的课程纲要以"生活中的物质"为题，要求了解常见的食品、衣料、材料、药物等所含有机物的组成、性质及应用，大陆课程标准直接对甲烷、乙烯、苯、乙醇、乙酸、糖类、油脂和蛋白质的组成和主要性质提出要求； ③关于化学反应与能量。台湾地区的课程纲要以"生活中的能源"为题，从宏观上介绍了化石能源、燃烧热和化学电池；大陆课程标准则重点突出化学与热能、电能的转化关系，并简单介绍了化学电池和化学键断裂与化学反应能量变化的关系； ④关于原子结构。两岸高中化学必修课程内容最相近的就是原子结构，大陆课程标准中将原子结构内容集中在"必修2"中，台湾地区的课程纲要将有关内容分别安排在"基础化学"和"化学"中。所不同的是，在大陆被称之为"元素周期律"的概念，在台湾地区被称为"元素的规律性"； ⑤关于化学实验。台湾地区的《普通高级中学必修科目基础化学课程纲要》只是给出具体的8个必做实验和参考实验，在《后期中等教育共同核心课程化学课程纲要》专门提出了化学实验的主题要求。大陆的高中化学课程标准专门设立了实验内容主题，除了对实验基本操作提出了具体要求，还特别强调了实验探究，不仅给出了很多有关实验活动的建议，还在"教学建议"中对实验探究提出了具体的要求与建议
台湾课程纲要	基础化学 ①绪论 ②自然界的物质 ③物质的形成及其变化 ④生活中的能源 ⑤生活中的物质 化学 ①物质的状态 ②物质的变化 ③物质的构造 ④生活中的物质	

表4　两岸高中化学选修课程内容主题及相关内容的对比说明

内容主题	相关内容的对比说明
大陆课程标准 化学与生活 ①化学与健康 ②生活中的材料 ③化学与环境保护 化学与技术 ①化学与资源开发利用 ②化学与材料的制造、应用 ③化学与工农业生产 物质结构与性质 ①原子结构与元素的性质 ②化学键与物质的性质 ③分子间作用力与物质的性质 ④研究物质结构的价值 化学反应原理 ①化学反应与能量 ②化学反应速率与化学平衡 ③溶液中离子平衡 有机化学基础 ①有机化合物的组成与结构 ②烃及其衍生物的性质与应用 ③糖类、氨基酸和蛋白质 ④合成高分子化合物 实验化学 ①化学实验基础 ②化学实验探究 **台湾课程纲要** 选修化学 ①氧化还原反应 ②原子构造 ③化学键结 ④有机化合物 ⑤液态与溶液 ⑥无机化合物 ⑦化学应用与发展 ⑧物质的测量 选修化学实验 ①氧化还原滴定 ②硝酸钾的溶解与再结晶 ③凝固点下降的测试 ④烃类化合物的性质 ⑤电解电镀、非电解电镀 ⑥示范实验：错合物的形成	①关于氧化还原反应。台湾地区的课程纲要重点对氧化还原反应提出了较高的要求，规定应修习的内容包括氧化数的概念、氧化还原滴定与计量、标准还原电位与电池电压、法拉第电解定律等；而"氧化还原反应"在大陆课程标准中属于必修部分 ②关于有机物。台湾地区的课程纲要中的"有机化合物"和"化学的应用与发展"两块内容主题涉及有机物，包括有机物的组成、碳氢化合物、有机卤化物、醇、酚、醛、有机酸、酯、油脂、胺、酰胺、聚合物、生物体中大分子和化学材料等内容；大陆课程标准将有机物有关内容分别安排在"化学与生活"和"有机化学基础"两个模块中。两岸关于有机物的选修内容略有不同。同时，台湾地区的课程纲要还提出了"用图像建立3D立体结构的概念"这一富有特色的修习要求 ③关于物质结构。台湾地区的课程纲要对"物质结构"以"原子构造"和"化学键结"两个内容主题提出了修习要求，大陆课程标准是以一个模块的形式供学生选择，但内容有所不同，台湾地区的课程纲要的修习要求更高，如键偶极、芮得柏方程式、共振结构、价层电子对互斥理论与分子形状、金属固体的电子海模型等都是大陆课程标准要求之外的内容； ④关于溶液。两岸高中化学选修课程内容最大的差别之一是溶液。台湾地区的课程纲要关于"溶液"的要求基本上属于"物理化学"范畴，主要内容包括水的相变化、汽化与蒸汽压、溶液的性质等；而大陆课程标准关于溶液的内容主要是围绕电解溶液提出要求，核心知识点为"溶液中的电离平衡" ⑤关于化学实验。两岸高中化学课程关于化学实验都以专门的选修内容提出要求，所不同的是，对实验主题内容修习的着眼点有所不同，大陆课程标准更加突出对实验探究的要求，而台湾地区的课程纲要更注重对具体的典型实验的建议 ⑥其他。大陆课程标准中的选修内容"化学反应速率与化学平衡""盖斯定律""化学与药物"等，在台湾地区的课程纲要中已经全部列为必修要求。而大陆地区列为必修要求的"常见的金属、非金属、过渡族元素及化合物知识"，在台湾地区则作为选修内容提出

从表3和表4可以看出，海峡两岸的高中化学课程内容要求的总体趋向是一致的，都是为升入高校建立相关的化学学科素养和知识、技能基础，为适应现代社会的生活与工作服务，所包含内容也基本上都是涉及化学基本概念、化学反应原理、无机元素化合物知识、有机化合物知识及其应用、原子结构与元素周期律知识及其应用等领域或范围。但两岸在高中化学课程的内容安排上各具特色，都有值得商榷的地方，也都有值得交流与共享之处。

第一，大陆地区的课程知识体系更加系统，学生更容易接受。大陆课程标准所规定的内容标准更具有系统性，基本上是按照知识逻辑提出修习要求的，更方便于教科书的编写与学生的修习。而台湾地区的高中课程内容则显得有些零乱，内容编排更注重宏观逻辑性，忽视了课程知识间的内在联系，给学生的修习带来困难。

第二，大陆地区更加注重微观物质的教学。大陆高中化学课程对微观物质的研究较多，尤其是重视学生对具体物质的性质、结构的修习。而台湾地区的高中化学课程注重宏观物质的研究，更加注重化学与生活、化学与社会的联系。

第三，大陆地区的选修课程更具有选择性。台湾地区只有一个选修模块，只有选与不选两种选择，在一定程度上剥夺了学生对某一感兴趣的主题内容的修习权，而大陆地区的选修课程可以给学生提供更加多样化选择的"菜单"，理论上讲2学分的选修内容，学生可以做出6种选择。

第四，大陆地区的教学内容建议与安排更具体。由于大陆地区的高中化学课程内容被安排在8个模块之内，这就给内容安排提供了更加广阔的空间。不仅内容标准十分具体，修习程度也非常明确，围绕内容主题所给出的"活动与探究建议"也非常详细，有实验探究、查阅资料、阅读与讨论等，项目内容非常丰富。相对来说，台湾地区的课程纲要对教学内容的安排就比较机械与呆板，缺少修习程度要求的条目化内容说明，不利于教学和修习中对课程内容深浅度的把握与控制。

第五，台湾地区的某些教学要求标准过高。总的来看，台湾地区的课程纲要对教学内容的要求比大陆地区要高，特别是台湾地区高中化学课程很多内容涉及高等学校电化学与物理化学等课程内容，如标准电极电位、电源电动势、溶液的性质等。

第六，两岸对化学实验课程要求的出发点明显不同。大陆与台湾的课程都十分明确化学是实验科学，也都非常重视化学实验内容的安排，但出发点明显不同。从"课程标准"和"课程纲要"所反映的情况来看，台湾地区课程纲要更注重具体的实验安排，淡化实验基本操作规范与实验素养的要求；而大陆地区的实验课程更加注重实验探究，非常重视化学实验的基本操作规范和化学实验基本素养的形成。

我不仅擅长写教研论文，而且善于进行课题研究。到目前为止，我累计申报立项的省级以上课题有7个，并有3项课题的研究成果分别获得安徽省教育科学研究优秀成果一、二、三等奖。我想，这是我勤奋耕耘、执着追求的结果，更是我善于发现问题、提出问题和解决问题的结果。

我参与研究的第一个省级立项课题是"现代教育技术应用与计算机辅助教学的研究"，这个课题组的组长是霍邱县教研室的王应群主任，我作为霍邱三中的化学教师与霍邱一中的物理教师陈方才分别担任副组长。通过参与这次课题，我初步了解了课题研究的思路与方法，也增强了我领衔课题研究的信心。在之后的工作中，我先后向安徽省教育科学研究规划办公室申请了10个课题，其中有7个课题获得了省级立项。我周围的老师们都说，一位中学老师能够申请到如此多的省级立项课题，真是了不起。

我在课题研究方面的不俗表现，引起了一些同行的称道。后来，我分别指导了多所学校的教师申请安徽省的课题并获得立项，也多次应邀做课题研究方面的专题报告。特别是省教育厅改革课题申报评审办法和课题管理办法后，全省每年的课题立项数从原来的400多项减少到100项以内，经我指导的课题有3个在改革后的首次课题申报评审中获得立项，其中"基于社会主义核心价值观的德育资源开发研究"获得了省级重点课题立项，成为全省当年仅有的9个重点课题之一。我还结合自身研究课题的感悟写出了博文《开题须论证》，很多教师在我的博客上留言，说我的这篇文章对指导广大教师有效开展课题研究，提供了重要的思路与方法。

开题须论证

关于课题的开题，很多人都存在一种误区，总以为把课题组成员召集起来开个会就算开题了。有时邀请专家到场，有时就简单到把课题组几个成员集中起来，向学校有关部门负责人宣读一下课题立项通知书，向全体课题组成员告知，我们的课题立项了，然后由课题组组长宣读一下开题报告，再请大家吃顿开工饭，就算开题了。其实，这种开题是极不严肃的，也是极不认真的，开题必须先论证。

规范的课题开题必须包括两个程序：一是开题论证，二是开题会议。所谓开题论证，就是组织专家对新立项课题的研究目标、研究内容、研究方法及步骤、预期成果形式进行科学论证。课题组负责人根据立项申请书及专家在开题论证时发表的意见和建议，撰写开题报告，并在开题报告中说明包括课题名称、课题研究内容、课题组成员等课题变更事项，再组织全体课题组成员召开专门的开题会议，宣读开题报告，分解研究任务，明确研究步骤，确定研究成果形式。不难看出，课题论证是课题正式开题前的一个非常重要且不可或缺的环节，这也是最容易被忽视的环节，很多人都以为课题立项了，就可以开题了，不需要论证了。也有人会认为，既然是立项课题，在那么多申报的课题中能够获得立项，一定有其立项的道理，如果对包括课题名称、研究目标、研究内容、研究人员、预期的研究成果形式等进行变更，会不会影响将来的结题。其实，这是不必担心的。因为不仅开题时可以进行必要的变更，就是在研究的中期，甚至到后期也可以进行相关的变更，这也是为什么开题报告、中期报告、阶段性报告和结题报告中都设置"课题重要变更"栏的原因。可以肯定地说，开题论证越充分，研究起来目标就越明确，研究思路就越清晰，研究方法与步骤就越明朗。没有全面而充分的准备，稀里糊涂地上马，很难想象能带来何种有推广价值的研究成果。

教育科研能力是广大教师应该具备的最为基本的业务能力之一，但教育科研绝不能脱离教育教学实际。我从1989年发表第一篇文章到目前在杂志上发表600余篇文章，之所以创作的源泉如此不竭，原因只有一个：那就是我在工作中从没有离开讲台半步。我所信奉的教育科研原则就是在教中研、在研究中教学，在教学研究中发现问题，再把研究的成果应用于教学实践中。这也许是我能成为全省乃至全国名师的秘诀之一。

勇于探索：教改路上知行合一

我从1984年9月走上霍邱三中的讲台，再也没有离开过中学化学教坛一步。无论我的工作多么繁忙，从一线教师，到副校长，再到20余年的校长生涯，我都把站稳教坛作为自己的立身之本、立教之根。有人说，我是基础化学教坛的一棵不老松，基础教育科研领域的一棵老杨树，枝繁叶茂、荫凉多多，我所取得的绝大多数荣誉，包括教科研成果，都是在我担任校长期间取得的。也有说我误人子弟，年岁在增大，校长公务缠身，还有多重身份，还怎么有时间备课，如何能静下心来教书？但我总是把自己30多年的教学实践经验毫无保留地传授给青年教师，把欢乐与笑声带给每一堂课的每一位学生。我所追求的课堂教学效果不是每节课都过得去，而是"每节课都精彩"。

"课本上找不到！"这是我在课堂上经常说的一句话。我之所以经常说这句话，是因为很多同学从小学到初中、高中对课本较依赖。老师在课堂教学中只要提到一个新问题或讲授新内容，学生最习惯做的事情就是翻课本，希望能在课本上找到答案。殊不知，这样不仅分散了学生的注意力，导致学生学于浅表、疏于应用，而且学生很难感受到知识产生的过程。

对于教辅资料的应用，我也有自己的看法。多年来，我对教辅资料市场的混乱和教师对教辅资料的过分依赖一直有看法，还很担心，尤其是担心青年教师对教辅的依赖，很可能会贻误一代教师的专业成长。在一次高三例行推门听课的课堂上，授课教师对教辅资料的过分依赖，终于让我到了无法容忍的程度，于是我在我的博客上发表了推门听课发现系列文章之《过分依赖》，表达了我一直想说而窝在心里的话。

过分依赖

所谓"过分依赖"，就是指在高考第一轮复习过程中，没有形成自己的备课笔记，而是过分依赖教辅资料。

早在十年前，市教育局教科所何鼎友所长就在全市高考试卷抽样分析报告中指出：一些高三毕业班的教师，没有形成针对自己所教学生的备课笔记，而是被手中的教辅资料牵着鼻子走，"一本书讲半年"。十年过去了，"一本书讲半年"的问题不仅没有得到很好地解决，而且过分依赖教辅资料的现象更加严重。现在市场上的教辅资料可谓是五花八门，经销商为了推销他们的教辅资料，可以说做足了"功课"。不仅教师手中有所谓的教辅资料教师用书，从内容安排到例题讲解，再到练习答案应有尽有，而且学生手中也配备了专门的学生用书，内容、例题、练习样样齐全，例题有详解，练习有答案，特别是很多教辅资料连配套的练习卷都配备齐当，评分标准及答案详细、具体，教师需要考试的话，可以用现成的试卷。不难想象，这样的教辅资料在一定程度上是很受欢迎的。因为使用这样的教辅资料，不知要省去教师多少时间、精力与工夫，一些比较"忙"的教师的备课可能简单到只需要在课前看看教辅资料就可以走进课堂；稍微负责任一点的教师，通常也只会在教辅上勾勾画画，即在资料上备课；还有极个别责任心缺失的教师可能在课前连看看教辅的时间都没有，一点准备都没有地走进课堂，与学生一道"脚踩西瓜皮，滑到哪里是哪里"。当然，这样的全能教辅对教师的诱惑力远不在此。当我们很多教师还在为按照哪一条复习线索去组织复习而苦苦思考的时候，当我们很多教师还在为不同层次的同一内容如何整合而煞费苦心的时候，当我们很多教师还在为选择什么样的题目来巩固知识而绞尽脑汁的时候，当我们很多教师还在为选用哪些练习题来巩固知识、反馈教学而不知所措的时候，我们回过头来把教辅资料打开，我们发现教辅里什么都有。然而，教辅资料真的那么神奇吗？其实，过分依赖教辅资料，可能会省去某些教师的一些时间，但带来的后果是十分可怕的，也是我们不愿意看到的。

首先，现在市场上很难找到一种完全适合各级各类学生的教辅资料。我们知道，现在市场上销售的一轮复习教辅资料，基本上都是各个省份都合适又都不完全合适的"一本通"版式。所谓"一本通"，就是指相关学科的各个模块内容都集中在一本教辅资料上。由于各个省份的高考内容模块及考试范围并不是相同的，而出版社也很难根据各个省份的考试范围单独组织、安排内容，所以，市场上相当多的教辅都是把整个高中课程标准要求的内容编写在一本教辅资料上，由教师在上课的过程中根据本地的考试范围和学生选考的模块自主选择复习内容。当我们的学生有了这样一本教辅资料的时候，不仅增加了他们的经济负担，而且增加了他们的时间成本和精力负担。

其次，无论是教辅上的习题还是配套的练习题，都不可能完全适应训练与反馈的需要。我们知道，一轮复习的最重要过程之一就是单元训练，即在每个单元或阶段复习结束以后，要进行相关内容的训练，主要发挥其诊断功能、巩固功能、反馈功能和评价功能，特别是还要体现其训练学科规范（主要是答题规范）的价值。由于很多省份采取的是自主命题，即使采用的是全国卷，也还有一卷、二卷之分，各自的命题思路与风格是不同的，而呈现在我们教辅资料上的试题，难免就会出现一些问题过难的题、陈旧的题、"不对路"的题，甚至还会出现学生常见的题，这些试题或习题的出现，不仅会误导学生，而且会耽误学生的时间。

最后，高考复习过程中过分依赖教辅资料是教师专业发展的大敌，尤其是青年教师成长的绊脚石。我们知道，第一轮复习需要把高中前两年的教学内容进行有机整合，使它们既要符合知识的逻辑顺序，又要自主建立一定的知识体系，可以说第一轮复习的规划与备课，不仅是对教师专业能力及教学水平的直接检验，而且是对教师的教学组织能力、知识系统化能力的锻炼与考验。过分依赖教辅资料，一方面，把最有含金量，也是最为繁杂的第一轮复习备考工作变得异常"简单"，让我们的教师丧失了创造的原动力，也丧失了不断锻炼与提高的机会；另一方面，没有能呈现给学生最为"校本"的教学内容及复习思路，课堂教学效率是不能保证的，复习效果可想而知。我们经常说这样一种观点，高三的复习过程，与其说是与学生一起备考的过程，倒不如说是教师的专业能力速成的过程。不可否认，完整经历了完全属于自己的高三毕业备考复习过程的教师，可以说是对自己教学业务的一种升华，对自己专业能力的一种提升，而过分依赖教辅资料，对某些人来说可能会有所收获，但无论如何，其所得到的回报都是不可能与把自己完全融入高三备考复习全过程相比较的。

当然，我们强调不能"过分依赖"，并不完全否定教师与学生对教辅的合理使用，学生在高强度、大容量的复习课后，没有教辅资料作为抓手是很可怕的。同样，教师不通过教辅来落实或安排学生的学习任务也是很可怕的。因此，我们一直在极力表明一个观点：在使用任何一种教辅资料的时候，我们都必须学会放弃，都必须学会选择，都必须学会再造。简单讲，就是帮助学生选用最合适的教辅资料，安排最合适的复习内容，进行最合适的学科训练。所有的这一切，都是以教师认真备课为前提的，无论在哪一轮复习的过程中，教师都应该有属于自己的备课笔记。教辅资料可以是你手中的线，你可用它来让学生与你一起同行，但绝不能让它牵着学生的鼻子走！

我对教辅资料的使用，不仅有自己的观点，而且在教学实践中也有自己的做法。我从教30多年来，无论是高一、高二新课内容的推进，还是进入高三的备考复习，从来没有使用过成品的教辅资料，学校或年级统一征订的教辅资料，我也基本上不用，最多也只是从中选择一些例题或练习题讲解，更不会要求学生另外订阅或购买其他的教辅资料。但这并不代表我在教学中不用教辅资料，而是我在教育教学过程中全部使用自己编制的导学案，考试时全部使用自己命制的试题。我在教学实践中，采取的是一体化的导学案，也即导学案是从教案改编过来的，主要用来指导学生的课前预习，并引导学生科学地做好课堂笔记。尽管我于2000年前后就形成了自己的电子备课资料，但我始终坚持一个原则，就是不备课不进课堂，即使是在大力推广"小备课"的今天，我也总会在课前把教学设计打印出来，并根据要求在课前"小备课"。在我的电脑里，从2000年开始，每一轮教学的电子备课稿都有专门的文件夹保存。虽然每年保存下来的电子备课教案大大方便了我备课，但节省的只是我的文字编辑时间，我从来没有把上一轮的电子备课教案直接拿来用，而总是根据最新的理解与认识，融入新的教育理念，结合每一节课后的教学反思，全面修订上一轮的电子备课教案。

我的备课不受传统模式的制约，不断形成了自己的电子备课模板。我把备课的内容限定在课程标准要求、教学目标设计、教学线索确定与教学内容安排等方面，把一节课分为4个阶段。一是新课的引入，通过设置一些新的情境为新课的引入做好铺垫。这里所谓的情境，可以是对上一节课内容的复习与总结，可以是对新知识、内容相关的问题提问，也可以是课堂实验，还可以是例题讲解。如安排一道例题让学生解决，并设法让学生在解决问题的过程中认识到新问题与已有的认知有冲突与矛盾，为了消除这些冲突与矛盾，自然而然地引入新的知识或方法等。二是新课的进行，这是一节课的重点，即按照课程标准或考试大纲安排具体的教学内容。我在"新课进行"环节，非常重视学生的知识建构，往往会在构建知识的"支架"上花费很多的精力与时间。我认为，科学探究是建构知识的一种重要途径与方法，但绝不是唯一的途径。我认为，建构主义学说中所讲的"支架"固然非常重要，但不同的知识点，同一知识的不同阶段，所需要的"支架"是不一样的，特别是建构知识的"支架"，也会因不同的教学内容有所不同。

有一次，我应邀参加在安徽师范大学举办的安徽省化学会年会。这次年会邀请了对基础化学教育有特殊研究的清华大学宋心琦教授做学术报告。这一年的安徽省化学会年会也像往常一样，安排了一些优秀教师进行课堂教学展示。芜湖一中的一位女名师展示课是"探究影响化学反应速率的因素"。当时，她借用芜湖市田家炳中学的学生上课，根据教学方案设计，她的一节课45分钟的内容共上了1小时，她拖堂15分钟。在这节课上，她共设计了三个探究实验，正是由于过多的探究实验，或者说由于只采取科学探究一种建构知识的方法，才导致了这节课超时15分钟。这位老师解释：因为田家炳中学的学生基础差，平时探究实验做得少，学生和老师配合得不好才导致了拖堂。进入评课环节，本不打算发言的我，受到年会承办方负责人闫蒙钢教授的再三邀请，我毫不客气地对这节课进行了一针见血地评价。我首先问了授课教师三个问题：事前你知不知道这不是芜湖一中的学生，而是田家炳中学的学生？科学探究是不是建构知识的唯一途径与方法？高中化学的科学探究是不是一步到位的？我说："作为一名优秀教师，在接到授课任务的时候，就应该根据我们的教学对象进行有针对性的备课，不能把拖堂的原因归结为学生不是芜湖一中的学生，而是田家炳中学的学生。根据建构主义理论，建构知识的途径是多重的，有经验建构，有比较建构，有活动探究，当然也有科学探究，但科学探究并不是建构知识的唯一途径与方法。比如，本节课的内容之一——浓度对化学反应速率的影响，完全可以通过经验来建构，并不是非要用科学探究来建构知识不可，如果这个问题用学生已经具有的经验来建构的话，课堂上就可以减少一个实验，课堂的容量就会大大减小，拖堂的问题就可以很好地解决了。一节课集中地安排三个科学探究实验是不可取的，因为学生的科学探究意识并不是一步到位的，科学探究解决问题的思路与方法也不是一步就能形成的，它需要贯穿高中三年，甚至需要从初中阶段就开始培养。我们可以设想，这一节课如果只安排1至2个探究实验，并不影响知识建构的效果，也可以大大减少课堂容量。所以，我们无论如何不能把科学探究作为知识建构的唯一途径与方法，更不能逢实验必探究。"我的评价引发了满堂喝彩，也得到了闫蒙钢教授、宋心琦教授的高度肯定。他们一致认为，这个评价不仅仅给授课教师提出了中肯的建议，而且对全体与会中学化学教师的课堂教学实践给出了很好的指导。

在我的课堂教学中，有一些别人不可能做到的"独家绝活"，有人说这是风格，其实这是能力，是驾驭课堂、驾驭课程、引领学生的能力。有一天，霍邱二中的一位副校长无意中走进了我的课堂，下课后他从教室里出来说的第一句话就是"我们做不到，也学不来"。这也许就是我课堂的巨大魅力之所在。

很多人都在追求课堂的普通话教学，很多演讲比赛、说课比赛，甚至是课堂教学大赛，都对普通话提出了特别的要求，对于这样的要求，我有自己的看法。使用课堂语言的前提，必须是学生能听得懂、领得会、听其言、知其意！如果有一种课堂语言，学生听得更明白，更容易接受知识，这种课堂语言无疑是最好的。换句话说，平时的课堂，如果过分追求普通话教学，教学效果也不一定是最佳的。我们知道，一个地区流行什么方言，甚至一个地方有哪些土话，都是当地劳动人民在生产实践中特定的背景下创造出来的，最容易被领会，也是最通俗、直白、易懂的地方性语言，也特别容易被当地人所接受。所以，作为教师，平时的课堂除了有特别要求以外，用当地的方言教学，不一定不是好事。为此，我在博客上专门发表了一篇《方言也是教学资源》的文章。

方言也是教学资源

在实施新课程的过程中，我们听到最多的词汇之一就是"教学资源"。作为课程的参与者、实施者、开发者，不仅要不断开发各类课程资源，而且要学会充分利用课程资源，以此建构知识，提高课堂教学效率。可能谁也没有想到，方言也是一种教学资源，因为方言所产生的语境、所表达的意境、所能提供的情境，有时可能是我们用普通语言难以准确表达的。所以，从某种意义上说，方言也是一种教学资源，课堂教学中使用好方言则是一种智慧。

对方言的认识，也是教学过程中的一种体验。有一次，来自合肥十中、中国科学技术大学附属中学、灵璧一中的化学同行来霍邱二中听我的课，当时我教授的是"物质的量"，我在教学中多次使用"一手子""二手子"这样的霍邱方言，我的用意非常简单，就是让学生通过方言来类比物质的量与摩尔基准的关系，可以说收到了很好的教学效果。大家在课后评价时，在肯定这节课的教学效果的同时，对所谓的"一手子""两手子"产生了疑问。他们说，"一手子""二手子"是什么意思？学生能听懂吗？我说，"一手子""二手子"是霍邱方言，也是霍邱语言中的量词，学生都能听得懂。从这以后，我就有了一个新的观点，于是我就提出了"方言也是教学资源"的观点。

霍邱地域不算大，可是南北、东西方言差别很大，南方的方言，北方的同学不一定能听得懂，河西的方言，河东的同学也搞不明白。这就需要我们在备课时，如果有需要的话，也要备方言，有时候在运用方言之前还要先介绍方言的含义。比如说，我在课堂上经常要用"就腿搓绳"这个有地方特色的方言来强化化学计算当中概念公式的应用，可是一些孩子却不知道"就腿搓绳"的本意，这时需要我先向孩子们介绍什么是"就腿搓绳"。又如，我在批评同学们对化学知识的掌握抓不住重点时，总喜欢说"不要老嫩一把揢"，也有一些孩子因为没有体验而不知这话什么意思，我会告诉同学们，小时候我们去别人家地里摘豌豆吃，生怕被发现，于是我们总会快速地从豌豆秧的根部一把捋到顶，无论是老豌豆，还是没有成熟的嫩豌豆统统捋在手中。我这样一介绍，同学们不仅明白了这句话所要表达的含义，而且回味了孩提时的天真，活跃了课堂气氛。

每一轮的高一年级的教学，都必然涉及最为基础的"物质的量"的教学。一次课上，我为了表达微观物质的量少，不自觉地用到了霍邱方言"叮咯咯"（音），很多同学也都明白"叮咯咯"是什么意思，可是还有一些同学在那发呆，这时我才意识到有一些同学可能是因为地域的原因，也可能是因为没有生活体验的原因而听不懂。于是我灵机一动，引出了一个小故事：清朝的时候，有一年我们这儿发大水，一位富商向霍邱捐了不少大米。一天，富商派出了一位赵姓的女管家来霍邱检查大米的发放情况，她问当地的老百姓："你们领到大米了吗？"老百姓答："领到了。"她又问："你们领了多少大米呀？"老百姓答："叮咯咯！"赵管家不解，就问陪同她检查的一位官员"叮咯咯"是什么意思？这位官员脑筋来得还真快，认真地说："'叮咯咯'是我们的方言，就是10斤的意思。"赵管家听后不停地点头："10斤，不少不少！"当天晚上，有关部门热情招待了赵管家等人，一位官员很客气地给赵管家倒了一小杯酒，赵管家推辞说："我不胜酒力！"这位倒酒的官员随口接了一句："没关系，少喝点，就喝叮咯咯！"没有想到赵管家听后脸色大变："叮咯咯，10斤啊，那你不要我的命呀！"这个故事的最后一个包袱抖出来，同学们个个都笑得抬不起头来。我随口编的小故事，没有想到有这么好的效果，既帮助大家理解了具体问题，又振作了同学们的精神，大大活跃了课堂气氛。

每个地方都有一些产生于本地，用于本地的方言，这些方言中不乏很多可以利用的教学语言资源。如何取舍，如何为我所用，我们还真得费一番工夫。平日里，我们不仅要善于观察，还要善于发现，更为关键的是要会利用。

教无定法，但教学有法。无论是传统的教学法，还是近代的教育理论，要应用到教学实践当中去，需要在自己的教学过程中加以内化，照抄照搬、拿来主义，不仅不能起到应有的作用，而且会影响到教学效果。也就是

"知"还必须落实在"行"上。

比较教学法用比较的方法，以辩证唯物主义、历史唯物主义和现代系统论为手段，对教学论做跨文化的研究。很多教师都把比较教学法用在了课堂教学中。作为一种教学方法，就是教师在教学实践中，着重体现辨析并确定教学内容间异同关系的思维过程和方法。其本质特征在于"比较""对照""对比""参照"。即，依据一定的标准——内容的或形式的，把彼此之间具有某种联系的教学内容放在一起，加以对比分析，以确定其异同关系，认识其本质差异。我在自己的教学实践中，大胆使用比较教学法，不仅取得了一定的课堂教学效果，而且创造了很多比较教学法应用的经验。为此，我在《安徽教育》上发表了文章。

化学基本概念四"比较"复习法

新编人教版九年义务教育初中化学教材中共有59个基本概念，它们共同构成了元素化合物、化学原理、化学计算、化学实验等较为完整的知识网络。离开这些概念，就很难准确理解有关物质的本质属性，也不可能真正掌握物质变化的内在联系及其规律，更不可能拥有属于全人类的共同的化学语言。因此，复习好化学基本概念十分重要，不仅有利于元素化合物知识、化学原理、化学实验、化学计算的复习巩固，而且有利于建立更加全面而系统的化学知识体系。如何在很短的时间内全面复习初中化学课本中的基本概念呢？

一、比较"形"，复习名称相近、相似或易混淆的概念

一些化学基本概念名称在字词组成或读音上相似、相近、易混淆，复习这些概念中的一个或部分时，可将复习对象置于这些概念之中，通过比较其"形"而识其义，以达到掌握它（们）的目的。如：①原子、原子团、原子核，甚至相对原子质量，通过比较字形，就会顾名思义，复习效率就大为提高；②化合物、混合物、结晶水合物，通过比较字形，能非常容易掌握它们的内涵及概念的本质属性，同时能加深各概念间的区别性认识。

二、比较"域"，复习应用条件和范围不同的同类概念

化学基本概念中，一些概念虽属于同类（外延一致），但适用条件和范

围不同，复习这一类概念时，可以通过比较概念存在的"条件和范围"，以达到更准确、恰当地应用概念的目的。如：①原子、中子、电子、分子等都表示微观粒子的概念，可以通过比较其存在的条件、适用范围，找到它们的区别与联系；②纯净物、混合物、单质、化合物等均是表示"组成"一类的概念，通过比较其适用条件和范围，可以加深对这些概念的认识和理解，有利于准确地运用它们。

三、比较"同"，复习"内涵"或"外延"存在一定关系的概念

任何化学基本概念都有内涵和外延，概念内涵是概念所反映的对象的特有属性，外延指适合于该概念的一切对象。不同的概念在"内涵""外延"上往往有"同"处，"同"表现为概念间的从属关系、交叉关系、全同关系等，通过比较这些关系找到"同"，即联系，能有效加深对不同概念的理解，以编织更结实的概念网。如：①潮解与溶解、分解与风化在概念的外延上分别存在着全同和从属关系，通过分析、对比，有助于建立这些概念间的逻辑关系；②酸性氧化物与非金属氧化物、分解反应与氧化还原反应在概念的外延上存在交叉关系，在比较中可以加深对概念内涵的认识；③化合反应与分解反应、酸与碱等对称的概念，它们在概念的内涵与外延上均存在对立关系，通过比较"对立"，有利于进一步发现"对立"之处，有利于准确把握有关概念。

四、比较"异"，复习不同类的概念

概念的最大不同就是它们的内涵与外延不同，即"异"，通过比较"异"，发现"异"，有利于把握它们各自的本质特征，也才能置身于基本概念的全集中而泾渭分明，更有利于全方位地掌握更多的概念，并广泛地加以应用。如：①化合物、分解反应、化学变化，这些概念分属于"组成""性质""变化"等不同类概念，即"异"，它们"异"在有一定的联系上，即性质是物质的性质，变化是表现物质性质的变化，这样才会使建立起的知识网络不"肢离破碎"；②原子相对质量、元素符号这两个代表性的概念，"异"在分属于"化学量"和"化学用语"，只有在发现"异"后，才能更深层次地认识它们，并正确运用它们。

发现教学法亦称假设法或探究法，是指教师在学生学习概念和原理时，

不是将学习的内容直接提供给学生，而是向学生提供一种情境，只是给学生一些事实（例）和问题，让学生积极思考、独立探究，自行发现并掌握相应的原理和结论的一种方法。我在研究了发现教学法的原理与实践之后，创造性地提出了比较发现法。我认为，发现法所指的"情境"应该可以有多种形式，也不一定非要是问题情境，教师在教学设计时根据所要建构的知识或内容，有意识地设计一些对照或对比情境，让学生在讨论中通过比较发现其中的规律或联系，得出结论，从而建构相应的知识。为了进一步证明比较发现法的教学效果，进一步体现比较发现法在知识或规律建构中的价值，我结合具体的教学实践，在霍邱教育博客网上发表了《比较，把思维引向深刻》一文。

比较，把思维引向深刻

最近，我在给学生分步引入科学的思维方法，有比较、分类、归纳、类比、演绎、分析、综合等。按照我的教学设计，我先向学生介绍了比较的方法，把比较的对象放在一起，分析它们的共同点、不同点，找出它们之间的差距等。我特别强调了比较的意义，大家为什么要学习比较这种科学的方法，等等。

于是，我结合刚教的氧化还原反应原理，给出了以下两个方程式，让大家认真比较。我提出的问题是：通过讨论，比较以下两个化学反应方程式，找出它们所共同存在的反应原理，得出有价值的结论。

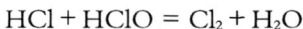

$2SO_2 + H_2S = 3S + 2H_2O$

$HCl + HClO = Cl_2 + H_2O$

化学方程式一呈现在黑板上，同学们就很习惯地开始了讨论，气氛也非常热烈，很快同学们就把他们的发现表达了出来。有的说都有单质生成，有的说都有水生成，有的说都是氧化还原反应……但我所期待的结论始终没有出来：非金属的正价化合物与负价化合物发生反应，可以生成相应的非金属单质。

同学们的这种课堂表现让我非常吃惊，难道同学们的比较就不能再深刻一点吗？为什么同学们不能在比较中发现一些更为本质的东西呢？于是我在下一个班的教学中变换了方法，提出了下面的问题：

请认真比较、分析以下两个化学方程式的反应原理：

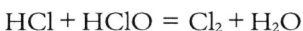

$2SO_2 + H_2S = 3S + 2H_2O$

$HCl + HClO = Cl_2 + H_2O$

为了减少氮氧化物对大气的污染，科学家们尝试着用氨气与氮氧化物反应，请完成下列化学方程式：

$NO + NH_3$ —

$NO_2 + NH_3$ —

这个问题提出后，同学们并没有像那个班的同学那样热烈讨论，但很快大家把两个化学方程式完成了，可以说，又对又快，大多数同学都出色地完成了任务。

我开始反思：比较的最终目的是什么？不就是发现其中的规律，并加以应用吗？从实际到理论，再到实际应用，如果我们第一个环节实现不了，也就是同学们不能实现理论的提升，一切应用不都是空话吗？而难度最大的环节就是从实际到理论，理性的东西没有办法得出来，如何谈得上应用呢？如果我们换一个角度，从实际（样本呈现）直接到实际（问题解决），让学生迁移"此"问题的思路，作为解决"彼"问题的办法，不仅很好地解决了问题，而且把学生的思维引向了深入，也更好地实现了理论向实践的提升。

这时，我体会到了方法中的方法问题，方法中的策略问题。教学中真需要我们多研究一些思路、方法，为什么同样的教学内容，不同的呈现方式，会有不同的教学效果呢？我找到了答案。

从比较教学法的引入，到发现教学法的应用，再到比较法与发现法的融合，最后又把比较建构作为知识建构的一个重要方面，我既有对教育理论的巨大贡献，又有对教学法的实践创造，让教育理论更接地气，让教学法更方便应用，也更有价值。

我对教学法的应用，从来不是"拿来主义"，往往都是通过认真地研究，不断地将教学法内化成自己的教学实践，在行动上反复探索，最终形成自己的教学方法。

"自主、合作、探究"的学习方式，是新一轮课程改革的最大亮点。在课堂教学中切实落实自主学习、合作学习与探究学习，既是落实课程改革的具体要求，又是提高课堂教学效率、提升教学质量的重要手段，同时，也是尊重学生的个体差异和不同的学习需要。学生主动参与教学情境，激发了学生的学习积极性，培养了学生掌握和运用知识的态度和能力，使每个学生都能得到充分的发展。但在我们的教学实践中，能够把"自主、合作、探究"的学习方式用于教学实践的学生少之又少，这不仅仅是学生理解不了的问题，更是他们不知道如何运用的问题。我通过研究"洋思教学模式"和"杜朗口教学模式"，结合自己多年的教学实践，先是对课堂教学提出了"三先三后"的模式要求，最后根据实际情况把"三先三后"调整为"四先四后"，让"自主、合作、探究"的学习方式得到了有效落实。

"先学后教"。所谓"先学后教"，简单讲就是老师在教某一内容之前，要求学生先自学，在自学中发现所学内容中的难点，留下学习过程中的疑点，在老师的教学过程中集中解决难点问题，化解学习的疑点，以提高课堂效率为最终目的。有的老师说，所谓的"先学后教"不就是课前预习吗？是的，但不完全是课前预习！课前预习往往要求比较低，预习的效果难以测量，学生预习的目的性、指向性不强，效果可想而知。而"先学后教"，则是一种教学策略与要求，是每一位同学课前必须做到的事情，通过导学案等文本材料引导学生自学，教师可以通过学生自学过程中在文本材料上暴露出的一些问题，有准备地安排教学环节，有针对性地解决学生在自学过程中的共性问题，教学效果更好，教学质量更高。学生要完成对教师所要教授的教学内容自学，尽管有导学案的引导，避免了学生学习的盲目性，但学生所选择的学习时间、学习方法、学习重点，更多地体现了学生的自主性。所以，"先学后教"所体现的实际上就是课程改革方案中所要求的自主学习，而且是效率更高、指向性更强的自主学习。

"先思后说"。所谓"先思后说"，就是针对课堂上一部分学生，在教师提出问题之后，思考不深入或信口开河或回答问题过于肤浅等现象而提出的一项课堂教学要求。在我们的课堂上，很多教师都因为学生回答问题不能达到教师预设的教学要求而苦恼。学生抢着回答老师提出的问题，应该说不是什么坏事，但不经过缜密的思考而抢答，则是一个教学问题：一是少数或个别学生抢答会剥夺其他同学思考或回答的权力；二是往往会误导一些学生不积极思考问题，甚至会养成思考不缜密的习惯；三是乱七八糟的回答往往会打乱老师预设的教学情境。"先思后说"，即要求学生在老师提出问题之后，并不急着去回答问题，而是积极思考，对可能的答案提出各种假设，再在脑海中反复比较、充分论证、优化后再做出选择，最后表达出来。显然，这种"先思后说"的教学要求，明显带有探究学习的成分，是探究学习在课堂上的具体体现。

"先议后答"。所谓"先议后答"，就是学生在老师提出问题后，经过深思熟虑，与同桌同学或学习小组进行充分交流，形成完整的答案再进行回答。我们知道，课堂上总会有些同学比较活跃，思考问题比较肤浅，表现欲特别强，在老师提出问题之后抢着回答，由于思考问题不够仔细，可能他的回答不够全面。如果在老师提出问题之后，同桌同学之间或小组内的同学对老师提出的问题进行充分讨论，甲同学的观点不够全面，乙同学的答案不够完整，通过讨论，大家的观点相互碰撞，大家的意见互相补充、相互完善，就可以形成一个相对正确而完整的答案。同时，在讨论的过程中，学生之间相互辩解、相互借鉴，也达到了相互学习、共同进步的目的。显然，"先议后答"的教学要求明显带有合作学习的特点，是合作学习的一种具体体现。

"先做后讲"。所谓"先做后讲"，就是在上习题课或试卷分析课时，在教师讲解题目之前，学生必须先做一遍，特别是试卷分析课，教师的试卷分析必须在学生对错题进行纠正之后才可以进行。可以肯定，对教师所要讲解的题目，如果先让学生熟悉，教师再讲解，与让学生面对一个陌生的题目教师直接去讲解，效果会截然不同。习题课也是课，习题课更需要讲究效率，在习题课教学中，不仅仅是学生对典型题目会做、弄懂的问题，而且还要明确解题思路，优化解题过程，做到举一反三。所以，"先做后讲"实际上是高效学习的一种教学要求。

备课是教师课前必须进行的规定动作。我从走上高中化学讲台的第一天开始，就一直有一个严格的自我要求：不备课坚决不进课堂。我至今仍然保存着20世纪80年代手写的备课笔记本。我的课堂之所以受学生的欢迎，除了我在课前进行科学的规划和精心的设计以外，我总是习惯在课前进行第二次备课，即按照课堂板书的线索进行简单课堂整体规划，真正做到了课堂教学内容、教学环节、教学线索烂熟与心，外化于课堂的一分一秒，特别是课前的二次备课不仅成了我多年的良好习惯，而且让我萌生了对全体教师提出二次备课要求的设想。随着信息技术手段的不断更新，从1998年开始，我在电脑中专门设立了"我的备课笔记"文件夹，逐步形成了自己系统的电子备课稿。有了电子备课稿，虽然方便了我今后各轮教学的备课，但我在备课时从来不会原原本本抄袭以往的备课资料，每一轮的备课都会在原有备课稿的基础上，结合教学反思和自己对相关内容的感悟进行认真修订。特别是这中间经历了2006年开始的新一轮课堂改革和从2009年开始的安徽省高考自主命题，无论是教学目标要求，还是教学内容和教科书体例都在不断地变化，这对我的备课不断产生新的挑战，但我总是认真对待每一轮备课，总是严格要求自己，坚守不备课不进课堂的自我承诺。

随着教师专业发展要求的形势越来越紧迫，新课程对教师专业发展提出的"专家引领、教学反思和校本教研"等三种途径不断深入人心，集体备课作为校本教研一种最为普遍的形式，为越来越多的学校所接受。但如何落实集体备课，是一个非常值得探讨的问题。所谓集体备课，基本的程式就是所谓的"六定"：定备课人，每学期的开始，教研组活动的第一件事就是进行任务分工，把一学期的教学内容进行备课任务分解；定形式，一人主备，大家辅备，即备课组的同事根据主备人提出的教学方案进行研讨，提出修订意见，再由主备人集中修订集体备课的初稿，最终确定为大家共享的集体备课稿，上传到某一个共享平台，供大家下载使用。还有就是定时间、定地点、定要求、定进度等，选择一个确定的时间，大家来到同一个地方，围绕主备人提出的方案，对教学目标、教学方法、教学要求、教学内容、教学线索等进行讨论。但这种集体备课带来了很多的问题，有些问题可以忽略不计，但有些问题对我们的教育教学，甚至教师的专业成长是致命的。主要问题包括：一是看似大大降低了老师们的备课强度，从原来的每一章每一节的教学方案都要自行设计，到现在的备课任务由同一年级教师分担，让老师从复杂的备课中解放出来。这是一件好事，但这往往让一些教师对集体备课产生依赖性，甚至很多教师把使用统一的备课稿作为自己不写备课笔记的理由；二是集体备课最为重要的环节——讨论，很可能会因大家的发言不积极、思考不主动、提出的问题不深刻，难以达到对原教学方案进行完善与补充的目的，往往会让集体备课"一人独备众人通过"；三是集体备课后最重要的环节是教学内容的内化，即把集中了备课组教师集体教学的智慧内化为自己的教学实践，在自己的课堂上创造性地使用，而不是不加选择地照搬照抄；四是真正意义上的集体备课对青年教师的成长非常有价值，能够有效加快青年教师的成长步伐，但弄不好就会出现个别教师过度使用或过分依赖的情况，即一切按照集体备课设计的方案教学，没有创造、没有变化。由于教学方案中的很多设想是需要有一定教学功底或教学经验才能落实的，这对青年教师的成长来说，无疑是"邯郸学步"，本应该不断习得或悟出的教学基本能力或教学处理方法，现在变成了直接拿来，这对青年教师尤其是专业发展自觉性不高的青年教师的成长是极为不利的。

针对当前集体备课中存在的诸多弊端，很多学校都认识到其中存在的问题，却没有找到很好的解决办法。我在长期的教学实践和教学研究中，逐步摸索出了两种解决问题的办法。

一是开展三段式校本教研。即把集体备课从原来的一个环节，一项内容，往往只有一节课的时间，改革为集体备课集轮课、评课与备课三位一体的模式，时间也增加到下午半天时间，从每周二到周五下午，各教研组或备课组分别在指定的地点开展三个环节的集体备课。第一阶段是轮课，即按照开学时各备课组或教研组安排的轮课表，下午的第一节课由轮课教师上课，可以在多媒体教室中上课，也可以在学生的教室上课，教研组或备课组的全体成员到指定班级或教室集中听课。第二阶段，全体备课组或教研组成员到集体备课室或教研活动室集中评课，即对刚刚听过的一节课进行一针见血地评价，活动及评课内容记录在教师的业务档案中。第三阶段就是以往的集体备课，强调充分发挥集体的智慧，更多的备课研讨，即对下一周的教学内容进行安排，统一教学进度，统一教学要求，统一教学内容，甚至统一进行单元或练习测试，等等。显然，这种集体备课更体现了校本教研的完整性，从只分享教学设计方案，到同时分享课堂教学艺术与水平，集体备课有了一个可复制的固定模式，把校本教研落在了实处。

二是提出了"小备课"。即要求全体教师在集体备课的基础上开展二次备课，把二次备课以"小备课"的形式呈现，学校的教学业务检查只集中检查小备课，不再检查全组统一、实用性不高、流于形式或应付检查的"教案"。学校专门印制了小备课用笺，要求一课一备、一课一笺、课前备。对于如何进行小备课，我提出了"补救、补充、规划、反思"的具体设想。所谓"补救"，就是对上一节课教学中的失误或遗憾进行补救，补救的具体做法根据上一节课中出现的问题而论，由备课人自行确定。所谓"补充"，即是针对上一节小备课没有完成的规划或预设的教学任务，或在课后反思中发现有必要给学生补充的教学内容与方法等，在这次课的课前或课中补充。所谓"规划"，是小备课的重点内容，主要是根据集体备课所安排的教学目标、教学内容，对本次课的教学任务、教学内容和教学环节进行规划。所谓"反思"，是指对这节课的新体会、新感受、新发现进行小结，为再教或再备课提供参考。

明代大教育家王阳明提出了"知行合一"说。王阳明提出的所谓"知行合一"，并不是一般的认识和实践的关系，而是知中有行，行中有知；以知为行，知决定行；知是行的主意，行是知的工夫；知是行之始，行是知之成。如果说，陶行知是王阳明"知行合一"说的大实践家，我则立志做第二个陶行知。有人说，在我的课堂上和教育教学管理思想中，都充分体现了"知行合一"的教育理念，我想说，我正是因为受到了中国传统教育思想精髓的启发，才形成了自己独特的教育理念。

名师领雁：教学团队比翼双飞

2013年10月，"杨明生名师工作室"在霍邱二中成立；2014年3月，六安市"杨明生名师工作室"隆重挂牌。两级名师工作室的相继成立，标志着六安市首个以我姓名命名、拥有6位名师和多名培养对象的官方授权挂牌的名师工作团队正式成立。

"杨明生名师工作室"挂牌成立以来，为了让更多的"非名师"毫无顾虑地参与名师工作室的各项教研活动，我们通过报经有关部门批准，又成立了"霍邱县高端备课中心"。随着"杨明生名师工作室"影响的增大，"杨明生名师工作室"先后入围"六安市劳模工作室"、"安徽省劳模工作室"、"安徽省名校长工作室"、中央电教馆"一师一优课，一课一名师，课课有精品"专家团队。2018年3月，第一届名师工作室光荣完成其历史使命，第二届名师工作室成立。我作为第一届、第二届"杨明生名师工作室"的首席名师，带领5位名师和近30位培养对象，以工作室活动和课题研究为载体，积极努力、扎实工作，取得了一系列成果。同时，也培养与锻炼了一批中青年教师，他们的专业得到了很好的发展，个人的教学能力也有了长足的进步，特别是有效推动了霍邱中学化学教学质量的提高。

霍邱名师工作室评审是非常严格的，无论是工作室首席名师，还是工作室名师，都要经过严格的程序，并经过评审才能确定。为此，霍邱县教育局专门出台了《霍邱县"名师工作室"建设实施方案》。

方案中规定了名师工作室的性质与宗旨：名师工作室是在县教育局统一组织和指导下，以首席名师姓名命名的非行政性工作机构，它是由同一学科名师共同组成的、组织开展学科教研活动的工作团队，是探究学科教学规律和学生学习规律，改进教育教学方法，提高教育教学工作效率的教师合作共同体。

"名师工作室"旨在以名师为引领，以学科为纽带，以先进的教育理念为指导，搭建我县校际同学科之间以及我县与外地相关学科之间教学教研、学术交流的平台，组织开展学科教学研究和工作指导，对有潜质的中青年教师进行专门指导培训，探索名师培养的方法和途径，推动区域性教研共同体平台建设，进而带动更多的教师成为各个层次的名师。

方案中规定了"名师工作室成员的任职条件"：

1.师德高尚、乐于奉献、爱岗敬业、合作包容，无违背师德师风要求的言行。

2.具备较强的团队合作精神和较强的教育教学和科研工作能力，能够承担相应学科的教育科研及专业引领任务。同时，必须满足下列条件之一：

（1）近五年内，至少主持1项由省教育科学规划办或省教科院、省电教馆、教育厅基础教育处立项的教育科研课题、信息技术课题及基础教育改革课题研究，并结题；

（2）近五年内，至少有2篇教育教学论文在具有CN刊号的专业杂志上发表；

（3）近五年内，在上级教研部门组织的论文评比中，至少有1篇专业论文获得省二等奖以上奖励或2篇以上专业论文获得市二等奖以上奖励，其中1篇必须为市一等奖；

（4）近五年内，在省级以上精品课立项或有一节课在"一师一优课，一课一名师，课课有名师"晒课活动中获得省级以上优课称号；

（5）获得省优质课大赛二等奖以上；

（6）近五年内参与编写的教材经全国中小学教材审定委员会初审或审查通过。

3.有较高的理论水平、扎实的业务功底、突出的教育教学业绩和较好的发展潜质，在本县范围内有一定的影响力和知名度。近五年内至少在本校以外的学校上过一节公开课或示范课，或参与过校际间的业务督导，或举办过校际间的专题讲座。

4.幼儿园和小学教师应具有专科或专科以上学历，初中教师应具有与其任教学科一致的专科或专科以上学历，普通高中和职业高中教师应具有与其任教学科一致的本科或本科以上学历。

5.在职教师近五年在本学科教学岗位上不间断任教。

6.能掌握常用的现代教育技术装备的使用方法，能够参加网上交流平台的建设。

方案中规定，首席名师（名师工作室主持人）除具备名师工作室成员全部条件外，还必须同时具备下列条件：

（1）在本县同学科教师中享有较高的学术威望；

（2）具有特级教师或省级"教坛新星"荣誉称号或省学科（专业）带头人称号；

（3）近十年内在本学科不间断任教；

（4）具有较强的专业引领、培训指导和组织协调能力，能够胜任工作室的组织、领导工作；

（5）近五年内，主持过省级立项课题并结题；

（6）近五年内，在具有CN刊号的专业杂志上发表专业学术论文或在安徽省教科院组织评审的专业学术获奖论文2篇以上。

霍邱县名师工作室成员的确定，从程序上讲是非常严格的。先由个人申报，并由所在学校和乡镇中心学校分别签署意见后报县教育局，教育局组织相关科室负责人、教研人员和校长代表进行评选，确定各名师工作室成员候选人。候选人经公示无异议后，确定为各名师工作室候任成员。然后，县教育局组织名师工作室全体候任名师投票选出首席名师，只有在一次性投票中达到或超过三分之二成员认可的名师，方可被聘为首席名师。首席名师产生以后，再由首席名师聘任名师工作室成员。最后，产生的首席名师和名师工作室成员由县教育局人事部门审核、认定，并发给聘书。名师工作室根据工作和培养青年教师的需要，在全县范围内遴选培养对象若干人。在霍邱县首轮名师工作室人员组成考核中，以我为首席名师的"杨明生名师工作室"正式成立，这也是霍邱县首批命名的两个县级名师工作室之一。

"杨明生名师工作室"2013年秋季学期挂牌以来，在市、县教育局的正确领导下，我和工作室的成员以高度负责的工作态度，开拓创新的科学精神，扎实的工作作风，勇于担当的气魄和胆识，圆满、高效、创造性地完成了工作室各年度的工作目标，有序地开展了教育改革发展研究、课堂教学有效性研究、课题研究、课例展示及课例研究、送教下乡、数字技术实验研究、微课制作、"安徽基础教育资源应用平台"的应用研究及"晒课"等活动，充分发挥了名师团队在霍邱县中学化学教学上的引领和指导作用，促进了霍邱县中学化学教师队伍的迅速成长，培养了一批优秀的中学化学教师，取得了一定的成绩和经验。

我非常重视工作室的软硬件建设，以常规教学和教研工作为抓手，以狠抓名师工作室学年计划落实为突破口，不断提升工作室内涵，特别是工作室的文化内涵，不仅亲自设计了工作室的标志，而且为工作室申请了微信公众号。

每个学年的开始，我都要召集工作室成员及培养对象制定年度工作计划、工作室活动行事历、首席名师工作职责和工作室成员职责等，规范工作室成员的行为。同时，做到每次开展活动都有记录表及签到表，并及时在安徽基础教育资源应用平台、霍邱教育网、霍邱一中校园网、霍邱一中微信公众平台、六安市名师工作室群、霍邱一中报、霍邱一中教职工群、杨明生名师工作室QQ群、杨明生名师工作室微信公众平台等媒体上发布信息。另外，每学期全体名师及培养对象都要填写"名师工作室成果记录表"，6位名师每学年都要填写"名师工作室考核表"。为了确保工作室的计划落实，我每学期至少要亲自召开一次全体成员参与的调度会，分析、梳理阶段性工作完成情况，督促大家完成按计划应开展的活动。

我在主持工作室的过程中，始终明确教学教研水平提升是名师工作室的第一要务，始终把课堂作为提高名师教学水平和教研能力的主阵地。因此，长期以来，工作室一直坚持立足课堂、研究课堂、狠抓课堂教学的效益，全面提高课堂教学效率，把努力提升名师工作室成员课堂教学的业务水平作为主攻方向和各项活动开展的根本出发点。

我大力倡导高端备课，改革集体备课形式，积极探索"小备课"。工作室在致力于课程改革背景下的课堂教学研究的基础上，在城区校际之间广泛开展了化学"高端备课"，这为每位化学教师都能主动参与工作室的活动创造了条件。我在工作室的活动安排中，还要求名师及培养对象上好示范课和公开课成为新常态。同时，我总是把最新的课堂形式及最新的实验技术带进课堂，为名师及培养对象树立了很好的表率作用，也让微课及数字实验技术应用走在全市的前列。

2013年10月，刚刚成立不久的"杨明生名师工作室"在霍邱二中承办了全省"信息技术与课堂教学深度融合"实验创新展示活动。我向全省80多名一线化学教师和教研人员展示了"亚硫酸钠变质程度的测定"的传统实验与数字实验深度融合的示范课，受到了与会者的高度评价。其中，省教科院夏建华、合肥一中李友银和淮南化学教研室郑文年三位特级教师这样评价这节课：此课例在教学设计上体现了三个"新颖"，一是课程引入和问题情境设计新颖，从学生常见的酸雨在放置过程中pH变化入手，大大降低了课堂教学的门槛，有效激发了学生的学习兴趣；二是所采用的教学方法新颖，采取了经验建构的方法，让学生从酸雨中亚硫酸的变质，建构了亚硫酸钠变质的基本原理，从而有利于课堂上问题的生成与解决；三是所选的内容素材非常新颖，打破传统的教学设计以课程教学内容为主的框架，而是选择实验室中常遇、化学试题中常见的亚硫酸钠变质为教学内容，实现了传统与现代、课内与课外的有效融合，力求通过以亚硫酸钠样品变质程度的测定过程线索，让学生充分体验问题提出、开展假设、设计方案、实验验证的实验探究过程，以实现多重教学目标，让人耳目一新。尤其是在课例设计方面主要体现出以下3点"创新"：①实验设计思路创新，关于亚硫酸钠变质程度的测定有多种方法，甚至还有一些传统的方法，而此课例采取样品中pH与标准溶液对照法则是一种思路创新；②实验手段与方法创新，此课例所设计实验是将现代数字实验技术融入实验操作之中，解决了传统实验中数据难以测量、操作困难的问题；③教学内容创新，此课例所涉及的教学过程实际上就是一个实验探究过程，也是一个实验探究问题的解决过程。

2014年12月17日，我在霍邱中学向全县化学教师展示了示范课"铝的重要化合物"。我应用最新的翻转课堂的教学形式，将微课应用于课堂，让学生先通过微课学习，再由教师解疑，精彩地完成了精心设计的教学过程，充分体现了"先学后教、先思后说、先议后答，先做后讲"的教学理念，课堂气氛活跃，我教得自然，学生学得轻松。

我除了身体力行，自己带头上好示范课外，要求工作室的每位老师每个学年至少要上一节示范课，每位培养对象每学期至少上一节汇报课。我还特别组织了多种形式的"同课异构"，如名师与培养对象的同课异构，传统实验与数字实验应用的同课异构，同一教学内容的起始年级与毕业年级的同课异构，普通高中学生与职业高中学生的同课异构，农村学校学生与城市学校学生的同课异构，等等，都收到了非常好的效果。

先进的理论是教学和科研的先导，没有先进的理论指导，一切教学和科研都是纸上谈兵。我作为工作室的负责人，总是把有限的活动经费用在名师的培养和进修学习上，积极组织老师们参加各类研修学习，不断提高他们的专业水平。

2013年11月，我们工作室的6位名师一起参加了在湖北武汉召开的"第十届全国化学课程与教学论学术年会"，会议由中国教育学会化学教学专业委员会主办，华中师范大学化学学院承办。我们工作室一共提交了8篇论文，我在大会上做了报告。

2014年8月，我在北京大学参加了中国化学会第29届学术年会，获得了第一届"中国化学会化学基础教育奖"，成为全国10位获得该奖的中学化学教师之一。同时，我成功当选为中国化学会第29届教育委员，成为57个委员中仅有的2名中学化学教师之一。

2014年9月，我率工作室成员到芜湖市第十二中学参加了"安徽省2014年化学会学术年会暨全国高中化学优质课选拔赛"，我们工作室的老师及培养对象认真观摩了合肥五中周维维、芜湖田家炳中学后小年、淮南四中张和杰、淮北一中朱康等老师的优质课。他们的教学设计新、亮、实，充分体现了信息技术与课题教学的深度融合，名师工作室成员受益匪浅。我还应邀做了《化学校长工作创新经验》报告，得到了参会领导和老师的高度赞誉。

2014年11月，我们工作室的全体老师参加了在四川成都召开的"第十一届全国化学课程与教学论学术年会"，会议由中国教育学会化学教学专业委员会主办，四川师范大学化学学院承办。我们工作室共提交了4篇研究论文，我应邀在大会上做了《浅谈台湾地区普通高中化学课程结构理论内容安排》的报告。

2015年7月，我们工作室部分成员参加了在宁夏大学召开的"化学教育改革与教师发展论坛暨第三届《化学教育》读者、作者、编者学术交流会"，我在基础教育分会场做了《高中生学习问题的诊断与解决》的学术报告。同年8月，我们工作室的成员又参加了由中国化学会主办，中国化学会化学教育委员会、中国化学会《化学教育》杂志、山西省运城学院共同承办的"第五届中国化学会关注中国西部地区中学化学教学发展论坛"。在此次论坛上，我们工作室共有6篇论文和教案分别获全国一、二等奖。

2016年7月，我们工作室的5位名师参加了在大连理工大学举办的"中国化学会第30届学术年会"，我应邀主持基础教育分论坛会议，我们工作室的培养对象江明老师提交了题为《探究化学实验之美》的论文。同年8月，我应邀参加了"中国化学会第三届全国中学化学教育高峰论坛暨第六届关注中国西部中学化学教育发展论坛"，我在会上做了《化学教师专业发展问题及对策》的学术报告。

2016年10月，我们工作室的部分名师及培养对象参加了中国化学会化学教育学科委员会主办的"2016年全国基础教育化学新课程实施成果评比"活动。我们工作室的名师及培养对象共有22项成果分别获得一、二、三等奖，我们工作室获得了"2015年度全国基础教育化学新课程实施优秀教学团队"。

在连续三年的"一师一优课，一课一名师，课课有精品"优课评选活动中，我们工作室成员及培养对象上传的课程实现了省级优课、市级优课和县级优课全覆盖，我的课连续三年获得了省级优课的荣誉称号。

我始终把课题研究作为名师工作建设的重要抓手和提升名师及培养对象教科研能力的重要载体。"杨明生名师工作室"成立后，我把自己主持的两个省级课题和一个市级课题带到了名师工作室。在我们工作室成员和课题组成员的共同努力下，两个省级课题"大陆与台湾高中化学课程比较研究"和"中学理科实验教学有效性研究"，一个市级课题"农村普通高中理科有效教学模式的实践研究"于2014年顺利结题，特别是"大陆与台湾高中化学课程比较研究"，取得一系列的研究成果。作为该课题主持人的我应邀在东北师范大学、延边大学、华中师范大学和安徽省化学会年会上交流研究成果，累计有9篇高质量的研究论文在国家级期刊《化学教育》上发表。2014年，我们工作室又应邀参与了人民教育出版社课程教材研究所的"高中化学教材（人教版）中融入数字实验的研究"子课题，主要研究人教版高中化学选修一《化学与生活》的数字实验的开发，虽然此课题的研究时间较短，但在全体名师及培养对象的共同努力之下，有6项应用型研究成果分别获得安徽省创新实验大赛一、二、三等奖，其中"二氧化碳温室效应实验探究"获得中国教育学会化学教学专业委员会二等奖。2015年3月，为了加快微课在课堂中的普及，我以名师工作室的名义，成功申报了省级课题"高中化学微课案例开发与应用研究"。经过大家的共同努力，该课题顺利结题，并开发了全部必修课程的118个微课案例，目前正在推广、应用。

　　通过课题研究，提升了工作室成员的课堂教学能力和教科研业务水平，促进了教师教学方式的转变、更新了教师的教学理念，有效地提高了课题组成员的教科研水平，促进了工作室团队成员的专业发展。我们工作室的培养对象胡冬梅、孙小程、宋猛等老师被评为霍邱县"教坛新星"，江明、邵红梅老师荣获安徽省高中化学优质课二等奖。我的微课"基于课内翻转的铝的化合物课堂教学方案"荣获"第五届中国化学会关注中国西部地区中学化学教学发展论坛"优秀教案一等奖。

　　我在主持名师工作室的过程中，始终把促进青年教师专业成长作为工作室的工作宗旨和首要任务，不断加快青年教师成长步伐。工作室成立后，经我提名、县教研室批准，2013年选定9名青年化学教师为首批培养对象，2014年选定6名化学教师为第二批培养对象，2015年选定2名化学教师为第三批培养对象。工作室不仅同这些培养对象签订培养协议，确定一对一帮扶组合，而且经常召开培养对象座谈会，从教育教学、个人成长等方面进行具体部署，要求他们同工作室成员一起参加各项活动，学习一些新知识和新理念、开阔视野，不断提高自己的理论水平和教育教学研究水平，快速成长。

为了进一步发挥名师的示范、辐射作用，努力促进霍邱教育发展，工作室还通过送教下乡、公开展示、名师讲座等形式，努力促进霍邱教育发展。工作室成立以来，名师与培养对象的送教活动，每学期至少要举行一次，活动中不仅有精彩的课堂教学展示，而且有点评；受益的不仅有学生，而且有参与活动的老师。除此以外，我们于每年5月赴农村的几所薄弱高中开展"高考化学考什么？怎么考？如何应对？"的讲座，并现场解决学生提出的问题，同时给同学们一些复习方法、对策及应试技巧。这类讲座深受学生喜欢，效果非常好。

我们工作室在加强名师及培养对象的理论学习和教学研究的同时，鼓励名师及培养对象利用业余时间阅读教育教学理论书籍，从杂志、报纸、网络上学习化学课程理论和新的教学理念，并不断应用到教学实践中，在立足课堂、研究课堂、狠抓课堂教学的同时，总结教育教学经验，促进工作室成员和培养对象积极撰写教育教学论文、教育教学研究博文及教学反思，参加各种竞赛和比赛，编写论著。当然，我们因此获得了诸多荣誉。工作室成立以来，名师及培养对象的一大批科研论文发表或获得专业学会的表彰奖励，累计在《化学教育》上发表论文8篇，在"霍邱教育博客网"和"安徽基础教育资源应用平台"上发表博文1100余篇（其中我一人发表博文800余篇）。工作室成员还在指导学生参加化学奥林匹克竞赛中，取得了不俗的成绩，获得省二等奖、省三等奖的人数在六安市遥遥领先。

由于我们工作室成绩突出，时任安徽省教育厅副厅长解平、省环保厅副厅级巡视员王文有、六安市教育局副局长王振华、霍邱县委书记刘胜、霍邱县人民政府县长段贤柱、安徽师范大学研究生院院长闫蒙钢、安徽师范大学化学与材料科学学院书记史铁杰等曾莅临工作室指导工作，并给予了我们工作室高度评价。同时，工作室也得到了界首一中、金寨一中、霍山中学、河口中学、周集中学、长集中学、霍邱一中、霍邱二中等兄弟学校领导和老师的一致好评，为六安市探索出了名师成长、名师工作室管理方法和教育、教学、教研的思路。

2015年12月28日，六安市名师工作室建设推进会及现场会在霍邱一中举行，我们工作室展示了名师工作室建设2年多来取得的成绩，受到了与会人员的高度肯定。2016年9月28日，安徽省名师工作室经验交流会在芜湖第十二中学举行，我们工作室应邀出席会议，并做经验交流。霍邱县教育局在对我们工作室进行例行的年度考核时，我们工作室的名师及培养对象的年度考核均达到优秀等次。特别是在六安市2016年度名师工作室考核中，我们工作室获得了"六安市优秀名师工作室"称号。2016年8月，我们工作室获得了"六安市劳模创新工作室"的荣誉称号，并挂牌。2017年3月，我们工作室又被推荐为"安徽省劳模创新工作室"。2016年12月，安徽省教育厅印发了关于《安徽省中小学特级教师工作室建设指导意见》和《安徽省中小学校长工作室建设指导意见》，经过层层推荐、评审，我被推选为安徽省中小学名校长工作室领衔校长。

立德树人：用真情践履教育初心

我坚信不存在无德育的教育，因此，非常重视学校的德育工作（有研究、有观点，还有一系列的实践）。我不管是在霍邱三中担任班主任，还是在霍邱二中担任分管德育工作的副校长，再到后来担任霍邱二中、霍邱一中的校长，都把学生品德教育放在重中之重的位置上。

当然，我对德育工作的理解与实践，也经历了一个从模糊认识到清醒认识，再到必须把德育工作放在各项教育工作的首位的认识。这一切源自发生在天安门广场上的一次自焚事件。

2001年1月23日，中央音乐学院的学生陈果和郑州铁路小学学生刘思影等七人受"法轮功"的蛊惑在天安门广场自焚。我永远忘不掉这一天，忘不掉在天安门广场上自焚的2个学生。我是通过当天的新闻联播才知道这个消息的，看到两个被烧得面目全非的学生，我心如刀割，陷入深深的沉思之中：两个接受了学校教育的学生，竟然经不住"法轮功"痴迷者的蛊惑，可见我们加强学生德育的迫切性。彻夜难眠的我，觉得很有必要写一篇文章，来谈一谈自己的感受，抒发一下自己的情感。我很快在《皖西日报》上发表了《从陈果、刘思影自焚事件，看加强与改进青少年德育工作的迫切性》一文。

从陈果、刘思影自焚事件，看加强与改进青少年德育工作的迫切性

一起骇人听闻的天安门广场自焚事件，改变了两个活泼、可爱女生的命运。这一事件的发生，进一步暴露了"法轮功"的邪教本质，它也必然使我们思考这样一个问题：我们在青少年德育工作中存在着亟待解决的问题，改进与加强青少年德育工作迫在眉睫。

事实上，青少年德育工作中存在的问题早已引起了党和国家领导人的高度重视。2000年2月1日，新华社发表了江泽民总书记的《关于教育问题

的谈话》。在不久前的中央思想政治工作会议上，江总书记再次强调青少年思想政治工作的重要性，并明确提出了改进青少年德育工作的要求。2001年1月17日，新华社发表了中共中央办公厅、国务院办公厅的《关于适应新形势进一步加强和改进中小学德育工作的意见》，而就在该文件发表仅6天之后的1月23日就发生了自焚悲剧。自焚事件的发生，引起了全国人民和世界人民的公愤，连一些"法轮功"痴迷者也通过这次事件认清了"法轮功"的邪教本质，纷纷站出来揭批李洪志的罪恶行径。我认为，我们有关部门不仅要声讨与揭批李洪志的罪行，当务之急必须深刻反省，分析查找我们目前青少年德育工作中存在的问题，认真学习与领会中央文件的精神，努力改进青少年德育工作的思路与方法，采取强有力的措施把青少年德育工作落到实处，防止此类悲剧在我们的下一代、我们的在校学生中重演。那么，我们如何面对新形势，有效开展青少年德育工作呢？

一、注重实效性

中小学德育工作必须注重效果，绝不能流于形式，不能走过场，否则很可能会误了一代人。我们教育主管部门或学校，在德育与智育的关系上必须坚持"五育并举，德育为首"的教育方针不动摇，建立健全德育工作队伍和德育工作制度，采取强有力的措施保障德育工作阵地建设与德育工作的效果。

二、提高针对性

青少年德育工作不能只限于空谈，也不能只限于思想政治课的教学，还要认真研究当前国内国际出现的新形势与新问题，更要分析中小学生特点及意识形态领域内的新情况，采取有针对性的措施与方法，把中小学生德育工作落在实处。

三、突出多样性

德育工作的长期性、迟效性、反复性决定了青少年德育工作任务的艰巨性，为了巩固德育工作成果，提高德育工作效果，突出德育工作的多样性，我们必须采取多样化的形式、措施和手段，把德育工作寓于各学科教学之中，贯穿在学校教育的各环节中。

四、强化责任意识

青少年德育工作是社会、家庭、学校三方的共同责任，任何一方的工作疏忽或失误，都会对青少年产生不可估量的影响。因此，社会、学校、家庭三方都必须强化各自的责任意识，明确各自的工作职责，不断提高认识，围绕一个共同的目标，把我们的孩子管理好、教育好，绝不让类似自焚的悲剧重演。

这篇文章发表以后，我很快就接到一些朋友的电话，他们在充分认同我的一些观点的同时，也向我提出一个十分敏感的问题，那就是"法轮功"邪教头目李洪志固然罪大恶极，但他居然能让一些人痴迷"法轮功"，甚至让他们以不惜牺牲生命为代价去进行所谓的"护法"，这难道不值得我们教育工作者好好思考吗？这句话深深刺痛了我，我暗下决心：从我做起，从自己所管理的学校抓起，以德育为抓手，统领学校的各项工作。之后，在加强学校德育工作方面，我可谓多管齐下，不仅发表了大量的博客文章，阐明很多德育观点，对广大教职工进行思想武装，而且进一步明确德育工作主题，明确具体的德育内容，设计了一系列的德育活动，建立了一系列的德育载体，甚至把一些德育要求编成歌谣，让学生诵读，全方位对学生进行品德教育，让学生在学会学习、学会生活的同时，必须学会做人。同时，把所要开展的德育实践和行动研究设计成研讨课题，向省级教育主管部门申报立项。

一次偶然的机会，我在网络上接触到一段美国前任总统奥巴马开学演讲的视频，我找来汉译版反复听，每听一遍都有新的感触。我渐渐地认识到，未成年人的品德教育，应该上升到一个更高的层面，应该成为国家战略。于是，我发表了《未成年人品德教育是国家战略需要》的博文，引来很多"粉丝"的围观。当然，也有人认为我唱高调：你把你学生的品德教育抓好、落实就行了，大谈国家战略是不是太过于"家国情怀"了？其实，这篇博文所表达的正是我的真实想法，也是我对学校德育工作的高度认同。

未成年人品德教育是国家战略需要

美国新当选总统奥巴马在上一届任期内，每年的秋季学期开学都要向全美的大、中、小学生发表开学演讲。几年任期下来，他已经在美国的大学、中学、完全学校和小学发表演讲多次，每次演讲的主题基本上都是大、中、小学生如何学得真本领为国效劳，如何为经济发展、消除贫困、攻克科学难题和世界和平贡献力量。

这项活动在美国由来已久，在小布什任期内因为种种原因被取消，2008年奥巴马当选美国总统后恢复了这项活动。这位世界超级大国的政治家，在他的开学演讲中，不谈政治，不搞竞选宣传，大部分内容都是品德教育和励志教育，鼓励学生做一个对社会有用的人，不要怕困难，学习要持之以恒，等等。他的演讲词朴素、直白，非常有感染力，也非常有说服力。他在完全学校里关于他妈妈如何要求他刻苦学习的一段演讲感人至深。他说，当他的妈妈与爸爸分开以后，迫于生计，他的妈妈不得不带着他离开美国本土，每天早上四点钟他的妈妈就把睡梦中的奥巴马喊起来读书，妈妈边做事边教奥巴马功课，奥巴马睡着了，妈妈就会唤醒他。妈妈安慰他说：我也想多睡一会儿呀，可是为了你能受到正宗的美式教育，将来成为一位伟人，我只能如此。我为了你都能这样，你为了你自己为什么不能这样呢？奥巴马在大学里演讲时讲得更加直白，他说华尔街有那么多高管的位置都空着，随时等着你们去做，你们怎么才能坐上这些位置呢？他还告诉高中生们，国家给你们创造学习的条件，你们就应该好好学习，你们不能整天看电视、玩游戏，家长的责任就是看管你们把更多的时间用在学习上。所以，奥巴马的演讲内容与我们对中小学生提出的要求基本是一致的。

提起我们的孩子的一些不良习惯、不当行为，一些人或部门也许会互相指责，可是我们有没有深入研究这些问题的成因呢？我们有没有深刻反思我们的教育机构在品德教育上的缺失或缺位呢？我们有没有深刻分析我们的教育或社会工作者在这些问题上所应承担的责任呢？

所以说，未成年人的品德教育不仅是国家的战略需要，而且是我们学校教育的重要任务之一。作为教育机构，我们有责任、有义务、有能力完成这一战略任务。借此，我也再一次大声疾呼，我们全社会都要关注未成年人的品德教育，我们各级各类学校都要重视学生的品德教育，这是立国之本，也是立校之根。

为了进一步统一广大教职工的思想，提高他们对德育工作重要性的认识，逐步形成学校"全员德育、人人德育"的氛围，我积极思考、反复论证，结合学校教育教学实际，针对高中生的身心特点和学习特点，提出了一系列的德育观点，让广大教职工内化于心、外化于行，不断提高德育工作的实效性。这些观点后经整理形成了《更新德育观念，有效开展德育工作》一文，发表在《中小学校长》2011年第10期上。

更新德育观念，有效开展德育工作

什么是德育？不同的文献中有不同的表述。中华人民共和国成立后，教育工作的任务就是培养德、智、体、美、劳全面发展的社会主义建设者和接班人。从国家战略的角度看，"两全"是非常科学的，也是合理的。所谓"两全"，即全部接受教育的学生在五个方面都要全面发展，缺一不可。当前，"五育"中的德育越来越受到人们的重视。然而，当前德育工作的有效性问题，已经引发了很多人的思考，特别是由于具有先行作用的德育观念不新，已经对有效德育产生了一定的影响。现从最为基本的德育观念入手，浅谈开展有效德育问题。

一、养成教育是最为基本的德育

学校德育工作千头万绪，学生工作需要处处讲德育，时时重德育。但对于中小学生来说，德育内容中所谓的理想教育、世界观教育、人生观教育、价值观教育等，都距离当前中小学生的思想实际太遥远。学生处于从行为到习惯的关键期的小学、初中、高中时，养成教育应该成为当前各级各类学校德育工作的重要抓手，尤其是义务教育阶段的学校，养成教育应该成为学校最为基本的德育工作之一。学校德育工作的核心就应该立足于帮助学生养成良好的文明习惯，改掉或纠正不良的恶习与陋习，在此基础上再去向学生谈人生价值、谈人生理想、谈世界观，这才是正确的德育思路。否则，养成教育不落实，其他德育难见效，学校德育也只能流于形式。

二、是非观是最为基本的道德观

所谓道德观，其含义应该是非常宽泛的，包括方方面面。关于道德观，百度百科给出的定义为：道德观是人们对自身、对他人、对世界所处关系的系统认识和看法，属于社会伦理的范畴，中国传统哲学中的道德观主要是指以儒家为正统的传统道德。事实上，无论是道德观已经形成的成人，还是道德观还在形成当中的中小学生，最为基本的道德观就是是非观。简单讲，我们要分得清什么是"是"、什么是"非"。尤其是在大是大非面前能够站得稳立场，保持清醒的头脑，绝不能像动物那样靠"条件反射"去对事物或环境产生好恶。如果一个人连最为基本的是与非都没有办法分辨的话，其后果必将是很难想象的。因此，我们的学校德育也应该从教会学生分辨是与非开始！

三、诚信是重要的德育目标

众所周知，德育的目标是多维的，包罗万象的，但无论哪种形式的德育，最为基本的目标之一应该是诚信！这些年来，诚信这个词一直是社会最热门词汇之一，人人讲诚信、处处讲诚信，已经成为构建和谐社会的目标要求。然而，由于受到社会各方面的因素共同作用的结果，开展诚信教育难度非常大：从"以诚待人"的德育实践要求，到形成社会诚信的价值体系，是一个艰苦而复杂的过程。但作为学校德育工作者，必须为构建社会诚信价值体系不懈努力。同时，学校德育工作者的特殊历史使命也决定了学校德育工作必须把诚信教育作为最重要的德育目标之一。

四、感恩教育是重要的德育内容

德育实践不断告诉人们，感恩教育越来越迫切，感恩教育也越来越重要。一些成人、中小学生道德缺失的根源是因为缺少感恩意识。可以肯定地说，懂得感恩父母的孩子，一定会珍惜来之不易的学习时间和学习机会，也一定会以积极上进、刻苦学习的态度来报答父母；懂得感恩学校的学生，一定会尊敬老师、团结同学、爱护公物、遵守纪律，也一定会以优异的成绩和出色的表现报答母校；懂得感恩社会与国家的人，一定会遵纪守法、立志成才，以实际行动报效祖国。因此，感恩教育不仅要成为学校德育的主题，而且需要通过不同的活动载体，让学生在感恩中成长，在感恩中进步。

五、"善育"是德育的重要元素

学校德育内容是非常广泛的，德育工作者要做的事情也很多，从养成教育，到人生观、世界观、价值观的"三观"教育，处处都需要我们德育工作者用心、尽力。但在中国的传统德育中，还有一个非常重要的元素不能被忽视，必须在德育中得到有效落实，那就是"善育"。所谓"善育"，就是以善举为主要行为目标的教育，是德育的重要组成部分。古人曾告诫我们，要与人为善，现代社会也强调"以善从事"的重要性。不难看出，"善育"虽然可能对很多德育工作者来说是陌生的，但"善育"在各种德育目标中，也是最容易实现的一种。因此，我们在学校德育实践中，一定要倡导善待他人，凡事要从善意出发，在重大事件面前要有义举或善举等，以善制恶，不断实现德育的多维目标。

六、德育离不开活动载体

由于道德观念的抽象性、难复制性，决定了德育工作的高难度，德育是不能靠凭空说教的。让学生听几场时势政治报告、学习几份文件，甚至让学生把老子的《道德经》背个滚瓜烂熟，是不可能实施有效德育的。所有的德育必须依靠一些重要的活动载体，只有通过经常性、多样化，生动、直观、形象的德育活动才能让学生感受到学校德育的作用，也才能真正实施有效的德育。

七、德育需要样本示范

德育教育需要有现实的标杆，让受教育者在生活中能体验、感受到德育物化的结果，具体说就是要有一个又一个德育范本或案例来让学生去感知德育的效果。当年的中小学生都非常熟悉雷锋、王进喜、黄继光等英雄人物，甚至把他们作为偶像来崇拜；同时，一些以典型人物为题材的戏剧、电影与故事等，在特殊的时代背景之下也产生了有效的教育作用，如，《狼牙山五壮士》《红灯记》《小花》等经典作品曾激励或影响了一代又一代人。然而，今天我们也看到，随着那段带血的历史离我们不断远去，这些德育样本也离我们的德育对象越来越远，如何让我们的孩子能够经常、直接地感受到我们身边的道德模范，最现实的需要莫过于让我们的教师都能成为道德模范的化身，通过他们的一言一行来给我们的学生做出表率与示范。

因此，学校德育不只是学校德育部门的工作，而且是全体教师的、全方位的工作。

八、课堂仍然是德育的主渠道

当前，学校教育的现实已经告诉我们，由于升学的巨大压力，学生开展德育实践的空间太小、时间太少，过多的开展课外德育活动，或许非常有必要，学生也非常乐意，但能否取得家长甚至班主任的认同，是一个非常大的问题。会议不能经常开，参观考察次数有限，活动不能频繁开展，橱窗也不能三天两头换，但学校的德育工作无论如何也不能弱化。因此，当前的德育工作仍然需要回归到课堂教育的主渠道上来。其实，我们的学科课程中、教科书中，都蕴藏着十分重要的德育元素和重要的德育资源，它们有着十分重要的德育价值。在我们的新课程三维教学目标中的第一维目标就是德育目标，即情感、态度、价值观。因此，无论是对现实升学压力的考量，还是从德育实践的有效性出发，或是为了实施课程改革的需要，都需要我们充分开发学科课程或教科书中的德育资源，都需要我们不断利用课堂主渠道实施德育，只有如此，人人德育、事事德育也才能真正有效地实现。

九、学校德育是反复德育

德育工作是一个周期很长的系统工程，德育工作的复杂性表现在学生的道德塑造中的反复性、迟效性、不稳定性等。我们不要幻想几天就能见到德育工作的效果，如果某一次的德育实践就能让学生形成一种道德观念，那么绝对是受教育者的一时冲动。所谓的"5-2＜0"，即5天的正面教育敌不过2天的负面影响，就形象说明了德育工作的艰巨性及复杂性。这给我们德育工作者提出的问题是如何让学校德育成果保持长效，甚至惠及他们的终身？因此，解决这个问题的最有效办法，也是无奈的选择，就是不断强化和以反复对反复！所谓"不断强化"，就是对一些传统德育或历史德育，通过不断强化的形式，让德育成果持续发挥作用，所谓"以反复对反复"，就是在我们的教育对象通过与社会接触出现反复以后，我们不厌其烦地"再教育""再德育"，而且我们能做到什么程度，就尽力做到什么程度！

不难看出，在这篇文章里，我的很多观点都是非常新颖的，这些观点不仅是我对长期德育实践的感悟，而且是我对德育工作的整体把握。尤其是我的反复德育观、善育观，都是一些从文献中难以检索到的全新的德育观念。

为了进一步办好特色教育，让学生走出校园，走进大自然，充分激发学生美术创作的灵感，在我的大力倡导下，霍邱二中在黟县西递、宏村建立了专门的美术特长生的"研学写生基地"。当时，在宏村建立写生基地的全国各级各类高校很多，但普通高中在此建立写生基地的学校仅有霍邱二中一家。考虑到学生的安全问题，我亲自来到西递、宏村，对初步确定的几个写生点进行了全面考察，我看到白天到处是写生的学生，但晚上只有1公里长的宏村老街的小酒馆里坐满了人，好不热闹。我在感慨写生给这个偏僻山村带来如此繁荣景象的同时，也为路灯下搂搂抱抱的大学生感到十分担心。当天晚上，我就在新浪微博上推送了一则配有照片的消息——"西递、宏村，与其说是美术写生基地，倒不如说是恋爱天堂"。很快就有人跟帖说，杨校长还应该在下了晚自习后到五岳路口去看一看，也许会发现另一处恋爱天堂。我从西递、宏村回到学校之后，一方面召开了专题会议，安排布置学生写生期间的安全管理工作，特别强调学生晚间一律由班主任和生活老师安排上自习，避免中学生受大学生行为的影响；另一方面，我到五岳路口实地察看，下晚自习后确实有一些搂搂抱抱的不雅行为。于是，我结合在西递、宏村和五岳路的发现，借用蔡元培在担任北京大学校长时所讲的"欲知未来之社会，须看今日之校园"的话为题发表了专题博文，我在博文中指出：

大学校园的一些不良之风，已经在我们的中学校园中有所表现，中学校园中的某些不良现象与大学校园相比甚至有过之而无不及！因此，如何培养未来社会的接班人、建设者，作为基础教育的教师们，其任务不简单，尤其是育人的责任重大。看来"品德教育应该成为国家战略需要"，仅仅停留在口头上、书面中是远远不够的，我们要本着对历史负责、对未来负责的态度，从当下做起，从孩子的品行入手，不断加强学生的品德教育、养成教育、感恩教育、责任教育和文明礼仪教育。

2009年八九月间，我在安徽省教育学院参加校长高研班学习。9月14日上午，我听了教育学院的黄石卫教授的"网瘾的成因、危害与防治"的课以后，心里久久不能平静，也自感愧疚，因为黄石卫教授在课堂上大谈"种菜偷菜"游戏的危害，我当时也有所沉迷，正如黄石卫教授描述的那样：半夜或早上醒来，第一件事就是收菜、偷菜。但黄石卫教授的课堂让我有了顿悟：一个成人尚对网络游戏都能如此痴迷，可以想象网络游戏对自控能力远不如成人的孩子有多大的诱惑力，特别是手机已经开始成为广大中学生的网游新宠。我想，手机很快会替代电脑成为毒害青少年的祸首，于是我在当天晚上就把这一想法发表在霍邱教育网的博客上。

手机将很快成为毒害青少年之祸首

今天上午听了黄石卫教授的课，课题是"网瘾的成因、危害与防治"。我听了很受启发，无数生动的案例让我们触目惊心，成千上万的孩子因沉迷于网络而不能自拔、消沉颓废，丧失理智、道德，甚至泯灭了人性。课后，大家进行了认真的讨论，得出了更加让人震惊的结论：手机将很快取代网络，成为危害青少年身心的头号毒瘤。

新学期以来，霍邱二中重点抓了学生的管理，改善了学生的住宿条件，要求符合条件的学生一律回到学校宿舍居住，开展学生上网集中整治，从早上五点钟开始，查堵夜不归宿上网的学生，处分了一批夜不归宿的学生，并让这些孩子的家长到校召开专门会议，取得了很好的效果，在社会上引起了强烈反响。同时，我们也在寝室内安装了电话，宣布在霍邱二中校园内任何地方，学生不得使用手机，发现学生使用手机一律收缴并由学校保管，学生毕业离校时交家长领回。这项措施得到了广大班主任的充分认可，但遭到了学生反对，也有部分家长不理解，认为学校管理过严，禁止使用手机的问题一度引来不少质疑声，学校不得不把禁止违规使用手机的管理工作从学校层面下放到班级。

通过今天的课堂讨论，大家真正地认识到，限制学生使用手机，非常有必要，而且这项工作非常有意义，也非常值得做。大家都知道，3G（第三代移动通信技术）开通以后，手机就是一台微型电脑，甚至比电脑还要方便，可以不受时间、空间、地点的限制，孩子可以在手机上做许多事情——聊天、游戏、浏览网页等。这样一来，他们绝不会夜不归宿，也不会逃课，只是他们在课堂上、寝室里不是学习与休息，而是上网。

我们真的很担心，霍邱县的3G已经由电信开通了，移动也将正式开通3G，联通开通3G也不会太久。媒体说，3G手机现在价格不过千元，将来价格很快就会降下来，这样很快就会普及。有人调侃说3G手机不能用，用了3G手机，能自动显示对方所在的地点，撒谎都撒不成了，我倒不这么想，我想3G手机普及以后，不知又有多少孩子会中毒受害！

当然，学校禁用与限制也不是办法，手机也好，3G也好，毕竟是现代科学技术的成果，不能因为怕毒害学生而限制使用，关键是建章立制。现实生活中，孩子拥有手机非常普遍，在高中生中已经普及，出现这种情况的主要责任还是在社会、家长。那么多的家长外出打工，总要与孩子取得联系，靠什么，只能靠手机。

问题出来了，总要有一个解决的办法。作为学校来说，引导学生规范使用或限制学生使用手机，这是学校目前对此事唯一的解决办法，没有比这更好的办法了。至于其他的，只能指望有关部门和家长了，尤其是我们的老师与家长必须认识到，学生如果不能正确使用手机的话，手机将很快成为更大的危害学生的毒瘤。

为了把学校德育工作深入、持久地抓下去，让更广大的教职工参与"教书育人、管理育人"的"全员德育"工作当中，我想到了通过课题来引领学校的德育实践，让广大德育工作者尤其是广大班主任在课题的统领之下，在实践中研究，在研究中提升，把研究成果再用于实践。我向安徽省教育科学规划领导小组办公室申报了"中学生思想道德与习惯养成教育研究"的课题，很快获得了立项。经过三年的研究与实践，课题研究不仅收获了巨大的成功，在霍邱二中建立起了一整套可借鉴、可复制的德育工作思路与模式，为学校的德育实践开拓了非常好的工作思路，也为行动研究类课题研究创造了极为新鲜的经验，而且取得了十分丰硕的课题研究成果，包括《做一位合格的中学生》专著的出版。该课题成果还获得了第八届安徽省教育科学研究优秀成果一等奖，这是此奖项设立以来六安市获得的第一个一等奖。安徽省优秀科研成果评选，每三年评选一次，从近三年的省教育厅批准结题的省级立项课题中评出6个一等奖，14个二等奖，40个三等奖，由此可见这个课题研究的价值。

根据课题研究成果，我出版了18万字的专著《做一位合格的中学生》，经5次再版后，更名为《高中生活，从这里起步——基于习惯养成和思想道德建设的基础教育改革实践》重新出版。这本被称为"高中生大百科全书"的中学生教育读本，分三个部分共100讲。

第一部分为行为与习惯篇。这部分从如何参加升国旗仪式开始，为同学们介绍了一些应该坚持的行为与做法。小到如何进行环境保洁、如何参加集会、进入学校各功能室怎么做，大到如何保持健康的心理、如何做到均衡营养等，特别介绍了中学生应该如何养成良好的饮食、起居、语言、学习、着装、思维及卫生等习惯，中学生如何免受侵害，如何处理人与人之间的关系，等等。

第二部分为方法与策略篇。明确了中学生的三大任务：一是修德养性，二是修业治学，三是修身健体。全面分析了投入同样多的时间，为什么同学们的学习成绩会有差别；同在一间教室听课，为什么听课的效果会不同；进校时学习基础差不多，为什么一段时间后有人进步得快……分学科指出了各学科学习的策略与方法。

第三部分为理想与做人篇。全篇围绕一个观点展开，即做人比做学问更重要！强调了中学生所面临的主要任务是两大项，一是学做人，二是学做学问。二者不是并列关系，而是递进关系。只有先学会做人，才能谈得上学做学问。通过详尽地叙述和典型的案例来阐述做人比做学问更为重要。

课题结题以后，我积极发挥课题研究成果的作用，将课题成果用于学校的德育实践，边研究边实践，边实践边总结，开发出十分有价值的德育实践案例，获得第一届安徽省中小学优秀德育实践案例特等奖，有幸成为十个特等奖之一。有关德育实践案例被发表在《中小学校长》2014年第1期上。

以课题研究为载体，积极探索有效德育
——安徽省霍邱二中积极开展品德教育与养成教育的实践案例

2008年8月，经安徽省教育科学规划领导小组办公室组织有关专家评审，并报经安徽省教育科学规划领导小组和安徽省教育厅审核批准，霍邱

二中申请的"中学生思想道德和习惯养成教育研究"课题正式立项。霍邱二中在实施课题研究的过程中，以霍邱二中学生为实验样本，结合课题内容，积极开展形式多样的思想教育及习惯养成教育行动研究和德育实践，努力实施有效德育，在学生的思想教育和养成教育方面取得了重大突破。课题的研究成果获得第八届安徽省教育科学研究优秀成果一等奖，有关的德育实践案例荣获第一届安徽省中小学优秀德育实践案例评选活动特等奖。

一、形成背景

宏观背景：2004年1月17日，新华社发表了中共中央办公厅、国务院办公厅的《关于适应新形势进一步加强和改进中小学德育工作的意见》；2004年3月22日，中共中央颁布了2004年8号文件《中共中央国务院关于进一步加强和改进未成年人思想道德建设的若干意见》；2004年5月10日至11日，中共中央在北京召开全国加强和改进未成年人思想道德建设工作会议，时任中共中央总书记的胡锦涛同志在会议上发表重要讲话；2004年6月1日，胡锦涛同志强调，全党、全社会都要按照中央的要求，高度重视和热情关心未成年人的健康成长，特别要大力加强和改进未成年人思想道德建设；2005年上半年，《中小学生守则》《中学生日常行为规范》经修订后向中小学生发布；2006年3月，胡锦涛同志发表了以"八荣""八耻"为主要内容的社会主义荣辱观，未成年人思想道德建设的工作任务摆在了全社会特别是全体教育工作者的面前。基于此，当时国内有关的科研机构和教育主管部门在广泛调查的基础上，对中学生思想道德建设及习惯养成教育开展了一定的研究，各级各类学校也从百年树人的角度，对中学生思想道德建设及习惯养成教育采取了一定措施，在一定范围内开展了研讨或交流，许多有识之士对中学生的思想道德建设及习惯养成教育给予了极大的关注，也通过各种媒体进行了广泛的呼吁。但随着社会经济与文化的发展，未成年人思想道德建设及习惯养成教育出现了一些新的情况，面临一些新的挑战，也遇到了一些新的困惑。

微观背景：由于霍邱二中的学生主要来自农村，一方面，随着外出务工的农民不断增多，很多家庭变成了空巢家庭，很多孩子变成了留守孩子，他们所接受的家庭教育主要是"隔代教育"或"代理教育"，由父母对其子女实施的家庭教育严重缺失，直接导致学生的文明素养较差和行为习惯不良；另一方面，随着农村义务教育阶段教师队伍的不断老化、留守孩子的学习缺少必要的监管，学生的学习习惯及学习方法存在诸多问题，尤其是霍邱二中的生源比较差，不仅新生的入学成绩较兄弟学校低，而且很多孩子在行为习惯、文明素养、思想意识等方面与兄弟学校的学生有较大的差距，特别是一部分学生在"思想意识、行为习惯、文明素养、遵守纪律、同学关系"等方面与文明学生要求有明显差距，即"五差"学生人数不在少数。因此，针对当时中学生在思想道德和习惯养成方面存在的问题，我们在霍邱二中开展学生的思想道德及习惯养成教育研究，不仅是学校提升办学内涵、提高教学质量的需要，而且是肩负历史责任、完成新时期历史使命，全面提高学生的思想道德水平，全面促进中学生良好习惯养成的客观需要。

基于此，霍邱二中决定向安徽省教育科学规划办提出"中学生思想道德和习惯养成教育研究"的立项申请，以课题为载体，全面开展针对新时期学生特点的德育实践。

二、实施过程

课题的研究过程，也就是我们的德育实践不断深入开展的过程。我们首先结合课题的研究实际，广泛开展了中学生思想道德和习惯养成教育研究现状调查，并以霍邱二中为实验样本，深入开展了新时期学生思想道德建设和习惯养成教育的行动探索。

（一）问卷调查，形成调查报告

课题组分别制定了"中学生思想道德建设问卷调查表"和"中学生习惯养成教育问卷调查表"，组织课题组成员在全省范围内分不同区域、不同类型的学校，对各级各类学校的中学生思想道德建设情况和中学生的行为及习惯养成教育现状进行了深入调查。在通过充分分析、研究调查报告的基础上，形成了《中学生思想道德和习惯养成教育现状调查分析报告》。

（二）以霍邱二中为样本，开展德育实践

课题组根据在问卷调查、分析中发现的诸多问题，结合霍邱二中学生思想道德建设和学生行为习惯养成教育实际，以霍邱二中为实验样本，制定了以解决当前问题为主要目的的课题实践规划，并开始了为期三年的德育实践。

第一，以主题教育月活动为载体，强化学生的思想道德和习惯养成教育。学校规划每年开展3次主题教育月活动：①3月份突出文明礼仪教育的养成教育月活动，以规范学生的行为为抓手，提出治理"十乱"的管理要求，结合学校实际制定有校本特色的文明礼仪规范，如，校园内禁止使用手机，霍邱二中学生发饰标准，等等；②5月份加强学校与家庭联系的感恩教育月活动，强化学校（重点是班主任）与家长联系，一方面，开办家长学校，对家长如何适时、有效开展家庭教育进行培训；另一方面，通过选择在每年的5月份母亲节召开家长会，强化学生的感恩意识；③9月份开展突出学生思想教育的品德教育月活动，学校已经累计开展了责任教育主题、法治教育主题、遵规守纪教育主题、励志教育主题等教育主题活动。到目前为止，3个主题教育月活动已经开展了3年，收到了非常好的效果。

第二，经常开展大型签名活动，让学生告别不良习惯或远离不良诱惑。针对当前学生已经形成的不良习惯，学校采取大型签名活动，从周一到周五的大课间，每次一至两个班级，采取的基本模式是先组织有关班级发出倡议，其他班级积极响应，签名后的签名簿拿回去悬挂于教室之中，以警示他人、教育自己。当前，课题组主要开展的大型签名活动主要有：一是针对学生不良行为习惯的反复性，开展告别不文明陋习签名活动；二是针对一部分学生沉迷于网络不能自拔，开展告别网吧签名活动；三是结合学校为六安市禁毒示范学校，让学生知毒、识毒，开展远离毒品的签名活动；等等。

第三，积极开展全员参与的校园文化建设，通过环境影响、教育学生。主要构建四方面的校园文化：一是班级文化，定期进行班级文化评比；二是走廊文化，让杰出校友、优秀学生"走进"走廊，以他们的成长事迹、格言寄语丰富走廊文化；三是校园长廊文化，以全国道德模范人物、感动中国十大人物等先进事迹来感染学生，并通过读后感和演讲比赛来强化教育效果；四是寝室文化，校园文化向寝室延伸，以寝室的美化、香化、文化为目标，定期开展检查，促进学生良好生活习惯的养成。

第四，积极开展以"国旗下讲话"为活动形式的持续的思想教育活动。每周一规范地举行升旗仪式，让班旗与校旗、国旗一同升起，国旗下的讲话一般由升班旗的班级同学代表和班主任进行，"国旗下讲话"主要包括两方面的内容：一是学生的国旗下演讲，二是班主任针对学生不良行为发表有针对性的讲话等。

（三）撰写中学生教育读本

为了让课题研究成果持续发挥作用，让更多的学生接受思想道德教育和习惯养成教育，课题组从2008年底启动了《做一位合格的中学生》的撰写工作。课题组先是编写了《做一位合格的中学生60讲》，在霍邱二中广播站每天播出一讲；随着课题研究的深入，课题组决定对《做一位合格的中学生》的内容进行扩充，尤其是2009年安徽第一轮高中课程改革结束以后，课题组把高中新课程的有关课程设置、课程实施及课程评价等内容写入了读本，最后定稿为18万字的《做一位合格的中学生》100讲，由黄山书社出版发行。该书再版5次，累计发行近40万册。

三、实施效果

通过以课题研究为载体的近三年的德育实践，不仅形成了一整套系统的中学生思想道德建设和习惯养成教育的管理办法，积累了一系列的中学生思想道德建设和习惯养成教育方面的经验，形成了一系列的科研成果，还特别让课题组成员在中学生思想道德建设和习惯养成教育的观念方面发生了巨大变化。

一是建立了全新的德育观：①养成教育是最为基本的思想品德教育；②是非观是最为基本的道德观；③诚信教育是最为重要的品德教育；④感恩教育是思想品德教育的重要内容；⑤"善育"也是思想品德教育的重要元素；⑥思想品德教育离不开活动载体；⑦思想品德教育需要样本示范；⑧课堂仍然是思想品德教育的主渠道；⑨习惯养成教育需要反复；⑩习惯养成教育需要从义务教育阶段抓起。尤其是充分认识到校园文化建设在中学生思想道德建设和习惯养成教育方面的重要地位与作用——学生良好习惯的养成和良好思想品德的形成离不开校园文化的熏染。

二是学校的校风发生了根本性的变化，教学质量得到了根本性提高。

不仅建立了一整套规范的德育实践方案，而且通过一系列的教育形式及教育活动载体，大大增强了学生的文明意识、感恩意识、团队意识和社会责任感。学社工作、志工工作得到了社会各界的充分肯定，尤其是霍邱二中志工部被评为安徽省2011年第三季度志愿服务优秀团队，代表霍邱参加六安青年志愿者服务启动仪式。良好的校风促进了优秀学风的形成，霍邱二中教学质量逐年稳步提升。

有了课题的引领，在德育实践模式上有了一定的创新，如何让德育持续发挥其应有作用与价值，成了我在一段时间内主要思考的问题。经过深思熟虑，我在德育实践中开拓创新，做了大量开创性的德育工作，收到了很好的效果。

首先，我把武汉市教育局倡导的"三好学生"要求（"大三好"）引到了学校，即"在家做个好儿女，在社会做个好公民，在学校做个好学生"。什么是好学生呢？我又提出了自己的"三好学生"标准（"小三好"），即身体好、品德好、学习好。为了能让"大三好"深入人心，我特别把"大三好"的内容编成学生容易接受的歌谣，发表在博客上，张贴在校园里。

在家做个好儿女

心中父母最重要，每天电话少不了，
自己事情自己做，不让爸妈把心操。
不要泼皮不撒娇，父母为我而骄傲，
修身养性学做人，孝敬父母必做到。
父母育儿不容易，不让他人把我笑，
做人最讲父母情，懂得感恩要记牢。

在社会做个好公民

出门树立好形象，走坐都要像模样，
违法乱纪不能干，处处要为校争光。
不打架来不斗殴，诚实守信习惯良，

公众场合不喧哗，游戏上网要适当。

多做社会公益事，行善积德多自强，

勤俭节约好品德，遵守公德美名扬。

在校做个好学生

言行举止讲礼貌，见到师长问声好，

行为习惯懂礼仪，校园生活重仪表。

严格要求树新风，十字用语要记牢，

同学交往讲情谊，团结友爱姿态高。

爱校爱班爱集体，公物保护要做到，

勤奋刻苦爱学习，立志成长报母校。

在对"小三好"的内容进行排序时，我也做了深入的思考，把"小三好"定位为"身体好、品德好、学习好"。为什么要把"身体好"放在第一位呢？这是令很多人产生困惑的问题，很多人都认为当前高中阶段的升学任务压倒一切，应该把"学习好"放在第一位，而且这样的排序，也向广大中学生传递了一种价值取向：在高中这个阶段，学习好才是最重要的。我认为，身体不仅是"载知识之车，也是载道德之寓"，没有好的身体，成才、做人都将化为空话，我把"身体好"放在第一位，就是要求广大中学生不忘锻炼身体，以健康的身体和心理为基础去学会做人、学会学习。我长期坚守的育人指导思想就是中学生在学校里，既要学做人，又要学做学问；既要修品养德，修身养性，又要修业治学。为了更好地让学生领会"品德好"的内容，熟记"品德好"的具体要求，我还把"品德好"的内容与要求编写成学生容易接受的拍手歌等，此举不仅完全消除了学生的抗拒心理，而且极大地方便了学生去记忆。

品德教育歌（一）

你拍一，我拍一，修品健身数第一；

你拍二，我拍二，刻苦学习决心大；

你拍三，我拍三，积极养成好习惯；

你拍四，我拍四，以德树人立大志；

你拍五，我拍五，用功读书莫怕苦；

你拍六，我拍六，勤奋努力出成就；

你拍七，我拍七，志工服务要给力；

你拍八，我拍八，研学旅行走天下；

你拍九，我拍九，言行举止要五有；

你拍十，我拍十，追求进步永不止。

品德教育歌（二）

一个身份要记牢，

两个使命莫忘掉，

三项活动要参加，

每天四问不能少。

五有要求很重要，

六项禁止必做到，

七项规定要熟悉，

八自建议要做好。

九种习惯须养成，

十无达标重实效！

注：

（1）"一个身份"指的是中学生身份；

（2）"两个使命"指的是修身养性和修业治学；

（3）"三项活动"指霍邱一中长期坚持开展的三项德育活动：一是研学施行，二是志愿服务，三是学生社团；

（4）"每天四问"是套用陶行知在晓庄师范时给学生提出的要求，即每天坚持四问：品德进步了没有，身体进步了没有，学习进步了没有，工作进步了没有；

（5）"五有要求"，即课堂有纪律，课间有秩序，言行有礼貌，心中有他人，天天有进步；

（6）"六项禁止"，即禁止吃零食，禁止夜不归宿，禁止男女生不正常交往，禁止违规使用手机，禁止打架斗殴，禁止抽烟喝酒；

（7）"七项规定"，主要指《中小学生守则》《中小学生行为规范》《霍邱一中着装规定》《霍邱一中发饰标准》《霍邱一中违纪学生处理办法》等；

（8）"八自建议"指的是行为自律、成长自励、人格自尊、生活自理、学习自主、精神自强、目标自知，挫折自省；

（9）"九种习惯"包括学习习惯、生活习惯、睡眠习惯、就餐习惯、行走习惯等；

（10）"十无"指的是垃圾无乱扔、楼道无堆积、地面无污渍、墙壁无悬挂、门窗无积尘、厕所无异味、公物无破坏、保洁无死角、车辆无乱停、草坪无践踏。

所谓"志工服务"，也是我从我国台湾回来后大力开展的一项开拓性德育实践活动。在我国台湾，"志工"是对志愿者的一种别称，志工服务已经成为常态。当前的中小学生由于受到家庭与社会环境，以及独生子女性格的影响，服务他人的意识有待进一步增强，他们的心态有待调整，同时，各中小学校园里一些诸如环境保洁、物品搬运、校园秩序维护等工作又存在经常性用工，不仅中小学用工荒现象长期存在，而且临时用工产生的费用也成为学校一个不大不小的包袱。为了解决这些矛盾与问题，我从台湾学校的志工实践中受到启发，率先在霍邱二中成立了志工服务组织。

霍邱二中志工服务章程

志工部，即青年志愿者服务工作部，是由志愿从事社会公益活动的在校青年学生组成的全校性学生组织。本部是由学校团委会直接领导，统一使用中国青年志愿者协会的会徽、会旗、会歌。本部奉行"奉献、友爱、互助、进步"的准则，在遵守国家宪法、法律法规、学校的校纪校规前提下以服务社会、服务学校、服务师生作为本部的宗旨，为努力构建和谐校园、和谐社会做出贡献。

所有在校学生都有权利申请加入志工部，凡是提出申请并完成一次志工服务工作的同学就有资格加入。对于参加志工服务的同学，志工部将根据其服务时间长短及服务内容分别颁发相应的志工服务徽章，志工服务徽章共分五级。

一星级志工：凡是申请加入志工部的同学，在参加完一次志工服务后，即可成为一星级志工，授予一星级徽章，建立志工服务档案；

二星级志工：成为一星级志工后，参加服务次数累计达到30次授予二星级徽章；

三星级志工：成为二星级志工后，参加服务次数累计达到30次授予三星级徽章；

四星级志工：成为三星级志工后，参加服务次数累计达到20次授予四星级徽章；

五星级志工：成为四星级志工后，参加服务次数累计达到20次授予五星级徽章。

学校团委会成立志工服务工作部，全面管理志工服务与工作。各教学班对应产生志工服务联络组，负责志工服务的组织和志工记录表的汇总。学校志工部对全体志工及其服务工作实行电子档案管理。所有志工在完成相关的服务或工作后，要立即填写志工服务记录表，经班主任或授课教师签字后，交各班志工联络员送交学校志工部。学校志工部每月张榜公布一次各班志工服务次数和各班紧急志工人员名单。

备注：

（1）凡违反校纪校规，立即取消志工资格，收回徽章，并全校通报批评；

（2）全程参与大型活动（如运动会、大型集会、文艺汇演服务等），并顺利完成服务任务的志工，可以直接由原星级志工晋升为上一级志工。凡有重大义举，在校内产生积极影响的志工，可以破格晋升为上一级志工，甚至可以直接晋升为五星级志工；

（3）每月评出当月志工服务优秀个人并授予其"爱心天使"称号，每学期对服务次数累计最多的班级授予"爱心班级"称号并张榜表彰；

（4）每学期获得"爱心天使"的志工或获得"爱心班级"的志工集体，可以在下一个学期的开学典礼上获得与校长合影的机会。

在中学校园中开展志工服务，即青年志愿者服务，不仅符合当前国家大的政治与社会背景，而且是劳动教育的一种重要实践，与中学生综合实践活动宗旨与要求也是不谋而合的。同时，通过志愿服务可以培养中学生热爱劳动，关心、帮助他人的情操。为此，在我的倡导下，霍邱二中不仅向安徽省教育科研规划办公室申报了"中学生志愿者活动实施研究"课题，并顺利获得了省级立项，而且我还发表了专题文章《浅谈中学志愿者的组织与管理》，全面阐述志工服务的观点与思想。

浅谈中学志愿者的组织与管理

"志愿者"这个词由来已久，它是英文 volunteer 的译称，又称"义工""志工"。联合国将其定义为"不以利益、金钱、扬名为目的，而是为了近邻乃至世界进行贡献活动者"，指在不为获得任何物质报酬的情况下，能够主动承担社会责任而不关心报酬、奉献个人的时间及精力的人。根据中国的具体情况来说，志愿者是这样定义的：自愿参加相关团体组织，在自身条件许可的情况下，在不谋求任何物质、金钱及相关利益回报的前提下，合理运用社会现有的资源，志愿奉献个人可以奉献的东西，为帮助有一定需要的人士，开展力所能及的、切合实际的，具有一定专业性、技能性、长期性服务活动的人。

志愿服务起源于19世纪初西方国家宗教性的慈善服务。我国的志愿服务工作起步比较晚，从2002年中国第一个大学生志愿服务组织建立算起，至今也只有10多年时间。志愿者被中国大众熟知，主要还是通过2008年的北京奥运会和2010年的上海世界博览会。特别是上海世界博览会超过200万名微笑的"小白菜"，不仅向世界展示了中国青年志愿者的良好形象，而且让中国的老百姓进一步认识与了解了志愿者工作。通过对10多年的中国志愿者组成人员及志愿服务内容分析来看，我国的志愿者主要来自两个方面，一是有志于公益与慈善事业的社会人士，二是以大学生、中专生为主要人群的在校学生，而且学生志愿者更多的是参与大型的博览会、运动会的服务等。然而，作为中学生志愿者参与志愿服务，不仅参与者少，而且参与的机会也少。中学生的特殊群体形式决定了中学志愿者的特殊组织形式。如何把中学生中有志于志愿服务、乐于公益事业的学生组织起来，服务学校、服务师生、服务社会，不仅是一个非常值得开展行动研究与实践探索的课题，而且是一件非常值得做的大事！我现结合霍邱二中近年来开展"志工"服务的具体做法，从5个方面探讨普通中学开展志愿服务的组织与管理工作。

一、志愿服务章程的建立

志愿服务章程的建立是中学生志愿服务的组织保障，中学生志愿者在所属组织的领导下，可以集体开展志愿服务工作，也可以自主开展分散的服务项目。中学生志愿服务章程的内容，必须明确志愿者及其组织的名称，志愿服务的性质、服务内容、组织形式、加入条件、志愿者的权利与义务和志愿者的奖励等。

二、志愿者的招募

成立志愿服务组织以后，最重要也是最烦琐的工作就是招募志愿服务工作者，尤其是在志愿服务组织建立的初始阶段，志愿人员的招募工作尤为艰难。第一，要通过一定的方式与途径向中学生广泛宣传中学志愿服务组织的性质、志愿服务的意义和加入志愿服务组织的条件等。在当前中学生高考升学压力巨大，志愿服务观念与意识还比较淡薄的情况之下，增强中学生志愿服务的意识与观念非常重要，不仅需要大力弘扬志愿服务精神，增强志愿服务组织战斗力，而且要进一步增强志愿服务组织的吸引力与凝聚力。第二，要充分发挥团委、学生会、班委会等组织的推动作用，通过典型示范、组织带动、先行者引领的方式，不断壮大志愿服务队伍，即要设法让学生会的组成人员、各个班级的团员、干部先行一步，让他们积极行动起来，再通过他们的行动影响、带动其他同学。一旦志愿服务工作进入常态，志愿服务工作有声有色，志愿者的招募就会从学校管理部门的被动"派位"走向广大中学生的主动加入，学校的志愿服务工作主要就是志愿者的管理工作了。

三、志愿服务的组织

中学生的志愿服务工作必须通过一定的部门来组织和管理，否则志愿服务就会走向死胡同。中学生志愿服务组织一般隶属于学校德育处（政教处）、团委或学生会等相关的管理部门，专门负责组织协调、任务调配、后勤保障、人力组织、日常管理、活动总结、活动奖励等，同时各个班级还需要设立相应的志愿服务联络组，负责班级志愿服务人员的调动和日常管理工作。中学志愿服务组织的名称可以根据各个学校的实际自主选择，既可以沿用"青年志愿者"这个大众化名称，如某某中学志愿者、某某学校志愿者管理部等，也可以体现学校管理的个性化自主命名，但其意义必须体现志愿服务的性质，如，霍邱二中结合学校实际，借鉴我国台湾地区中学生志愿服务的组织形式及管理模式，在团委会下面成立了"霍邱二中学生志愿服务工作部"，简称"志工部"，霍邱二中参与志愿服务的学生一律称为"志工"。"志工部"全面负责志愿服务人员管理与志愿服务工作的安排，选派专门的团委委员担任志工部部长，各班团支部对应产生志工服务联络组，负责志工服务的组织和志工记录表的汇总。

四、志愿者的管理

中学志愿者的管理工作千头万绪，涉及管理工作的方方面面，从志愿服务工作的安排，到志愿服务人员的调度，再到志愿服务过程的管理、工作量的计量，最终到志愿服务人员的奖励，等等。霍邱二中志工部对全体志工及其服务工作实行电子档案管理，所有志工在完成相关的服务或工作后，填写志工服务记录表，经班主任或指导教师签字后，由各班联络员汇总后交至学校志工部，志工部每月张榜一次公布各班志工服务次数和各班参与志工服务人员名单及其工作量。同时，志工部的工作还要靠建立科学的长效管理机制来落实，尤其是如何充分调动广大中学生的志愿服务积极性，保持志愿服务工作的长期性，是中学生志愿者管理的重中之重。一方面，学校要大力倡导志愿服务的奉献精神，全面彰显志愿服务人员的工作价值，不断弘扬志愿服务的正能量，树立劳动者、志愿者新形象，在全校上下逐步树立志愿服务光荣的意识，积极创造深入人心的志愿服务"气场"；另一方面，要建立科学、合理的志愿服务激励措施，以此吸引更多的学生加入志愿服务队伍，不断提升志愿服务的"人气"。霍邱二中在长期的志愿者管理过程中，创造性地建立了志工服务五星晋级机制，较好地调动了中学生的志愿服务的自觉性、积极性和主动性。

五、中学志愿服务的内容

升学压力大、可支配的服务时间少、活动范围有限是当前中学志愿服务的突出特点。因此，中学志愿者的服务内容有很大的特殊性和局限性，这也是中学志愿者与大中专志愿者、社会志愿者最为根本的不同，也就是说中学志愿者的服务只能局限在双休日、节假日等所谓的"课余"时间内，服务内容更多的是立足于校园，并辐射周边社区。一般情况下，中学志愿服务的主要内容有：①校园环境保洁，主要是全天候负责校园的保洁工作，包括校园清扫、垃圾清运和公共设施的维护等；②校园大型活动服务，主要负责家长会、开学典礼、开学迎新、学校运动会、会场引领、来宾接待等相关工作；③维护校园秩序，主要负责学生的值日工作，校园安全及校园秩序维护；④参与社会公益活动，直接参与面向社会的相关服务，如，交通、法制、消防、毒品等宣传，文明创建活动，社区或街道公共卫生管理，大型集会服务，等等；⑤助学扶困、关爱师生，主要关心、帮助有困难的同学，助学济困，帮助年岁大或有疾病的教师或社会上的孤寡老人，做一些中学生力所能及的服务；⑥直接参与学校日常管理，如学生着装及仪容仪表检查、节假日值班、车辆停放引导、班级文化建设检查、学生社团等有关活动的组织等。

霍邱二中所开展的中学志愿服务德育实践也遇到了一些问题，那就是传统观念对劳动教育的排斥，一度让志愿服务陷入了十分尴尬的境界。这要源自发生在校园中的一件事。一天早自习期间，几位同学正在校园中进行环境保洁，这时他们的英语教师骑车从他们旁边经过，学生们有礼貌地向老师打招呼，结果这位老师折回头走到学生跟前严肃地说："你们几位怎么了，是不是又犯错误了？"学生说："没有！"老师马上跟上一句："你们没有犯错误，班主任怎么会罚你们在这打扫卫生？况且早自习都开始了，你们还在这劳动，你们还有什么话说呢？赶紧回教室去，我马上就去检查你们的课文背诵情况。"这几位同学非常委屈，找到团委书记反映情况，说他们已经不止一次遇到这种问题了。团委书记感觉到事态严重，立即向我报告，这个时候的我也意识到志愿服务的宣传工作没有完全到位，把劳动作为惩罚性教育的传统观念在大家心中依然根深蒂固，我感觉到有必要写一篇文章了。

谁让"劳动"蒙冤

百度百科："劳动"通常是指能够对外输出劳动量或劳动价值的人类运动，劳动是人维持自我生存和自我发展的唯一手段。劳动还有多重释义，其中之一就是为了某种目的或在被迫情况下从事简单和复杂劳动作业。

关于劳动，我们都在自觉或不自觉当中经常性使用一些词语。如文献中经常用到"劳动人民"的词汇，老师最习惯给学生下的评语是"热爱劳动"，我们国家的教育方针"德、智、体、美、劳全面发展"中的"劳"就是指劳动教育。当然，还有"劳动改造"这个在特定时间内使用又有特定背景的中国式专用名词。此外，也有一些强调劳动重要、歌颂劳动伟大、赞扬劳动人民的美好词语，如，不劳动者不得食，劳动是财富之父，劳动是世界上一切欢乐和一切美好事情的源泉，等等。

然而，可能是受到传统观念的不良影响，也可能是受到一些错误思潮的冲击，不知从何时起，劳动变成了一种惩罚性的教育手段。有人违法或犯罪了，送去"劳改"去，犯罪嫌疑人被称为所谓的"劳改犯"，用于惩罚违法犯罪人员的场所往往被人们称为"劳改农场""劳改工厂"，用于惩戒未成年人的地方被人们称为"劳动教养所"（简称"劳教所"）。正是基于此，有些人对劳动开始从敬畏走向恐惧，甚至产生厌恶，生怕什么时候沾上了劳动的"光"。那么，是谁让劳动蒙受此冤呢？可以说很多人都参与了让"劳动"蒙冤之事，也包括我们的教育工作者。

今天早上在校园里发生的保洁同学让老师误会的事，让我想了许多！一是这几位同学一定曾经因为迟到被罚打扫卫生，二是几位同学的班主任一定曾经用劳动来惩罚违纪的学生，三是这位教师一定已经习惯了用劳动来惩罚违纪学生。这种把劳动作为一种惩罚手段的做法在我们的学校教育当中比比皆是，我们的很多教师都用劳动来惩罚违纪的学生，学生迟到了，那就去打扫卫生吧；作业写错了，那就去冲厕所吧！事实上远不止学校如此，社会上有些部门也用劳动来惩罚一些违规的人，如，行人在马路上闯了红灯，那就罚你站在马路上指挥交通。大家不难想象，如果咱们都用这种手段教育人，把本应是公益的劳动变成了一种惩罚性措施，还有谁愿意做这样的公益呢？

目前，我们全校上下正大力推行志工服务这一机制，通过学生的志愿服务来增强孩子们的劳动观念，并以此来服务学校、服务社会、服务师生。我一直担心：如果劳动不能成为深入人心的服务手段，我们的志工服务如何能坚持下去呢？所以，这里要特别强调，我们无论如何不能把劳动作为惩罚学生的一种教育手段，要逐步培养劳动光荣这一观念，要大力提倡与鼓励学生参加志工服务，决不要再让劳动"蒙冤"。

所谓"五有"，即课堂有纪律，课间有秩序，言行有礼貌，心中有他人，天天有进步。不难看出，这五个方面的要求，虽表述非常简单，但包含着非常全面的德育工作内容。课堂有纪律，现实一点讲，是课堂秩序的保障，从孩子的未来考虑，则是对中学生规则意识的培养，不断增强学生对法律、纪律的敬畏感。课间有秩序，是对学生在课间行为的约束，虽然这里没有具体要求学生课间应该干什么，但告诉学生，无论从安全考虑，还是从遵守公共环境要求来说都必须讲究秩序。言行有礼貌，是中学生必须养成的好习惯，这个好习惯必须从他们的一言一行开始做起，不断养成，是养成教育的最基本目标。心中有他人，则是对中学生提出的更高层次的要求，也是为了中学生全面融入"人人为我，我为人人"的大社会的客观要求，尤其是对非常有个性的一代独生子女的行为会产生积极的引导作用。天天有进步，是学校教育的终极目标，不求中学生一次或一天有多大的进步，而是要求学生做到天天有进步，而且这里所说的进步，不仅仅是学习上的进步，还包括身体上的进步，品德上的进步。

当时，霍邱一中作为霍邱老百姓最向往的学校，它的升学状况往往成为霍邱教育发展的晴雨表，长期承担着引领霍邱教育发展的重任，因而学校长期承受着巨大的压力。这么多年来，霍邱一中虽然在高考升学上取得了突出的成绩，受到社会及家长的肯定，但在德育工作方面有待改进。我调入霍邱一中后，为了深入持久地强化德育工作，从规范学生的行为入手，围绕养成教育，做了大量的卓有成效的工作。如，制定了"前不扫眉，侧不盖耳，后不压领"的"三不"发饰标准，出台了"禁止吃零食，禁止夜不归宿，禁止男女生不正常交往，禁止违规使用手机，禁止打架斗殴，禁止抽烟喝酒"的"六禁"要求。特别是我于2015年、2017年分别向安徽省教育厅申请了"中学生一月一主题德育实践模式研究"课题和"基于社会主义核心价值观培育的德育资源开发与利用研究"课题，均获得了立项，2017年立项的课题还被评为省级重点课题。"中学生一月一主题德育实践模式研究"课题不仅取得了很多成果，而且在实践中已经形成了非常系统的月主题德育实践活动方案，并在霍邱一中的管理工作中加以强化，收到了非常好的效果。

霍邱一中"一月一主题"德育实践活动实施方案

德育教育是学校教育的重要内容，是实施素质教育的内在要求；党的十八大明确提出："把立德树人作为教育的根本任务"，"培养什么人，怎样培养人"是教育的根本问题和永恒主题。通过多年的教育实践活动，我们认为：抓德育，就是抓智育；抓行为习惯，就是抓学习习惯；抓养成教育，就是抓知识教育。为实现"既让人人成人，更让人人成才"的学校总体培养目标，着力改善目前对学生全面发展不利的因素，塑造学生健全的人格，根据学生个性心理的发展特点和发展需求，增强德育工作的实效性，特制定霍邱一中"一月一主题"德育实践活动实施方案。

一、活动目的

以《国家教育事业发展"十三五"规划》和《中学德育大纲》为理论依据，以《中学生日常行为规范》《中小学生守则》《霍邱一中学生行为规范》为指导，以养成教育为重点，培养学生热爱祖国，拥护党在社会主义初级阶段的基本路线，培养学生初步树立为人民服务的思想和为实现社会主义现代化而奋斗的志向，培养学生具有良好的道德品质和文明行为，具有诚实正直、自尊自强、勤劳勇敢、开拓进取等品质和一定的道德判断能力及自我教育能力，使学生成为有理想、有道德、有文化、有纪律的社会主义公民。

二、活动原则

一是开展学习性的德育实践活动。以养成教育为重点，积极推进德育生活化，引领学生从小事做起，从现在做起，从我做起，指导学生学习适合现代生活的行为规范和伦理道德，使学生懂得诚实、自强、责任心和尊重别人；以学科教育为抓手，培养学生的综合素质，根据学科特点，紧密结合课程内容，充分利用学科教学中的德育因素，潜移默化地在学科教学中渗透德育，使德育与学科内容有机结合，与学生的成长需要有机结合。

二是开展人际交往性的德育实践活动。广泛开展各种小型体育活动、艺术比赛和班际友谊赛等活动，让学生体验人际交往的道德行为规范，学会关心、学会宽容、学会理解、学会对自己负责和对他人负责；通过交往学会评价他人，能够看到别人的长处和优点，从而克服自己的短处和缺点。

三是开展社会公益性的德育实践活动。建立学校和社会联动的教育平台，因地制宜，让学生参加力所能及的社会公益活动，培养学生的劳动观念和创新意识，丰富学生的课外生活。

四是开展自立自理性的德育实践活动。加强学生自我服务性教育，开展多种学生社团，充分发挥学生自我教育、自我服务的作用；引导学生学会生活、自理自律、学会服务、乐于助人、学会创造、追求真知。

三、活动形式

"一月一主题"德育实践活动，采取一月一主题的形式，每周围绕月主题设立子主题。每周一由学生会向全体同学发出倡议书，每周的升旗仪式围绕月主题及周主题安排国旗下讲话，政教处老师安排活动内容，提出活动要求。每月月底，根据活动主题，通过测试、征文、演讲、汇报、检查等方式，分班级进行考核评比。

四、活动主题（见表5）

表5　各月、各周活动主题

时 间	月活动主题	周活动子主题
1月	社会主义核心价值观教育	让社会主义核心价值观进大脑； 国家层面的价值观，是我们的建设目标； 社会层面的价值观，是我们的美好追求； 个人层面的价值观，是我们的行动指南
2月	志愿服务	更新观念，做一个真诚的志愿者； 服务师生，让我们的师生更幸福； 服务校园，让我们的校园更美丽； 服务社会，让我们的社会更和谐
3月	品德教育	遵守社会公德，构建和谐社会； 弘扬传统美德，传承良好风尚； 遵守行为操德，养成良好习惯； 坚守职业道德，实现人生价值

时　间	月活动主题	周活动子主题
4月	诚信教育	诚信考试，不弄虚作假； 诚信说话，不花言巧语； 诚信做事，不见利忘义； 诚信待人，不虚情假意
5月	感恩教育	感恩父母，回报养育之恩； 感恩老师，铭记教诲之恩； 感恩同学，常思互助之谊； 感恩社会，传递爱心接力
6月	安全教育	饮食安全与健康生活方式； 防溺水与安全自救； 尊重生命、善待生命、悦纳自我、关怀他人； 珍爱生命，安全伴我行
7、8月	生态文明教育	让我们的家园更美丽； 让我们的祖国更美好； 环境生态，从我做起； 让我们走进大自然
9月	养成教育	礼貌用语伴我行； 告别陋习，争做文明人； 日常行为规范入我心； 让健康作息成就人生
10月	爱国主义教育	让国学走进我们的学习、生活； 让我们把国歌唱起来； 让我们走向自信； 我是中国人，我骄傲
11月	理想信念教育	让我们的青春更美丽； 让坚持成为品质； 晒晒我的理想； 中国梦，我的梦
12月	生命安全与心理健康教育	生命，人生只有一次； 让法律走进我们的生活； 交通安全记心中； 让我们的心中充满阳光

老杨树下：用博客记录教育生活

2008年3月，霍邱县教育局开通了教育博客网，我成了该网的第一批注册用户。在此之前，我虽然已经开通了网易博客，也发表了很多有影响的博文，但自从"霍邱教育博客网"开通之后，我除了在安徽基础教育资源应用平台上经常发表一些日志以外，几乎把近几年来所有的所思、所想、所感、所悟都发表在了"老杨树下"的博客上，把很多精力与时间都用在了种好这块属于自己又属于霍邱教育大众的"责任田"上。

"老杨树下"博客开通以后，我博客的个性签名引起了很多人的关注，也引发了他们的不解。

"老杨树下，不尽都是荫凉，也有落叶！在春天的季节里，老杨树枝繁叶茂，荫凉多了起来，落叶也少了许多！但恰恰在这个时候，人们并不去关注有多少荫凉，而更计较落叶的多少！"

这段签名，是我多年来所面对的社会环境的真实写照。我经常以李嘉诚先生送给他儿子的一句话来勉励自己。当年，李嘉诚把他的儿子送出国，不让他介入自己的生意圈。若干年以后，李嘉诚感到时机成熟了，把他的儿子召回来经营他所创造的商业帝国，并送给儿子一句话：树大招风，低调做人。我一直把这句话作为自己的座右铭。我深知"老杨树"不大，也不招风，"老杨树"生性脆弱，经不起风吹。我更知道一个在农村长大的农民的儿子，靠自我奋斗取得的一点点成绩，根本不值得高调与显摆！

从我于1994年破格晋升为中学高级教师到2008年的十余年时间里，我在取得了一系列荣誉的同时，也遭受了令人难以想象的痛苦。虽然我表现得非常低调，但还是不断地招惹了一些无中生有的是与非，这让我感到十分苦恼：一方面，我承担着巨大的教学压力、管理压力、身体健康压力；另一方面，我承受着来自社会各方面及个别老师的非议，甚至包括一些绯闻。这段博客签名，正是我在那段时期内心世界的真实写照。

1994年12月，我破格晋升为中学高级教师；1995年9月，被评为安徽省优秀教师；1995年起，我担任安徽省高级职称评审委员会委员；1997年9月，经过层层选拔，我被评为安徽省首届教坛新星；1998年10月起，我享受国务院特殊津贴；1999年3月，我被评为安徽省特级教师；2000年4月，我被安徽师范大学聘为硕士生导师与兼职教授；2008年6月，我被评为六安市首届学科带头人。可以说，这期间我所取得的任何一项荣誉与称号，对于绝大多数教师来说可能是他们毕生的追求，可是集中在我一个人身上，难免让人心生妒忌，也难免引来一些唏嘘声。一些人在关注我取得这些成绩的同时，不断向我发难，甚至打着灯笼去寻找我身上的缺点。所以，我借霍邱教育博客网开通之际，写出了这么一段意味深长的话，折射出了我在成为公众人物之后所遭遇到的苦恼与无奈。在炎热的夏天，老杨树下或许都是荫凉，难免有些落叶，春天到了，正值杨树抽枝发芽，长出了新叶，落叶很少，荫凉渐多，正是因为这是春天，所以很多人并不感觉到荫凉的可贵，倒是计较树下的落叶。可以说，我在事业上逐步进入顶峰，各种荣誉与称号不断涌来的时候，在平常人身上非常普遍的小问题与小毛病放在我身上可能就是大错，最后我成为人们关注的焦点。所以，在这段时间特别是进入2008年以后的我，特别苦恼。为此，2008年3月15日，我在"老杨树下"写下了《如果让我重新开始，我宁愿选择平庸》一文，这篇博文是我在霍邱教育博客网上的开篇之作，可见我那个时候的苦恼。

如果让我重新开始，我宁愿选择平庸

李嘉诚曾告诉他的儿子：树大招风，低调做人！过去，我一直没有明白这句话真正的含义，经历了一番波折以后，我真正读懂了它，也从中悟出了许多道理！

中庸，是不是说中国的传统就认可平庸？树大招风，我的理解可能不够全面，但有两点可能与大家的认识是一致的：要么不要选择大树，而是选择平庸，否则可能会招来四面来风，不是吹得叶落枝残，就是连根拔起；如果已经成为大树，既要保持生长的姿态，又要尽可能保持低调，避免自己受到伤害。

当然，树大以后，必然会受到更多的风吹日晒，要么不长大，既然长大了，必须保持强壮。

一个人生活在一个特定的群体之中，你的工作比别人更努力，你比别人付出更多，也更勤奋，你可能就会从这个群体之中脱颖而出，但恰恰可能就注定了这是你悲惨命运的开始。当你的成功达到了一定高度以后，也许别人并不再去关注你的成功、你的过去、你如何出脱，面对你的是无数双紧紧盯着你的眼睛，带着挑剔的眼神，让你无所适从，你当然也就会完全暴露在大庭广众之下了，暴露无遗！

是妒忌，还是不服？我更相信是一种无能的表现！你凭什么要比我强，你就应该不如我！你不是喜欢站在浪尖上、风口上吗？好，那就让你被浪打风吹得体无完肤！

现在想来，想当初，我为什么要努力，在这个群体中那么优秀干什么呢？我不但没有得到应有的赞赏，而且遭来种种非议……

如果让我重新开始的话，我宁愿选择平庸！

在我的教育博客刚刚开通的那会儿，正值我受到种种打击之后，我那时心情烦躁、情绪低落，处于巨大压力之中，我博客里更多的是"心语杂感"。随着我心态的调整和社会对我的认可，我逐步把博客内容转向了教育管理、教育科研、课程改革、家庭教育等方面。特别是2012年，我从我国的台湾参访回来之后，对教育博客价值与作用的认识更加到位，我把"霍邱教育博客网"定位为促进自己专业发展的舞台，展示教育科研成果的平台，我把很多的时间与精力都用在了这片属于自己的责任田与自留地上。截至目前，我已经累计发表了800多篇总计150多万字的博文，每年发表博文量在70篇以上，我用博客完整地记录了近些年来的教育生活。在"霍邱教育博客网"的首页上，无论是博客推荐量，还是博文浏览量，我的博客总是在遥遥领先的位置，"精华博客"栏目几乎一直被我的博文所垄断。

这么多年来，我走进了很多学校，已经养成了每参访一所学校必写参访博客的习惯，我总是把自己在参访中的体会、体验、感受和领悟写成博文。我之所以这样做，一方面是为了留下一点回忆；另一方面，想通过博客把我的教育理念传递给老师们。截至目前，我已经发表了62篇参访博文，很多博文已经成为网络上的经典文章，被多次转载。

从2010年10月20日起，六安市教育局组织全市13所省级示范高中校长互相观摩学习。我和这些校长们无论走进哪所学校，我都会连夜以"省级示范高中行——走进某某学校"为题，写出考察感想，再推荐给校长们。以《省级示范高中行——走进舒城中学》为代表的11篇博文，让大家看到的不仅仅是鲜活的文字，更有大家对我的重新认识。大家不仅佩服我的好习惯，而且感谢我帮助大家整理了这些参观感悟，方便了大家回校以后的交流与思想传达。

省级示范高中行——走进舒城中学

2010年10月21日下午，"省级示范高中行"的校长们从城南中学出发，在谈笑声中不知不觉来到了被誉为六安市最有文化底蕴的百年老校、皖西名校——舒城中学。

我有幸参加了六安市2010年教师节座谈会，我在发言中提道：六安市的各级示范高中基本上是千校一面，我们需要在全市范围内扶植一批在全省有一定影响力的文化名校，我首推舒城中学。在目前的情况下，只有舒城中学有这个实力，也有这个底蕴。今天，我们带着期待、带着向往，更是带着一种学习的态度，来寻觅这所历史悠久、文化底蕴深厚的历史文化名校。

......

舒城中学办学条件可谓全市一流。舒城中学在管理中最让我感兴趣是两个方面：一是各班在校园文明创建中的表现可以量化，各班所得分数公布在教学楼前，扣分、加分原因、分值都清清楚楚，这项工作之细、之认真非常值得我们学习；二是每个班门前都有自己的班牌，班牌是固定在墙上的，但班级、班主任姓名、班训是活动的，这个做法值得我们在管理中借鉴。

......

从舒城中学出来，我的心情更加沉重。舒城中学不仅有深厚的文化底蕴，而且有六安市所有县中所不可比拟的教学质量。我深深地感到肩上的担子更重了，我们与兄弟学校的差距进一步拉大了！

参观完了13所学校，大家到底学到了什么，都有一些什么样的感悟，回到学校去怎么做，做什么？我又发表了一篇总结性的博文《省级示范高中行——让我们在引领皖西教育中同行》。

省级示范高中行——让我们在引领皖西教育中同行

从六安一中到安丰中学，为期5天的示范高中行，在低调中开始，在简单中结束。之所以说低调、简单，是因为市教育局在安排这项活动时，只以便函的形式通知了13所示范高中的校长，没有召开正式的动员会。市教育局组织的这项非常有意义的观摩考察活动，是市教育局有史以来组织的第一次这样的活动。2002年，市教育局组织了10所省级示范高中校长赴湖北黄冈中学考察，当时市委分管领导程世农亲自带队，收获很大，我还写了一篇很有影响的考察报告《参观黄冈中学有感》。而这次活动则让我们收获更大，感触更深，正如我在接受六安电视台采访时所说的那样，外面的学校由于地域不同、省情不同、政策不同、基础不同，它们的学校管理经验往往离我们太遥远，而六安市的兄弟学校之间则更有可借鉴之处、可学习之处，也更有可观摩之处。

一、这次考察活动的关键词

13所省级示范高中观摩一路走来，听介绍、察校情、看环境，大家都有很多感触，也都有很多思考，还做了大量、更直接的交流，在这里面有很多话题让大家产生了兴趣。有以下几个关键词成为大家交流的热门话题。

（1）新校区。13所省级示范高中的校园建设在示范高中创建过程中都得到了很好的发展，功能齐全，布局较为合理，但仍有一些学校的校园建设不能适应城市发展和办学规模不断扩大的需要，这里就涉及择址重建的问题，如六安一中、寿县一中、金寨一中等学校都将于近期进行新校区的建设，而且投入资金都非常大。六安一中新校区建设将投入5个亿，寿县一中的建设也将投入2个亿。新校区建成后在校园文化传承上可能会有一些问题存在，但全新的规划、全新的建设也必将带来全新的发展机遇和全新的起点。

（2）校安工程。一路走来，我们听到最多的是校安工程建设介绍，很多学校都在大兴土木，进行校舍加固或拆除重建工作。除了六安一中、寿县一中由于要进行新校区建设，没有安排校安工程项目以外，县外的其他省级示范高中都有校安工程。其中力度最大、项目最多的就是城南中学和舒城中学，城南中学的校安工程投入2000余万元。我们原以为我们县的省级示范高中没有校安工程项目，后来得知，霍邱二中也有两个加固项目将安排在2011年施工，不过相对兄弟学校那么多拆除重建项目，我们还是心里酸酸的。

（3）学校债务。从各学校汇报的情况来看，由于创建工作和学校发展的需要，各个学校或多或少都存在一定的债务，基本上都在1000万元以上。有的学校的债务更多，如霍山中学一年还债务的利息就有300万元。相对来说，霍邱二中的债务较少，这是我们这么多年来积极努力的结果，但这也是让兄弟学校感到不可思议的地方。国家即将出台相关政策消化高中阶段债务，如果真是这样的话，我们也要争取得到国家更多的扶持与帮助，努力实现霍邱二中更好、更快地发展。

（4）校园规划。无论从霍邱二中的发展实际来看，还是从这次考察听取兄弟学校的介绍来看，校园规划的重要性已经成为大家的共识。安丰中学之所以能成为农村中学的典型，很大程度上取决于该校早在1996年制定的校园发展规划，学校建设按照校园规划亦步亦趋地实现，不仅避免了重复建设造成的浪费，而且做到了功能齐全、布局合理。目前，13所示范高中，特别建设新校区的学校，都非常重视校园规划，这必将产生一种非常积极的影响，对加快学校又好又快发展产生积极的影响。

二、这次考察活动后的感想

这次观摩考察之后，可能每位校长都会感慨万千。我的感触只能用两个字来表达，那就是"震撼"！

震撼之一：霍邱的教育相对兄弟县区落后了！如果给13所省级示范高中排队的话，无论是校园环境，还是高考升学率，霍邱一中、霍邱二中的排名与泱泱大县相比可能不那么相称，霍邱一中在县中里比较，霍邱二中在新兴学校中比较，名次都是靠后的。特别是高考升学率、本科达线人数、名校录取率都是不尽如人意的。当然，这里更多的是客观原因，那就是霍邱优质生源外流非常严重，生源差，管理难度大，成绩提高慢，高考升学率必然低。

震撼之二：我们的校园面积太小了！在13所省级示范高中里，霍邱二中的校园面积是最小的，只有78亩。就是在大城市里，像霍邱二中这样有这么多学生，而校园面积却不大也是极少有的。何况霍邱二中78亩的校园还有三分之一的区域为家属区所占据，这还是我们拆除了100多套校内平房好不容易才形成的局面，否则情况更糟。

震撼之三：我们的管理落后了！毛坦厂中学，一所占地近700亩、有一万多学生的学校，仅有一个保洁工人，这让我们感叹不已。无论是偏远的新兴学校南溪中学，还是老牌百年名校舒城中学，校园内找不到任何应付突击检查的迹象，也没有任何人为破坏的痕迹。校园内一尘不染，从学生住宿到学生就餐，处处有条不紊。当我们还在花大气力规范我们学生的行为的时候，他们却在进行校园文化的提升和办学品位的提高。

震撼之四：我们的学生文明素养差距较大。这些年来，我们的校园也在发生着悄悄地变化，那就是学生的文明素养在不断提高。但让我们遗憾的是，我们的学生文明素养参差不齐。正是由于极少数学生文明素养不高、行为习惯不良，才会存在校园内的卫生死角，也才有垃圾文化与校园文明的强烈冲突！

三、这次考察活动后的行动

心动不如行动，这是我在参加这次省级示范高中观摩后的最大收获！我校已经分别召开了班子会议和教职工会议，传达了我们的观摩感受与体会，提出了下一阶段的工作任务与目标。

（1）加强教育教学管理。不断吸取兄弟学校的管理经验，尤其是教学管理的经验，不断优化我们的管理措施，提高我们的管理效能，努力缩小我们与兄弟学校的差距。

（2）走内涵发展之路。我们必须摆脱靠经验管理的传统管理模式的束缚，努力改变不良环境文化的现状，走内涵发展之路，通过校园文化建设来提升办学品位。

（3）坚持治理"十乱"和落实四项"禁令"不放松。本学期开学以来，我们针对目前学校管理中存在的问题和有关管理规定与要求，在全校范围内开展了治理"十乱"的阶段性目标与要求，并在教师中落实四项"禁令"，全面规范师生的行为，还把治理"十乱"作为纪律教育月的活动主题。

（4）加大考察力度，学习、借鉴兄弟学校的办学经验。我们打算安排一些有针对性的学习考察活动，如，我们将安排教务部门深入毛坦厂中学学习教育教学管理，安排后勤部门到城南中学、新安中学等学校学习后勤管理，安排政工部门到舒城中学学习班主任管理及校园文化建设工作，等等。

态度决定高度，细节决定成败！我们相信，我们与兄弟学校的差距是客观的，但只要我们付出努力，差距就会缩小，我们也就会与兄弟学校一道，在引领皖西教育中前行！

读书真的无用了吗？

教师要不要承担教育公共服务？

实验班，是管理创新，还是被逼无奈？

欲看未来之社会，须看今日之校园

艺考，还是选美？

幼儿园，忧儿园？谁之过？

手机将很快成为毒害青少年之祸首

……

看到这些十分敏感的文字，谁会想到它们都是出自一位普通中学校长的笔下，而且是发表在博客中？特别是《手机将很快成为毒害青少年之祸首》一文发表于2009年，由此可见我思想的前瞻性，更可贵的是我对教育形势的高度关切与准确把握。

每年的考试季，高考、中考、学考，天气炎热，监考补助低，很多教师都想在考试期间放松一下，结果相关学校抽调监考教师成了一件头痛的事。一些学校不得不采取强制监考或轮流监考的办法，但这些被抽调的教师心里总是别别扭扭的。为此，我发表了《教师要不要承担教育公共服务》

的博文，从法律、现实的角度，论证了教师承担教育公共服务是理所当然的事，同时提出了抽调监考教师难的解决办法。

教师要不要承担教育公共服务

监考是《中华人民共和国教师法》赋予教师的一项义务，也是教师理应承担的一项教育公共服务。其实，作为教师来说，所要承担的公共服务是不多的，监考、阅卷，仅此而已。既然监考是一项义务，而且这样的服务还是有偿的，次数有限的，那为什么抽调监考员却是那么困难呢?! 我想不外乎有以下几方面的原因：

第一，主观上，很多教师的认识不到位，认为教师可以不监考，或认为监考不是自己分内的工作——我只要把书教好，把本职工作干好就行了，监考不监考是我个人的自由，我就是不监考，校方又不能把我抓去；如果非去不可，我可以请病假。其实，监考就是教师的本职工作之一，也是教师必须承担也只能由教师承担的教育公共服务之一。正是很多教师不能把监考提高到是教师必须承担的教育公共服务的认识高度，才导致了今天学校抽调监考员时所面临的尴尬局面，这也是我们抽调监考员难度大的一个重要主观原因。

第二，客观上，监考确实是一项责任重大、风险极高的"高危"工作：天气热、时间紧、工作强度高。过去的监考对象只是30双考生的眼睛和有限的纪检人员的巡查，而如今的监考不仅如此，还有从国家考试中心到地方考试管理部门都能看到的监控，还有若干个"不准"，如，教师在监考时不准读书、不准看报、不准打瞌睡、不准做题、不准叙话、不准把手机带上考场、不准在考场内来回走动、不准做与监考无关的事等等，虽然这是必需的，但照此要求的话，我们的监考员只能在原地机械地站着或坐着，甚至还有更苛刻的要求，不准喷香水、不准穿高跟鞋、不准伸懒腰、不准打哈欠、不准长时间站立或坐着等等。不仅仅如此，每一场考试还要监考员早早地来到考点，最多的时候要求提前一个半小时到岗到位。不难看出，监考员的监考，不仅付出的是时间，而且还有身心。所以，相当一部分教师打心眼里是不愿意监考的。这样，就有一些"老资格"教师以各种各样的借口提出申请或要求,坚决拒绝承担监考任务。

第三,历史上,教师对监考员、阅卷员工作还是非常仰慕的,很多人都为能够被抽调感到荣幸,还有的人因为没有被安排监考去问校长理由。抽调监考员难只是近几年的事,除了上述的主观、客观原因以外,我想还有一个非常重要的原因就是现在生活水平提高了,教师的收入增加了,教师对监考的那一点点补贴已经看不上了。同时,监考员的补贴也太低了,工资已经翻几番了,而监考员的补贴却涨幅太小。尽管城区的一些有条件的学校制定了激励教师监考的政策,即学校补助各类考试的监考人员及工作人员,但仍然达不到让教师心动的程度,抽调监考员难的现状不仅没有改观,而且抽调越来越难。

因此,当前有以下三个问题需要引起处于不同层面的人关注。①对教师来说,我们要思考我们教师有没有义务承担教育公共服务的问题;②对学校来说,面对抽调监考员难的处境,如何才能抽齐教育考试部门安排的监考员人数;③对教育考试或主管部门来说,如何解决当前抽调监考员难的问题。

其实,我们的主管部门要真去解决这个问题也非常简单。不外乎从两个方面着手:一是提高待遇,主要是经济待遇,就是大幅度提高监考人员的补贴,特别是要根据监考员的实际工作量和劳动付出发放补贴,还要考虑到双休日等假期因素。解决了待遇问题,我们抽调监考员就掌握了主动权,我们的工作就方便了;二是出台政策,变学校主动安排为教师主动参加。当前,无论是远程教育,还是计算机应用能力考试,不需要学校去安排,也不需要有人去督促,完全变成了教师自发、自觉、自愿的事,教师交多少钱都愿办的事!为什么呢?是教师自身所需吗?可能是教师不去参加远程教育,继续教育不合格,就不能升职或调级;教师不去参加计算机应用能力考试,就不能晋升相应的职称。基于此,既然教育公共服务是教师必须承担的义务,为什么不与教师切身利益挂钩呢?可以设想一下,对于教师的教育公共服务问题,能不能像继续教育、计算机应用能力考试那样,与职称评审、工资晋升挂起钩来。当前,我们的晋升职称只与教师的工作态度与表现、教学能力、科研水平挂钩,并没有与教师本人参加教育公共服务态度与次数相联系。可以肯定，如果规定了教师参加了多少次教育公共服务以后，才能取得晋升职称的资格，那时候就不是抽调监考员难的问题了，而是抽调监考员热的问题了！

从上可见，要解决好抽调监员难的问题，有很多工作要做！提高认识是一方面，提高待遇是一方面，出台政策也是一方面，当然还应该有一些更加细致的工作要做，如，对参与教育公共服务的教师是不是要发个证？监考一次记录一次！虽然这是一个细节，对监考员来说，也许会增加他们的自豪感！若干年以后，把"教育公共服务证"拿出来，不能说不增加他们的成就感！

关注时势，紧跟形势，注重实际是我博客的一个重要特点。我不仅会及时地把自己对社会焦点的看法毫不隐瞒地表达出来，而且会把学校开展的活动过程，课堂上闪现的教育智慧，以写博客的形式记录下来。

2013年6月18日，习近平同志在中国共产党群众路线教育实践活动工作会议上强调，教育实践活动的主要任务要聚焦到作风建设上，集中解决形式主义、官僚主义、享乐主义和奢靡之风这"四风"问题。作为中共党员，我不仅积极参加了群众路线教育实践活动，高标准完成了所有的规定动作，而且在霍邱教育博客网上发表了《上级检查莫通知》《不妨亮亮党员的身份》《莫让规定动作走形式》《不妨来个会议定餐制》《狠刹吃喝风理所当然》《莫让接待新规变了样》《人民利益应高于一切》等文章，响应党的号召，践行党的宗旨。我这些文章的发表，一方面向党组织、向社会亮明了自己的态度；另一方面，也代表广大基层党员说出了当时转"四风"迫切需要解决的一些问题。

莫让接待新规变了样

据介绍，根据中央八项规定和我县的实际，为了大力倡导厉行节约的风尚，杜绝公款接待中的脏腐，避免不必要的浪费，坚决刹住大吃大喝的奢靡之风，有关部门制定了"接待新规"，主要内容如下：①同城不准接待；②午间不得饮酒；③接待费用不得超过标准；④招待用酒为十年坛以下标准；⑤招待不得用香烟；⑥不得私客公请；⑦陪同人员不得超限；⑧

所有参加人员必须用实名；等等。其实，我们不难看到，所谓接待新规，并不是什么新条款，所有的要求基本上都在有关会议上多次强调过，有的条款还被写入很严肃的文件之中，只不过我们在执行这些规定时很不严肃。如，凡是发现午间接待时饮酒的，一经查实，都进行了严肃的处理。但有的规定却一直没有得到有效落实，如，接待用烟用酒问题、超标超限接待问题、同城招待问题等等。

新规定在执行过程中到底严肃不严肃，还有待时间的考证，但从当前中央八项规定贯彻落实情况和有关部门的决心来看，我们应该有很高的期待，我们也相信在有关部门的监管与把关下，这些规定都会得到很好的落实。所谓监管，就是有关部门和广大人民群众对所发生的公款接待行为进行全面监督，接待只能在饭店中进行，在饭店中接待其行为就有可控性。所谓把关，就是指我们的单位主要领导和财政核算中心的工作人员，要严格把好餐饮发票报销关，对不符合规定的、手续不全的发票坚决不予报销，也不能出现餐饮发票报销不规范的情况。

但我们也看到，一些人围绕新规定进行所谓的变通处理，让接待新规变了样。如，同城不准招待，有些人会不会在签单时签上有名有姓的外地来人？冤枉了其他人，有谁来澄清，又有谁来把关？如最近发生在某个乡镇的一件事就让当事人哭笑不得！电视台某记者去乡镇采访，中午被强拉硬留了下来，看到一大桌的陪同人员，该记者心里不痛快。记者没有喝酒，陪同人员对午间禁酒的禁令毫不在乎，不一会儿一箱酒就不知去向。十几天以后，该记者又陪领导前去采访，无意中发现公告栏上清楚地写着：某月某日，招待电视台记者某某某等若干人，3桌。令这位记者更为气愤的是，该乡镇招待费公示栏所公布的上个月的招待对象全是电视台记者。

据我们观察，新规中的有些条款已经被变通了。如，接待不准用烟，那就加道菜，一般的香烟加道素菜，好烟那就加道大菜。我们就遇到过这样一位客人，他在就餐过程中直接向我们建议加道菜，我们问他加道什么菜，他就直白地说：香烟啦！又如，喝酒不能超过十年坛，那就喝"两"瓶十年坛（实际上是二十年坛）！招待费超标，陪同人员超限怎么办？好办啦，那就把一桌变成两桌，把来客的人数增加一倍！

不难看出，接待新规的出台，是党风廉政建设和转"四风"的需要，更是我们推行厉行节约、杜绝铺张浪费的必要！既然新规出来了，我们就要提高认识、高度重视，就必须认真执行，而不是挖空心思去想法子规避和应付，更不能闹出针对新规的一些大笑话！

上级检查莫通知

工作检查，如上级部门莅临下级部门检查工作落实情况，有关领导深入基层督促工作进展情况，有关部门走进单位检查专项工作完成情况，等等，本来这是一件非常正常的事，但我们总会遭遇几多尴尬。

前不久，某个单位接到上级通知：有关部门负责同志某日要到这个单位调研，请做好准备。考虑到这项工作的重要性，又有上级部门的专门安排，全单位上下都非常重视，不仅专门召开了迎接调研工作准备会，对会场选在哪儿，参观哪些地方，汇报材料从哪几个方面准备等都做了精心安排。可是正在大家翘首以待、准备迎接调研的时候，单位突然接到电话说，由于时间关系检查的同志不来了！接到这个通知，大家伙都满腹的不高兴，更是充满了失落感。不过，像这种事先安排的活动或接到通知要进行接待，最终因为日程改变或时间太紧延期或取消的情况已经不少，很多单位也都遭遇过这样的尴尬。

所以，我特别建议，"检查，莫提前通知"。其实，这不仅仅是我们的呼吁，也是我们转变工作作风的基本要求。如果凡是检查我们都事先告之的话，那我们还能发现问题，还能找到症结，还能了解到实情吗？我们不妨做以下设想，如果我们的交警部门要查酒驾，我们能提前通知吗？如果提前通知的话，我们能查到酒驾的吗？！推而广之，如果效能办要例行去检查机关作风，效能办的同志提前发个通知说，我们今天要带着摄像机到各单位去突击检查。大家设想一下，他们能看到有上网玩游戏的吗？能发现有上网购物的吗？他们能查到超标准接待的吗？显然，提前通知或准备的检查，无论如何是不能检查到真实情况的，只是助长了形式主义、官僚主义。

当然，无论是效能办检查机关作风，交警查酒驾，都不是以逮住现行为目的的，检查只是一个发现问题、解决问题、落实工作的一种必要手段，就是要通过随时的、不定期的检查，促进机关工作作风的改变和促进大家法律意识、规则意识、自觉意识的不断增强。所以，要想让我们的工作作风真的有一个更加全面的改变，不搞提前通知的检查也应成为常态。大力倡导暗访式检查，莫打招呼式的检查，推门式检查和随机式检查，坚决克服基层单位的导演式迎检，形式化迎检和化妆式迎检。只有这样，我们才能发现问题、了解到实情，我们工作作风的转变也才会见到效果！

2014年10月8日，"杨明生名师工作室"在潘集中学进行名师送教活动，由霍邱一中的胡冬梅老师、霍邱二中的孙小程老师送教下乡。尽管两位年轻的女教师在课前都做了精心的准备，在课堂上也使出了浑身解数来调动学生的积极性，很多观课的教师都给予了很高的评价，也赢得了学生的好评，但课堂上还是不同程度地暴露了一些问题。为此，我第二天就在霍邱教育博客网上发表了《让每节课都精彩》，一方面给予年轻教师以鼓励与鞭策，另一方面向广大教师传播我的教育思想和教育观点。

我在博文中指出，两节课都需要进一步提高课堂效率，都需要进一步适应不同类型的学生，都需要树立化学学科教学的新观念。为此，我结合两节课的课堂教学存在的共性问题在博文中发表了以下4个方面的观点。

让每节课都精彩

一、教学线索问题

我曾经写过一篇博文《备课的首要问题是线索问题》。所谓"线索"，简单讲就是我们一节课教学内容呈现的先后顺序。凡是有一定教学经验的教师都深有体会：同样的内容，同样的知识点，呈现的先后顺序不同，教学效果绝对不同。孙小程老师充分优化了教学线索，如，从知识内容的呈现，到总结、练习与思考，再到检验反馈，教学内容安排得比较自然，一环扣一环，较为科学、合理。其实，还有需要进一步优化的地方。如，能否先给出典型物质的结构简式，让同学们通过比较建构知识、建立联系，在比较中发现，在发现中建构？胡冬梅老师按照传统的观念上课，课堂容量大，知识结构安排紧凑，但如果按照以下线索进行教学，效果会截然不一样。如，先从质量出发，如何求物质的量，再从粒子个数出发，如何求物质的量，现在从气体的体积出发，如何求物质的量，设立特殊的情境，来激发学生的求知欲，引出摩尔体积，通过计算引导学生发现：同温同压下，气体摩尔体积都相等，在标况下为22.4L/mol，再通过对1mol具体的固体与液体的体积比较，让学生进一步认识到决定体积大小的因素所在。

二、变量控制问题

新课程实施以来，关于变量控制的思想应该得到充分的重视。所谓控制变量，用一个最为简单的案例说一下大家都会明白。如，半斤白糖与2斤白糖放到水里制成糖水，哪个更甜？很多同学都认为是2斤白糖制的糖水更甜，显然造成这样的错误答案就是没有控制所用水的多少这个变量。如果我们再问一句"2斤白糖放到大海里还甜吗？"，然后引导学生从身边的案例出发逐步学会控制变量。为什么控制变量的思路非常重要呢？学会控制变量实际上是探究学习的需要。我们知道，探究学习方式是我们新课程大力倡导的三种常见学习方式之一，探究学习的目标就是帮助学生建立控制变量的意识，从理性判断走向更加实惠的实用价值利用。无论是胡冬梅老师，还是孙小程老师，都不同程度地存在"变量控制"不到位情况。如，胡冬梅老师的课程，无论是气体摩尔体积常数的引入，还是气体定律的形成，都需要控制一定的变量，即是说，无论有多少个变量，只要我们把其他变量换成常量，只保留一个变量，我们的结论就会更有说服力。

三、教学对象问题

课堂教学的有效性，实现知识的有效建构，不仅是学校管理者或教师必须思考的问题，也是我们教育教学过程中必须认真解决的根本问题。从表面上看，胡冬梅、孙小程老师用到了多媒体，尽量运用直观的手段帮助学生解决与思考问题，也充分运用了学生既有的经验来建构新知识，但从教学效果上来看这些手段与措施并不令人十分满意。主要原因就是我们在设计教学方案时没有关注我们的教学对象是入学成绩比较低的学生，他们的知识起点较低，建构新知识的经验较少，如果我们不分教学对象就设计课程，我们的课堂必然是失败的。就像我们唱歌一样，如果开始的时候把调起高了，无论怎么唱也是很难唱上去的！

四、教学资源问题

新课程大力倡导的课程观、教学观、学生观、资源观都是我们在教学中必须认真领会并加以运用的观点，但课程或教学资源观对我们的教学实践的指导还没有得到有效的落实。我就曾经写过一篇博文，主要观点是方言也是课程资源。其实，这是一个人人皆知的道理，有些学科观点或语言深奥难以理解，如果换成我们的方言或俗语去解说，学生或许可以很快接受。我们的身边可以利用的课程或教学资源太多了，如果我们善于挖掘、精于收集与捕捉，并有机地运用于教学中，可以大大地提升我们的教学效率。如，我们在"过滤"的教学之前向同学们介绍他们熟悉的筛子，学生就会很容易地理解过滤实际上就是生活中的筛选，也就很容易找到滤纸与筛子的共同点，过滤的原理就会得到很好的掌握。孙小程老师在比较芳香化合物、芳香烃和苯的同系物时，讲来讲去，总给人有一种不清楚的感觉，如果借助数学学科集合的观点或用维恩图来表达它们三者之间关系，既简单，又容易让学生建构。胡冬梅老师的课也存在教学资源利用不充分的问题，设想一下，如果把摩尔基准、摩尔质量、气体摩尔体积模型化，用身边的道具代替抽象的标准，让学生产生类比，效果一定比我们教师在那带学生读概念效果要好，因为算法更重要。

善于思考，善于类比，不仅是我钻研教材、课堂教学的一件法宝，也是我写博客的创作源泉。我最善于把平时生活中的一些点滴思考应用到要表达的思想中，体现在博客中。这样的创作不仅非常接地气、可读性强，而且非常有启发性，很能说明问题。

2012年2月的一个周末，霍邱二中邀请到了安徽省教科院的三位专家莅临学校指导工作，晚上接待安排在党校状元楼，就餐的人总共只有8个人，办公室按照最低标准安排了晚餐。考虑到第二天专家要讲课，大家也没有在餐桌上耗费过多的时间，不到1个小时就用餐完毕。当大家起身离开时发现餐桌上的几道大菜都剩下了一大半，有的菜甚至只用了一点点。本来接待跟教学效率是风马牛不相干的事，可是我把这件事与课堂效率联系到了一起，写了两篇博文，一篇是《从餐桌到课堂》，另一篇是《让知识有滋有味》。姑且不谈这两篇博文的含金量，仅仅从博文所涉及的内容来看，这两篇文章指出了当前课堂效率低下的深层次原因。

从餐桌到课堂

我们先来分析一下，这桌最低标准的菜肴为什么会剩下那么多。可能的原因不外乎有4个：第一种情况是菜上多了，我们在安排餐标时没有考虑到我们只有8个人，而且8个人的胃口就那么大，上的菜超出我们的需求量，当然吃不了；第二种情况是作为饭店方，虽然我们订的是最低标准，但从店方角度来说，他们也要讲究职业道德，不管有多少位客人，也不管客人的需求量有多大，他们按标准安排菜，这无可非议；第三种情况是这次工作餐在周六晚上，周六中午大家往往都有应酬，在周六的晚上，人们的肚子里往往都有"油水"，就餐的人本身就不纳食，我们却没有考虑到实际情况，还按平常的情况去安排餐标，显然有不切实际的地方存在；第四种情况是饭店安排的菜肴确实不合口味，也就是说就餐的人不喜欢各道菜肴，不合口味就不能下咽，即使菜多量足，没有什么可吃性，剩的就多！

从某种意义上讲，很多"认真负责"的教师在课堂所安排的教学内容与这家注重职业道德的饭店在餐桌上所安排的菜肴，在做法上有十分相似的地方呢！一是很多教师在课堂上总是呈现给学生大容量的知识，至于学生能不能接受，能否消化掉，往往并不考虑；二是一些教师在课堂教学中所呈现的教学内容不能激发学生的兴趣及学习的动力，不能让学生积极、主动去接受知识，也就是所教的知识不合学生的"口味"；三是在课堂教学中，一些教师有时不能合理地安排教学内容，往往没有注意到知识的衔接、知识的铺垫和传播知识的背景与空间，而一味地传授知识，复习课、新课都上成一个样；四是很多教师在教学中都十分"敬业"，总是认为作为教师就必须尽职尽责，课堂上讲的越多越能对得起学生！

从餐桌到课堂，虽然事情不同，但折射的某些道理完全相同！我们的教师真的要从餐桌上发生的事情积极反思，如何让我们的学生在课堂上真正接受得好，消化得了！

让知识有滋有味

在《从餐桌到课堂》的博文中，我们从餐桌上剩余那么多菜联想到我们课堂上的教学效率。当前课堂教学效率不高，有些是课堂容量过大的问题，但很多情况下课堂容量是合适的，一节课也需要传授那么多知识，之所以仍然有很多的知识不能为学生所接受，这其中有一个十分重要的因素，那就是我们的教师凭着一腔热血，本着对教学和学生高度负责的精神，总是在课堂上把有限的教学内容无限地加以拓展，并生硬地满堂灌给学生，却往往没有顾及孩子们的感受，没有考虑到如何让我们所教的知识更有趣味性。虽然我们的孩子，包括我们的教师，都知道知识的重要性，特别是有些知识对孩子来说，无论是成长还是将来生存都十分需要，但本来生动、有趣的知识却让我们一些十分投入的敬业者教得空乏无味，让学生提不起兴趣，甚至因为我们的教让学生产生逆反，甚至产生厌学，最终看似完成了教学任务，却并没有被学生吸收与利用。这就像我们看到的，虽然大家都非常饥饿，餐桌上的菜也是堆桌满盘，但就餐者面对没有一样对味的菜肴，提不起食欲，即使不得已动了筷子，也无法下咽。

食盐对每个人都是必需的，而且是每天都需要补充的，但如果让人们每天都把食盐直接含在嘴里下咽，那一定是非常痛苦的事！如何让我们有效补充必需的食盐，又能让人们愉快地摄取食盐呢？我想不外乎有以下三种办法：一是把食盐调制成盐开水，稀释过咸的食盐，迫于生理需要，或许我们会不得已地把盐开水喝下去；二是把食盐作为配料，去调制我们喜欢食用的食品，以我们喜欢的食物为载体，把我们需要的食盐带进我们的胃里；三是直接把食盐作为主料，辅以很多调料，通过精心的烹饪，让人们不仅能够吃下去，而且非常乐意地吃下去，不吃想吃，吃起来都管不住嘴，吃下去就是一种享受！

不难看出，以上三种摄取食盐的方法代表了三种层次。第一种层次，把食盐调制成食盐水，这是一种较为低级的摄取食盐的方法，尽管这种方法的效果不理想，但总比直接把食盐含在口里下咽前进了一大步！在某些极端的情况下，可能有人出于生存的考虑，愿意把食盐水喝下去！第二种层次，是把食盐作为配料，让它随着食物一起吃进去，或许对我们喜欢吃的食物味道有一定的影响，但这又比盐开水合口，只要你有喜欢吃的食物，我们都可以把有关食物作为载体，这种摄取食盐的方法又比喝盐开水的方法科学、有效！第三种层次，也是摄入食盐的最高境界，就是如果我们把食盐制成美味佳肴，人们不仅十分乐意吃下去，而且会在享受中、带着满足感主动吃下去，当然这也是最为科学、最为有效的方法！

我们知道，对于中学生来说，课程标准及教科书上安排的知识都是孩子们成长与升学所必需的，但如何把这些知识科学、有效地传授给学生，是我们教师必须思考的事。显然，直接把本是十分鲜活的知识生硬地塞给学生，让学生死记硬背，那与我们把食盐含在嘴里直接下咽没有什么区别，我们倒是可以想象出这样的课堂教学效率会有多高！如何把这些知识变得让学生愿意接受或主动接受，也存在三个层次的问题：一是像调制盐开水那样，把知识简单处理后教给学生；二是以学生容易接受的形式和愿意接受的载体把重要的知识"搭配"给学生；三是把知识变为有趣的知识，让学生喜欢、接受，在享受中接受！

所以，第三种层次是最高层次的教学思路与方法，也是最为有效的教学方式与策略！作为教师，教学艺术的表现，教学水平的体现，教学经验的呈现，都反映在这个层次上！

让知识有滋有味，不仅有观念的问题，更多的是备课的问题和教的问题！让我们多投入一些时间，多动脑筋，把我们的教学内容变得让学生更容易学，更愿意学！

有人说，我写博客就像"老母鸡下蛋"一样，一会儿一篇！其实，这是一种不准确的说法。老母鸡下蛋，前提是老母鸡的肚子里必须有蛋，如果老母鸡的肚子里没有蛋，无论怎么努力也还是下不出蛋来的。我写博客，一般情况下，只要选准了话题，确定了思路，一篇2000字的博文，写下来也就不到2小时。对于很多人来说，一听说写一篇博文需要2小时，或许就没有了兴趣，可能也会有人感觉到2小时是写不出2000字的文章的。这里既有写作思维灵敏性的问题，又有写作熟练程度的问题。博客主要追求的是观点，很少有读者在意博客文章的艺术性和写作水平。我写出的博客文章，每一篇都有很多的病句与错字，甚至还会有一些读者在留言中直言不讳地指出错字与病句来。有那么多的问题，博客的点击量还那么高，正是说明大家看重的是博客内容与观点，这也许就是博客文章与刊物上发表的文章之间的最大区别了。有了这么一个特别之处，也许会有更多的人不必顾忌自己的写作能力与水平，勇敢地发表自己的观点，表达自己的想法。

在我国的台湾，每一所学校都有自己的布罗格(blog)，也就是我们所说的博客。他们的校园博客，功能不是仅限于老师写博客的，而是作为学校教研的平台，是供大家交流、表达思想、分享经验的。我2012年的台湾之行，对博客的功能有了更深刻的认识，无论在过去的霍邱二中，还是今天的霍邱一中，我都大力倡导老师们写博客，我不仅自己带头写博客，每个月基本上还会发表不少于5篇博客。在我的建议下，学校把撰写教育博客纳入学校教研奖励的范围，老师们每发表一篇教育博客，学校奖励20元，虽然奖金不多，但体现了学校积极鼓励的态度。霍邱一中、霍邱二中的教师们之所以都能够积极地撰写教育博客，与我的大力倡导和积极引领不无关系。

大家都来写教育博客

大家都来写教育博客！为什么这个时候要发出这样的建议呢？其实这是一个窝在我心中很久的想法，只是一直没有机会，也不好意思提出来。

霍邱教育博客网自创立以来，就赢得了广大教育工作者尤其是全县教师的广泛认同及大力支持！霍邱教育博客网在创立初期之所以很热，点击率及受关注程度那么高，就是因为当年教育主管部门创立霍邱教育博客网的出发点正确，创立此网是推进教育发展和教师专业成长的创新之举，同时推出的栏目也强烈地吸引着我们的教师们。更为关键的是，一年一度的博文大赛，既是一种激励，也是一种宣传。令人欣慰的是，很多学校都把霍邱教育博客网当作教师教学反思、开展网络教研、发表教育言论的最重要平台，制定了切合可行的制度与保障措施，建立了必要的奖励机制，激励广大教师积极撰写教育博客，促进教师专业发展。很多教师也充分认识到霍邱教育博客网平台的重要价值，长期经营自己的博客，不断发表有价值的教学反思笔记、工作体会与建议，谈感受、提意见，甚至很多学校或教师个人把霍邱教育博客网当成了自己的工作平台，霍邱教育的风吹草动都能在教育博客网上有所体现，难怪有人给出这么一个观点：欲看霍邱教育形势好，乐见教育博客领风骚。

然而，我们最近发现霍邱教育博客网变冷了，关注的人不多了。主要表现为新注册的人变少了，过去不断变化的"推荐博客"和"用户推荐排行"博主位置不再变化了，每篇博文的推荐次数也大不如从前了，主页面上就那几个老面孔，基本被定格了，博文作者与读者的交流也极为罕见了，特别是一些原以为可以赢得众多喝彩的优秀博文围观的人越来越少了！

大家写博客的热情都去哪儿了？为什么会这样呢？这些疑问一直在困扰我，有时我原以为非常好的博文却很少有人围观！为了换得别人那个小小的"推荐"点击，无论别人写出的博文我喜欢不喜欢，尤其是我们的青年教师写出的博文，我都会推荐一下，原以为这样做可以换来别人的回报，可是过去那种每篇博文出来都有几十人推荐、几百人围观的情况再也没有出现过一次！我有一次在教职工例会上抱怨："现在的博文想找个推荐的人都难！"

最近也有很多人在关注霍邱教育博客网的冷清，有人说这是因为实名制影响了大家的积极性；有人说怕说出来的话贻笑大方，所以不敢说话了；也有人说过去常写博文的几所学校教师进入了倦怠期；还有人说，既然是教育博客网，不应该只是我们的教师写，我们的教育工作者、教育管理者都应该写！这倒引起了我的注意！过去我只知道，我们的很多教育管理者都特别关注我写的博客，他们有时还与我交流，当我有的观点不妥或写了错字时，他们还会关心地打来电话！我倒真没有注意到我们的教育管理者有没有写博文，写了多少博文，更没有去关注他们应该不应该写博文！

受到启发后的我倒有些感悟，"霍邱教育博客网"并不是"霍邱教师博客网"，而是霍邱教育的博客网，在这个园地劳作与耕耘的不应该仅仅是教师！据此，我们是不是可以说，不仅教师应该写博客，而且我们的教育管理干部、中小学校长们也应该写博客！如果我们大家都来写教育博客的话，霍邱教育博客网一定会青春永驻，霍邱教育的春天也一定既有鸟语，又有花香！

我写出了800多篇博客文章，之所以每篇博客都有话可写、有观点、有速度、有内涵，除了我一直笔耕不辍，主要还在于我能发现身边的问题，去关注这些问题，更为关键的是准确把握了问题的要害，有效地去组织语言，等等。写博客，贵在坚持，从2008年开始写起，伴随着我的专业发展和管理能力的提升，能够坚持一路写下来，这其实就是一种品质，而且是一种高贵的品质。所以有人说，看"老杨树下"的博客，倒不如从这些博文中去见精神，即对事业执着追求的奋斗精神。我的博客，所涉及的内容，大到国家大事，小到家庭与学校的小事，完整地记录了我的所思、所想与所悟，完整地记录了我的学习、工作与生活。

建功立业：在创建中成就学校发展

霍邱二中从一所极其薄弱的完全中学，到在全省有一定影响的具有显著办学特色和丰富办学内涵的省级示范高中，不仅是我们开拓创新的结果，也是我们高举创建大旗，引领学校不断开创新局面，注重内涵发展和特色发展的结果。但是霍邱二中创建省、市示范高中的历程，就像我从一般教师成长为学校管理人员，直到担任学校校长一样，充满了坎坷与辛酸。

从1984年7月走上三尺讲台，我就立志成为一名优秀的教师、优秀班主任，但我从来没有想过要成为学校的管理者。我能从普通教师的岗位走上学校的领导岗位，既是一种偶然，是时代的选择；也是一种必然，是大家的期待。但道路是曲折的，从我1989年阴差阳错地走上学校的管理岗位，到现在担任了二十来年的校长，可以说每一步走来都经历了一波三折。

1989年5月，我到霍邱三中任教也已经有5年了，担任第三届学生的班主任也已经快一年的时间了，这时候我遇上了进入霍邱三中任教以来的第一次团代会。当时与我一起大学毕业分在霍邱三中任教的一位同事进步较快，他已经进入政教处工作，担任政教处副主任，学校考虑到我担任班主任后取得的工作成绩及教学业务能力表现，决定让我进入团委工作，给学校教职工一个交代，对我来说也是一种安慰。为此，根据有关组织程序，学校党组织把我作为团委委员推荐到在这次团代会上，进入法定程序，最后经过选举确认。

可能是我当时担任授课教师的班级比较多的缘故，从高二到高三，还有复读班，所教授的学生多，但我对工作负责，教学效果好，因而，在庄严而神圣的团委委员选举中，我得到了所有当选委员的最高票。这是对我教育教学工作的肯定，也是参会师生对我的一种期待与鼓励，但在接下来的团委书记人选确定上出现了"插曲"。因为学校党组织拟推荐的团委书记并不是我，而我又以绝对多的票数当选为团委委员，团委选举谁担任团委书记成了一个不大不小的难题，这让当时的霍邱三中主要领导非常为难。后来，学校党组织不得不给出了一个"妥协"方案，不再产生团委书记人选，由我担任团委副书记，临时负责学校团委工作。团委副书记不属于学校中层班子人员，不需要教育局考核认定，只需要报到教育局备案。就这样，从1989年6月到1995年5月期间，我在霍邱三中担任了长达6年的不是团委书记的团委书记，也成了不是领导班子的班子成员，直到1995年6月，因为一位教务处副主任退休，经教育局考核认定，我正式进入霍邱三中的中层班子，担任教务处副主任。我在紧接而来的中考、高考、会考中，配合教务处伯克清主任负责考务工作。当时，我最大的感受就是不用再进入高考、中考的考场担任主监了，在那个担任监考教师还需要轮流的年代，我因为工作职务和工作性质的原因，成了每场考试必参加的"白领"，可以获得非常少但相对工资来说又算高的监考补贴。但我在担任霍邱三中的教务处副主任不到三个月以后，又因工作需要，我不得不离开热爱的学生，离开熟悉的工作与环境，到霍邱二中担任副校长。

1995年8月，六安市公安局在全市范围内开展小交警夏令营活动，旨在通过开展相关活动，推动交通法规知识的普及，让学生感受交警工作的辛苦。我以六安市小交警夏令营第五营营长的身份，与城关中心小学、霍邱三中、教育局、交警大队的相关负责人一起，全程参与了第五营三个连的学员选拔、组织管理、活动开展等工作，并与学员同吃、同住、同活动。就在活动即将结束前的一个晚上，分管人事工作的教育局副局长蒋红、教育局副局长兼陈埠职高校长贾本昌，在陈埠职高的食堂简单招待了夏令营的工作人员。在吃饭期间，蒋红副局长代表教育局宣布我已经调到霍邱二中任副校长职务，在小交警夏令营六安会演结束以后赴任。听到这个消息，大家都非常吃惊，我更是感觉到不可思议，甚至饭桌上有人说，这次霍邱三中只能提拔一个副校长，我虽然非常优秀，但不能在霍邱三中提拔使用，必须调到霍邱二中。当天晚上，我向交警大队负责人请假，回去找有关领导反映情况，表明不想离开霍邱三中的决心，回到家以后，我把所能打的电话都打了一遍，但得到的回答是已经不可能改变了。

小交警夏令营结束了，我又回到了霍邱三中，我有了放弃去霍邱二中任职的想法，我所带的第三届三年制的学生才刚刚上完高一，我舍不得离开这些可爱的学生。特别是当时的霍邱三中蒸蒸日上，发展势头强劲，教学质量逐年提升，而霍邱二中正走向其发展史上的最低谷，当年高中招生计划为三个班，在录取来的135名统招生中有71人未报到，甚至有的家长吓唬厌学的孩子：不好好学习给你送到霍邱二中去。我回到霍邱三中以后，每天都有电话催我尽快到宣传部接受任职谈话，并去霍邱二中履职，可是我总是一次又一次推辞。终于有一天，宣传部干部科张有武科长打来电话说，部长发话了，这次调动必须无条件服从，我就是教书也必须得去霍邱二中教！就这样，我不得不去霍邱二中开始了3年副校长和16年校长的职业生涯。19年的辛苦耕耘，19年的呕心沥血，19年的倾心付出，我终于带领霍邱二中人历经千辛万苦，多次创建，多轮改革变轨，让霍邱二中走出低谷，迈入良性发展的快车道，霍邱二中一跃成为全省知名的省级示范高中。

在霍邱二中担任副校长的3年，是我忍辱负重的3年，也是我"夹着尾巴做人"的3年。在一片质疑声中，我于1998年8月终于扛起了霍邱二中校长的大旗，时年35岁！

1995年8月16日，我走进了霍邱二中校园，以前也多次去过这个地方，但那种感觉绝对不一样。在此之前去霍邱二中，很多情况下都是高考带队。作为班主任，我的1991届、1994届的毕业生当中，很多考生都被安排在霍邱二中考场参加高考，所以，我理所当然要到霍邱二中带队。1995年的高考，我作为学校总带队驻点霍邱二中，高考的第二天下午，我忘记佩戴带队教师证，被保卫人员拒之门外，一名与我同行的班主任就与保卫人员开玩笑说："这是我们的校长，为什么不让进？"当时保卫人员说："你们校长我认得，就住在霍邱二中校园内，这个人不是校长。"这位同事马上说："他是校长，他是霍邱三中业余团校校长。"没有想到一个多月后，我还真的当上了副校长，而且不是在霍邱三中，而是在霍邱二中。

那个时候的霍邱二中，是一所完全中学，既有高中部，又有初中部，高中部每个年级有3个班，初中部每个年级有4个班。校园内设施破旧，满目凄凉，一个教室改建的学校办公室，学校领导班子都集中在此办公，办公室正中间放着一张晃晃就倒了的会议桌，开会倒是方便，不出办公室把椅子一围就开起来了。一部电话机被锁在一个只能拿起话筒接听电话的木盒子里，无论是谁向外打电话，只能请办公室的一位小伙子把木盒子打开——当然也只能是公事，而且必须是非打不可的电话！从大门进去，一条和大门并不是垂直的主干道，北高南低直通校园南方的教师家属区，据此有人就戏称霍邱二中是"歪门斜道下坡路，难怪高考成绩连年滑坡"。校园内布满了教师的自建房和由教室改建的房改房，两大两小或一大一小带小院的教师宿舍穿插于教室与学生寝室之间。学校的教学用房除了一栋两层18间房子的实验楼以外，全部是一排排连廊的平房教室。高考成绩连年走低，学生打架成风，领导班子与群众对立情绪严重，教职工人心涣散，士气低落，只有道路两边那些参天的法国梧桐以顽强的生命力向人们展示着它们的勃勃生机。破旧的大门两边都是临街的门面房，对内对外同时营业，那些经营小商品的店里总会躲着一些逃学的学生。校内很多老师都在自己的家里开了小商店，不仅经营着日常生活用品，还售卖着各种零食，甚至还把盒装香烟拆成散烟卖给学生，这些小商店里经常会窝藏着一些不上课、抽烟的学生。气愤之极，我还专门写了一篇文章，发表在当时的《霍邱报》上。

不法商贩，请你们离孩子远点

我最近亲历了一件事，让我无地自容、气愤之极，不得不说！一位学生家长到学校来看孩子，到教室一看，孩子不在；四处寻找，最后费了九牛二虎之力，在校内一家小商店里找到了他，原来他正在与几个同学逃学，在被称为"烟馆"的小商店里抽烟。家长愤怒到了极点，我也愤怒到了极点。我们的孩子太不安全了，年龄小、好奇心重、分辨能力特差的孩子们正随时受到不法商贩的侵害。因此，我们不得不大声斥责：不法商贩，请你们离孩子远点！

我们要对不法商贩说：

你在货架后面摆放了板凳，开辟了"烟馆"，把香烟一包一包地拆开卖给学生，红塔山、阿诗玛、红梅、渡江香烟分别卖5毛、4毛、3毛、2毛一支，谋取了暴利，学生把该吃早点的钱交给了你，把该用在学习上时间也交给了你。你是否有负罪感，你为什么不对你自己的子辈、孙辈们说：孩子啊，上学时间还早，抽一支烟再走吧！

你把网吧、游戏厅开到了学校周围，你总是把网吧、游戏厅的门关得严严实实的，你为了牟取暴利，诱使学生沉迷于上网与玩游戏机，你的服务不知有多周到，你可以提供吃、喝，但从不关心学生是否成年，是否耽误了学习，是否危及学生的身心健康，你还向学生提供黄色网站的网址，还把游戏程序改装成赌博程序，学生把钱交给了你，把前途抛在了九霄云外。你是否有犯罪感，你为什么不把你家的孩子从学校拉到网吧、游戏厅里，让他们玩个够！

你把大量的劣质、过期、不卫生的廉价饮料、食品购回家，再转手卖给学生，你甚至买来色素、香精、糖精自制所谓的果汁饮料，你把仅有的不多的玻璃杯轮换着交给不同的学生使用，你总是利用学生嘴馋一点，把学生的胃口吊得高高的。学生把钱交给了你，你却把健康的隐患埋藏在学生的身体里。你是否意识到，你就是一个"杀手"，你为什么不把这些饮料、食品拿来，让你自己与孩子先行享用！

不法商贩，请你把烟馆关起来吧！请你把网吧、歌厅开远些吧！请你把劣质饮料、食品收起来吧！你的良心应该有所发现，昧心钱不能赚，你应该将心比心，你也有孩子，你应该以德为重，因为你也是人！

我到霍邱二中的第一年，经与学校协调，我仍然在霍邱三中兼任复读班任课教师，我虽然两头跑，倒也快活，心里也很踏实。一是对霍邱三中还有很多美好的回忆，且家住霍邱三中，在此兼课也方便回家；二是复读班课酬高，可以获得额外一份不菲的补贴。从第二年开始，我完全离开了霍邱三中，在霍邱二中专门教授复读班化学。霍邱二中复读班因为我的加盟，一方面很多学生开始从霍邱一中、霍邱三中复读班往霍邱二中复读班转移，霍邱二中的复读班开始火爆起来；另一方面，我也承受着各种各样的流言蜚语，甚至连当时教育局的部分领导同志都在怀疑，作为霍邱二中未来接班人的我，能否顺利接班已经是一个大问题了。1997年，已经感受到巨大压力的我，经过反复考量，决定以安心教书来淡化人们对所谓"接班"问题的关注。特别是这个时候，当年在霍邱三中带了一年班主任的1994级学生已经毕业，虽然我和他们在霍邱三中仅仅只有一年的相处，但他们与我之间留下了难以割舍的感情，那些高考成绩不理想的孩子都追随我来到了霍邱二中，这时的我不仅主动申请带了复读班班主任，而且又从高一年级接了两个班的教学任务。

这一年，我除了主动完成作为政工校长所应承担的工作任务以外，全部的精力与时间都用在了复读班的管理及高一年级的学科教学上。我所带的这一届复读班内，集中了几乎全县各个学校最为"优秀"的落榜生，不仅有我当年在霍邱三中教的学生，还有一大批来自霍邱一中的应届生。这一年，我远离有关接班人问题的纷争，潜心工作。

1998年高考期间，就接班人问题，我与时任霍邱县教育委员会主任的贾本昌进行了深度交流。我说，当时从霍邱三中调到霍邱二中，组织意图非常明显，就是在老校长退二线时让我接任霍邱二中校长，我三年来在霍邱二中所做的工作大家有目共睹，无论是分管的政工工作，还是所承担的班主任工作及教学工作，都非常出色。我在霍邱二中的三年，在专业上也有了很大的发展，我不仅获得了国务院特殊津贴，而且评上了安徽省教坛新星、安徽省优秀教师、安徽省特级教师。能不能接任霍邱二中校长的位子，并不是个人能力问题，而是有没有这个面子的问题，组织意图能不能实现的问题。面对我尊重的教育局领导，我毫无保留地表达了自己的心声！后来，很多人做出了两点猜想：第一，若不是贾本昌主任的鼎力推荐和县委有关领导的充分认同，我根本不可能接任霍邱二中校长一职，当然也就不会有今天这样的教育格局；第二，若我不能顺利接任霍邱二中校长一职，头顶安徽省优秀教师、安徽省教坛新星、安徽省特级教师、享受国务院津贴等四项重量级光环的我，一定会离开培养我、造就我的这片热土，也许外部的环境会成就我做出一番更大的事业。

1998年暑假的一个下午，我接到了时任县委常委、宣传部部长汪平的电话，让我晚上到她家去一下，并告诉了我地址。真不凑巧，傍晚天上下起了大雨，我来到汪平部长家的时候，她夫妻二人正在清除因急雨漫进客厅里的积水，我也帮助他们清理起来。清理完毕，汪平部长安排我就座，自己拿出一个笔记本，然后说到，你是一个敏感的当事人，又在这个敏感时期，约你到办公室不方便，只能请你到家里来，也许不太合适，但这是最好的选择。我个人考虑霍邱二中的校长还是你来干最为合适，你准备与哪些人搭班子，我想听听你的意见。我听到汪平的这番话，非常激动，我向她提出了两位担任副校长的人选，一个是霍邱二中的团委书记王勇，一个是霍邱三中政教处副主任余树宝。可以说，当时对我最为了解的也只有两个人，一个是当时的教委主任贾本昌，另一个就是汪平。汪平对我的了解，源自她在任宣传部部长之前曾担任共青团霍邱县委书记，在此期间我虽然是霍邱三中团委副书记，但我是团县委委员，她对于我的工作能力、工作责任心以及平时的工作表现，是充分了解与信任的。

就在坊间在议论谁会来霍邱二中当校长，各种传言四起的时候，我已经在谨慎地思考着霍邱二中的发展与未来。1998年8月16日，县委正式决定由我任霍邱二中校长，王勇、余树宝任霍邱二中副校长，三位校长的年龄总和不足100岁，开创了霍邱教育史如此年轻校长搭班子的先例。

从1995年到1998年，经过三年的调整，虽然霍邱二中教师的精神面貌、学生的学习状态，包括社会声誉、办学条件有了一定的改观，并建了一幢有24个教室的教学楼，但面积不大又被教师宿舍占据三分之二的校园，仍然破败不堪，特别是校园南部各式平房杂乱无章。我看在眼里，急在心里。我决定从改变或改造校园环境面貌开始，来改变社会对霍邱二中的不良印象。

在上任不久后的一次班子例会上，我把大家带到了办公室前两栋楼之间的白杨树林里。我说，改变学校外在形象，要从改变"歪门斜道下坡路"开始，改善办学条件，必须从硬件着手，这么多平房占据着校园绝大部分场地，学生的运动空间、活动空间严重不足，要通过拆迁解决教学用地不足的问题，尽快实现校园教学区、教师生活区、学生运动区和学生生活区的相对独立。就目前的校园现状，我们必须分多步走。首先，解决教学区相对独立的问题，再建一栋综合教学楼，与原教学楼形成相对独立的可封闭的院落，实行教学区全封闭，最大程度减少校园内住户活动对教学的干扰。第二步，对沿街的教师住宅平房进行先期拆迁，沿街建一栋教师住宅楼,一楼设计为门面房,以满足原住户经商的需求,减轻拆迁压力,同时向东征地3.7亩,再建一栋住宅楼,将校园南部与西部的教师平房全部拆除,让拆迁户全部搬入新建住宅楼中。第三步,对拆迁后腾出的空地重新规划,设计学生运动区,建设艺术楼和学生寝室。

当时,霍邱二中的债务高达276万元,正常运转都非常困难,盖教学楼搞硬件建设,特别是校园建设三步的设想,在很多人的眼里简直是天方夜谭。我决定通过借贷来发展硬件,一方面,设想通过企业垫资来建设硬件;另一方面,主动向银行借贷和教职工集资。为了说服对此有不同意见的人,我做了大量的思想工作。那个时候我最经常讲的一个观点,就是我们在消费观念上是做中国老太太,还是做美国老太太的问题。中国老太太的消费观是先攒钱再办事,等到钱攒足了,事情办成了,消费不了几年了,甚至已经无法消费了,而美国老太太则是先消费再还钱,把事情办起来了,先享受,再慢慢挣钱还贷。我的这个观点,还真的排除了很多非议,取得了绝大多数教职工的支持。

说干就干。虽然当时争议不少,但我一方面继续做大家的思想工作,至少在班子内部要达成意见的统一,另一方面联系了合肥秋实城乡建设规划设计院,请他们设计教学综合楼的图纸。很快建筑面积多达6400平方米,六安地区单体建筑面积最大,被称为"皖西教育第一楼"的集实验楼、教学楼、学术报告厅综合楼设计完成。这个时候,霍邱实力最强的建筑企业合力集团主动找上门来,愿意全额垫资兴建。1999年8月,霍邱二中综合楼在质疑声中动工,历时一年,2000年7月,"皖西教育第一楼"落成。霍邱二中综合楼建成,它的现实意义不仅仅在于是霍邱二中办学条件的改善,而且在霍邱二中发展史上也具有划时代的意义,霍邱二中以此为转折点有了一个可持续发展的"三尺硬地"。不仅在高中扩招方面抢占了先机,而且为创建市级与省级示范高中创造了绝好的条件。

1999年6月,中共中央、国务院在北京召开改革开放以来的第三次全国教育工作会议。此次会议发布了《中共中央、国务院关于深化教育改革,全面推进素质教育的决定》,从此迎来了高中阶段教育大发展的契机。在很多学校还存在教室、寝室严重不足,面对突如其来的高中扩招形势措手不及的时候，霍邱二中因为综合楼的落成，2000年秋季学期共招收10个高中班，一跃成为六安地区当年高中招收新生最多的学校，也成为六安地区最大规模的高中。这是霍邱二中因超前谋划与发展所品尝到的第一杯美酒。

同样是在1999年的6月，当时的六安地区教育委员会发布文件，启动六安地区示范高中建设工程，原有的七所地区重点中学，不再享受重点中学称号，全部参与重新评估，并率先在六安一中、六安二中开评。我看到这个文件之后，立即召开了班子鼓劲会和教职工动员会，全面启动了创建市级示范高中的工作，大家一致的想法是：霍邱二中一定要赶到竞争老对手霍邱三中之前评上市级示范高中。一方面，积极做县教委领导的思想工作，得到他们支持以后，向市教育局上报申报文件；另一方面，按照文件要求对办学条件补差补缺，并准备评估细则中的软件。同时，学校多次去六安地区教委请求局领导派专家组赴霍邱二中开展评审工作。前两次去地区教委请示汇报，分管主任与基础教育科领导还大力支持，表示尽快组建专家组前去评估，可是后来再去地区教委，他们分别表示霍邱二中创建市级示范高中的时机尚不成熟，这让我不仅是一头雾水，而且让霍邱二中的老师们好比在冬天里被泼了一身冷水，于是我决定面见时任六安地区教委主任兼任六安市委副秘书长的杨传连。他非常客气地接待了我，并说，霍邱二中的发展势头很好，你们创建市级示范高中的积极性很高，也应得到保护，但就目前办学条件、社会声誉、教学质量、师资力量而言，你们根本不能与霍邱三中相提并论，霍邱三中到现在还未进入申报市级示范高中程序，我们不能因为调动了一所学校的积极性，而影响了另一所学校的积极性。不出所料，地区教委态度的转变，根子就出在霍邱三中这边。我简直就像疯了一样！我想，开弓没有回头箭，创建工作不能就这样算了，霍邱二中必须赶在霍邱三中之前评上，好让霍邱二中在招生方面占得先机，我决定孤注一掷。当天晚上，我在别人的指引下，再次来到杨传连主任的家中，杨传连非常客气地接待了我，杨传连充分肯定了霍邱二中近年来的巨大变化，对霍邱二中的创建积极性非常欣赏，并给予鼓励，表示关于示范高中评估，什么时候评比较合适，霍邱的几所高中谁先评，市教委还需要专门研究，并要与霍邱县政府协商。

2000年2月，六安撤地建市后第一次党的代表大会召开，我有幸成为六安市第一届党代会代表，开会期间，我也在积极谋划创建之事。会议进入第三天，我在六安市第一届市委委员候选人里发现了"杨传连"的名字。市委委员是差额选举，能顺利当选是每一位候选人的最大期待，在正式选举时，杨传连则以当选委员中得票第二的票数顺利当选为中共六安市第一届委员。选举结果一出来，我在第一时间向杨传连发出了贺信，真诚祝贺他高票当选。可能是出于高兴，也可能是出于感谢代表的支持，党代会结束后，他安排办公室把教育界的几位党代表留了下来。第二天上午是中共六安市第一次全委会，中午市委统一招待市委委员，杨传连来到了我们代表中间，代表们都纷纷举杯向杨传连表示祝贺，我更是一杯接着一杯敬酒。酒过三巡，我向在场的市教委领导同志再次提出了霍邱二中创建示范高中的请求。从常理上讲，喝酒不谈公事，但对于我来说，必须抓住这个机会。让我没有想到的是，杨传连毫不犹豫地答应了，他说，请基础科尽快做出安排，现在已经临近春节，下学期开学以后立即启动霍邱二中创建评估工作，先评再说。听完这番讲话，我是感激涕零、热泪盈眶——千方努力、万方争取，终于有了结果。我非常认真地从座位站起来，端起一大杯酒来一饮而尽，所有的辛酸、苦衷都化在了酒中。2000年3月，霍邱二中带着"速成性与脆弱性"顺利通过六安市市级示范高中的评估验收，成为开展此项评估以来霍邱第一个通过评估的市级示范高中。

2001年3月，我被省教育厅抽调担任专家组成员，赴广德中学、绩溪中学、绩溪华阳中学参加评估省级示范高中工作。在三所学校的评估当中，通过现场检查硬件条件，听取学校创建示范高中的工作汇报，观看师生的素质教育汇报表演，查验软件资料，走访当地群众与学生家长，我收获了很多，学到了很多，特别是对创建省级示范高中的程序、硬件条件、资料建设、软件要求有了充分地了解，但对于刚刚评上市级示范高中的霍邱二中来说，我至少在当时还没有申请评估省级示范高中的任何想法。有一天，我接到了一位好朋友，同是化学特级教师，担任涡阳四中校长张勇的电话。在电话中，张勇非常激动地告诉我，他们学校刚刚通过了省级示范高中的评估验收。电话这边的我，有些惊诧，甚至怀疑听错了。但这次电话让我取得的最大收获是张勇校长的一句话："你们霍邱二中也可以申报省级示范高中。"在张勇的鼓励之下，我结合自己在参加几所学校创建省级示范高中评估验收过程中的所见所闻，立即向时任霍邱教委主任的贾本昌提出了创建省级示范高中的设想，让我没有想到的是，贾本昌比我更有信心，创建省级示范高中的积极性更高。为此，贾本昌连夜赶到霍邱二中召开中层以上的班子会议，充分听取大家的意见，当他听到有的班子同志发言说"霍邱二中必须通过创建省级示范高中才有出路，但创建不应该是现在"时，他立即发表了观点："霍邱二中必须通过创建才能取得永续的发展，创建是一个艰巨的任务，机遇正向霍邱二中走来，霍邱二中的创建不是今后，而是现在。"

有了当时县委、县政府，特别是县教委的强有力的支持，霍邱二中创建省级示范高中工作全面启动。一方面，学校派出软件资料建设人员，奔赴已经创建成功的学校学习、借鉴资料建设经验，全面落实软件建设工作。另一方面，学校成立拆迁领导组，加快校内拆迁步伐，教育局抽调专门人员，明确分工，协助学校有关人员包保拆迁户，一个大拆迁、大建设、大创建的气氛在霍邱二中强有力地形成。

霍邱二中创建省级示范高中的工作，道路一样是曲折的，过程也一样是非常艰难的，最大的阻力来自校内的拆迁户。对照创建省级示范高中对办学条件的要求，霍邱二中的硬件差距非常大，而校园面积又特别小，要进行硬件建设，唯一可以解决的办法就是拆迁，拆迁安置成了霍邱二中创建省级示范高中最核心的工作。为此，学校先后在大门口沿街和新征的土地上建起了两幢住宅楼，共拆迁校园平房住宅100多套，所有拆迁户搬入新居。同时，在拆迁后的土地上先后建起了艺术楼。还利用社会力量建起了学生食堂和一栋学生公寓。从2001年春季开始启动创建工作，到2002年年底省级示范高中评估专家来评估验收，总共不到20个月的时间，霍邱二中对照省级示范高中创建所要求的硬件基本达标。

2002年冬，由省教育厅相关同志和颍上、长丰、无为等中学校长组成的专家组，根据六安市人民政府的申请，代表省教育厅对霍邱二中创建省级示范高中的评估工作进行了验收。专家一致认为，霍邱二中达到省级示范高中相关标准，符合省级示范高中评估所规定的条件，同意向省教育厅建议授予霍邱二中省级示范高中称号。专家组对霍邱二中在创建省级示范高中的过程中，所创造的后勤服务社会化的做法给予了充分的肯定，对特色教育的成果给予了高度赞扬，并对霍邱二中高举创建示范高中大旗，努力实现薄弱学校转化的成功经验给予了高度赞赏，也对学校在创建过程中形成的债务消化提出了建议。

提起特色教育，以美术特长生的培养为鲜明特色的霍邱二中不愧为安徽省的一面旗帜，甚至社会上有人一度认为霍邱二中不是一般的省级示范高中，而是安徽省所评估的第一所特色示范高中。霍邱二中长期以来坚持特色发展，不仅对办学规模的扩大，办学质量的提升产生了巨大的影响，而且为省级示范高中的创建加分不少。更为重要的是，霍邱二中培养的美术特长生遍布全国各级各类美术院校，中国的所有美术院校都有霍邱二中培养的学生，此举为很多走大文大理独木桥而升学无望的霍邱学子开辟了有效的升学通道。

谈到霍邱二中的美术，不能不提到两个关键人物。其中一个是孙田老师，另一个是张力老师。早在我到霍邱二中担任副校长之前，孙田老师就在霍邱二中开办了美术兴趣小组，虽然规模不大，学美术的人不多，但每年总会有几个学生文化课与艺术课成绩双达线，这对于当时正处于发展低谷的霍邱二中来说，其贡献还是巨大的。在我调入霍邱二中担任副校长以后，明显地意识到要实现霍邱二中高考升学人数的突破，发展美术特长是一个比较有效的出路，特别是我两次走进郑州铁路六中，虽然没有取得多少美术班的办学经验，但让我大大开阔了眼界。于是我与当时的教务处主任郜骧多次会商，并深入调研，尝试着把孙田老师的美术兴趣小组收归校办，学校创造一定的条件，并帮助其扩大规模。在我担任霍邱二中校长以后，特别是办学条件改善以后，我于2000年的高中招生中，在霍邱二中历史上第一次办起了专门的美术班，分别让孙田和李良老师担任首届美术班的班主任，而且在2003年高考中一炮打响，306分的本科建档线，让霍邱二中一大批美术班学生走进了高等院校。所以，人们在谈及霍邱二中的特色教育发展时，都会提到孙田老师，他在霍邱二中美术特色班的创建过程中，立下了汗马功劳。

张力老师的最大贡献就是让霍邱二中的美术特色教育实现了二次腾飞。当时的霍邱二中在大力发展美术特色教育过程中所遇到的最大问题是师资严重不足。为了解决师资问题，我在全县范围借调了一批美术教师。这些借调来的美术教师，当时普遍学历不高，一些取得本科学历比较早的美术教师，根据当时的政策，直接调入霍邱二中工作，但还有取得本科学历比较迟的教师错过了进城的末班车。为了彻底解决高中扩招带来的城区乱借乱调教师问题，当时县教育局组织了一次考试，凡考试合格即可办理调动手续，但所有招考岗位必须有3人以上报考。尽管为了安慰这些借调教师，学校也根据实有的借调教师人数设立了招考岗位数，但还是有很多的借调教师没有能够考进来，反而让一些不是借调教师身份的报考者胜出，在石店职高任教的张力就是考入霍邱二中的非借调人员之一。张力进入霍邱二中的那个时期，正赶上霍邱二中的美术特色发展陷入低潮（高峰期一个美术班多达50人考取本科，但由于个别美术班疏于管理，班主任不负责任，专业课教师工作态度马虎，结果导致这个时期个别美术班只有不到10人考取本科）。虽然在招生时招了不少学生，但这些学生进校以后都纷纷要求从美术班调到普通班。张力调入霍邱二中以后，死看硬守、严格管理、规范要求，让霍邱二中美术特色班重新焕发了生机，美术特色班逐步走上良性发展的轨道。

当然，曹伟老师也对霍邱二中的美术特色教育做出了巨大的贡献。在他的培养之下，2012届毕业生程文浩昂首走进清华大学美术学院，开创了霍邱二中美术特长生录取名校之先河，也是霍邱二中学生被清华大学录取的第一人。紧接着，霍邱二中喜讯不断，中央美院、中国美院、湖北美院、西安美院等著名美院都有霍邱二中的学生考入。我曾戏言，如果若干年以后霍邱二中举行校庆，回来参加校庆的校友中可能没有科学家、社会学家，但一定会回来很多画家、书法家。

从我在霍邱二中的管理实践来看，我的管理创新不仅体现在霍邱二中在全省范围内很有影响的特色教育发展，而且体现在霍邱二中多样化办学对学校发展带来的积极变化。六安市的民革组委、政协副主席司敏组织部分政协委员对霍邱二中进行了充分地调研，并形成了非常客观、翔实的调研报告。在调研报告中，他们对霍邱二中的管理创新和特色发展给予了充分的肯定。

从多样化办学中探索成功之路
——解密霍邱二中发展神话

《国家中长期教育改革和发展规划纲要 (2010—2020 年) 》（以下简称《纲要》）提出：推动普通高中多样化发展，推进培养模式多样化，满足不同潜质学生的发展需要，探索发现和培养创新人才的途径，鼓励普通高中办出特色，探索综合高中发展模式。《纲要》还特别提出要更新人才培养观念，要面向全体学生，促进学生成长成才。与《纲要》不谋而合的是，霍邱二中早在十几年前就开始尝试多样化办学，十多年的辛酸换来的是累累硕果，不仅一大批学生从霍邱二中多样化办学的平台进入了高等本科院校，而且霍邱二中也从一所极其薄弱的普通中学实现了根本性的转化，逐步发展为安徽省知名的省级示范高中、全国特色学校。

一、多样化办学之成果

霍邱二中始建于1972年，20世纪90年代，生源大战日益激烈，在连续多年遭遇高考升学挫折之后，学校的生存与发展面临巨大困难，教师考研成风，学生辍学严重，霍邱二中一度成为霍邱最为薄弱的一所普通完中。1998年新成立的学校领导班子经过反复研究，提出了"注重特色，巩固普高，走多层次立交办学之路"的办学指导思想，与当时的体育局联办体育中学，招收的第一届体育班就培养出了亚运会冠军胡青，让霍邱二中在多样化办学的起步阶段就收获了第一枚沉甸甸的果实。同时，学校积极争取有关方面的支持，举办美术特色班。十几年来，霍邱二中的毕业生走进了全国各大美术院校。霍邱二中2000年创建市级示范高中成功，2002年被评为省级特色示范高中。现在的霍邱二中不仅有美术班、体育业余训练队、音乐特长生，还有传媒、空乘、体育表演等各种训练班。多样化办学不仅实现了霍邱二中特色教育锦上添花的办学目标，而且带动霍邱二中实现了薄弱学校的成功转型，学生高考升学率逐年大幅提高：从2010年高考应届本科达线366人，到2011年高考应届生本科达线535人，其中有144人被各类艺术、体育、传媒本科院校录取，再到2012年高考应届生本科达线845人，升学率高达65.21%，远远高于全省的平均升学水平，跃居霍邱高考应届生本科达线率第一，其中211人被艺术、体育、传媒等专业本科院校录取，1人被清华大学美术学院录取，多人被中国美术学院、四川美术学院、天津美术学院、中国传媒大学、上海体育学院等院校录取。由于霍邱二中长期高举多样化特色办学大旗，不仅成为全市乃至全省的薄弱学校转化的典型，办学内涵发生了根本性变化，而且取得了一系列的成果、成绩与荣誉：全国学校艺术教育先进单位、全国实验区高中化学新课程实施先进单位、全国青少年体育工作先进单位、全国"十一五"教育科研先进单位、全国爱国主义读书教育活动先进单位、安徽省"文明单位"、安徽省普通高中新课程实验样本学校、安徽省体育示范学校、安徽省现代教育技术应用实验学校、安徽省信息化建设先进单位、安徽省关心下一代工作先进单位、安徽省武术与乒乓球传统项目学校、安徽省家教名校、六安市普通高中教学质量先进单位（连续8年）、六安市爱国主义教育示范学校、六安市文明单位、六安市创建文明行业先进单位、六安市"花园式单位"、六安市"五·五"普法先进单位、六安市廉政文化进校园示范单位、霍邱县文明单位、霍邱县办学水平先进单位、霍邱县高中教学质量先进单位、霍邱县教研工作先进单位、霍邱县高中新课程实验先进单位、霍邱县校本教研先进单位、霍邱县平安校园创建先进单位。

二、多样化办学之启示

霍邱二中走多样化办学之路所取得的成功，不仅使霍邱二中成为全省薄弱学校转化的一面旗帜，而且进一步印证了多样化办学的巨大生命力。霍邱二中的发展绝不是偶然的，也不是特定时代的产物，也不一定仅仅局限于高中阶段学校。最难能可贵的是，霍邱二中的发展给了我们很多的启示。

（一）多样化办学需要不断探索

霍邱二中实施多样化办学，并没有现成的模式可以参照，也没有可以学习的典型。霍邱二中今天之所以走出了一条属于自己的成功之路，源于霍邱二中人十几年来的不断探索。从全校只有几十人的散兵游勇发展到如今的每个年级都有4个班的美术班办学规模，从过去单一的美术特色班发展到如今的以美术特色班为主，体育竞技、体育表演、空乘、武术、传媒等各种专业班齐头并进的发展态势，从注重各类培训的规模与数量的普遍开花到如今的注重质量与效益的锦上添花，无不浸透了霍邱二中广大师生积极探索多样化办学的心血与汗水。

（二）多样化办学需要勇于坚守

多样化办学不是可以在短时间内见效的，更不是一蹴而就的，需要多年的不断坚持，更需要多样化办学的倡导者、实践者与探索者的坚守。霍邱二中从20世纪90年代末创办美术特色班、体育特色班以来，多样化办学并不是一帆风顺的，曾有过反复，也经历过挫折，还让学校的管理者犹豫过，但霍邱二中人坚信只有在风雨之后才能见彩虹。十余年的不断坚持，终于等到了属于霍邱二中自己的绚丽的"彩虹"，不仅保持了多样化办学量的稳定，而且实现了多样化办学质的突破，为霍邱二中建校40周年献上了一份厚礼，圆了几代霍邱二中人的"清华梦"。

（三）多样化办学需要因校制宜

多样化办学仅仅是一种思路，对于各级各类学校来说只能是一种设想，也不可能通过多样化办学让各个学校千校一面，多样化办学需要因校制宜。多样化办学最重要的依靠就是师资条件，没有相应的师资，任何一种美好的理想都会落空。其次，没有相应的专业培训条件，是不可能达到理想的效果的，多样化办学的生命力就会受到影响。再次是生源条件，多样化办学不是对学生进行简单的分组，要受到学生多方面条件的制约，尤其取决于学生的先天素养，多样化办学只能是搭建各种平台发展学生的天赋，而不是人工创造天赋。霍邱二中在十几年的多样化办学实践当中，秉承因校制宜的多样化办学指导思想，不断引进或培养属于自己的专业教师队伍，不断改善办学条件，为广大学生充分搭建各种成长与发展的平台，鼓励学生自主发展与个性发展，霍邱二中真正走上了一条多样化办学的成功之路。

（四）多样化办学需要得到支持

对于各级各类学校来说，尝试多样化办学只是内因，内因必须通过外因才能起作用，没有上级教育主管部门的大力支持，没有社会及广大家长的理解与信任，多样化办学不会有顽强的生命力，最终只能流于形式。霍邱二中的多样化办学，从一开始就得到了从省教育厅到市、县教育主管部门的大力支持，招生计划单列，提前单独自主招生，参加学业水平测试分数照顾，尤其是在全省推行高中新课程以后，教育主管部门允许霍邱二中特色班可以自主开设相关课程，自主实施相适应的课程计划。当然，要取得家长及社会的理解，也需要学校做更多的工作。

冰心曾说，成功的花，人们只惊慕她现在的明艳，然而，她当初的芽儿，却洒遍牺牲的血雨，浸透了奋斗的泪泉。霍邱二中今天的成功，无不凝结着广大教职工员工的心血，更浸透了他们奋斗的汗水与泪水。

霍邱二中为了解决创建省级示范高中的硬件不达标问题，虽然通过企业垫资、教职工集资等方式，建起了艺术楼、学生公寓和教师的拆迁安置房，但限于建设资金和校内空间严重不足，学生食堂餐厅无处可建，学生公寓的床位也明显不够。再融资已经不可能，靠要没有指望，观望只可能错失机会……这个时候，我受到高校后勤服务社会思路的启发，想到了把霍邱二中的后勤推向社会，引入社会资本建公寓与食堂。在教育主管部门的大力支持下，我顶住巨大压力，与城南村民田志刚达成共识，由他出资在学校围墙之外的土地上建设学生餐饮服务设施，并建设一栋学生公寓，建设方出资建设，并经营管理，校方协调配合，若干年后由学校根据协议收回还本付息。社会力量投资的学生食堂与公寓的建成，不仅有效解决了创建省级示范高中的硬件不足的大问题，而且在普通高中推进后勤服务社会化方面开了先河，此举受到各方面的充分肯定，全省各地来访的学校络绎不绝，市委市政府专门组织全市的教育系统管理干部前来参观、考察。为此，我在刊物上发表了署名文章，专门介绍我校的做法。

高中教育后勤社会化的实践探索与思考

《中共中央国务院关于深化教育改革，全面推进素质教育的决定》明确指出：加大学校后勤改革力度，逐步剥离学校后勤系统，推动后勤工作社会化，鼓励社会力量为学校提供后勤服务，发展教育产业。近几年来，后勤工作社会化在高等学校推进很快，随着高校扩招，办学规模迅速扩大，各高校包括一些名牌高校都成立了后勤服务中心，借助社会力量投资兴建了大量的学生公寓，改扩建或新建了学生食堂等，从根本上解决了学生进校后校舍不足、食宿条件较差的问题。后勤服务社会化工作有声有色，已经分别在上海、武汉和西安召开了三次后勤社会化改革工作会议，涌现出了一批后勤工作社会化典型，形成了一整套后勤工作社会化的经验。然而，同样处于快速发展中的高中阶段教育，后勤社会化工作才刚刚起步，虽然不少学校在两年前就已经进行了尝试，见到了成效，积累了经验，但由于种种原因，特别是由于高中办学规模小、收费低导致的投资风险比高校大，回报相对较低，高中后勤工作社会化一直受到人们的冷遇，各地推进后勤社会化工作的面远不如高校广，效果远不如高校好。高中推行后勤社会化有没有可能性与必要性？高中后勤社会化的形式有哪些？在高中实施后勤社会化需要注意哪些问题？这些都是值得我们深入思考、实践与探讨的问题。我结合学校近年来的后勤社会化实践就以上几方面问题浅谈自己的观点。

一、高中后勤工作社会化必要性与可能性

目前，各级政府特别是欠发达地区的市县级政府，对高中阶段教育的投入严重不足，但高中阶段教育却面临两大发展机遇：一是全教会召开以来的高校扩招和普及高中阶段教育带来的高中教育大规模发展的机遇，二是创建各级各类示范高中的机遇。要扩大高中办学规模，首先必须具备最基本的教学硬件资源。近几年高中阶段教育随着高校大规模扩招发展很快，一所学校一年的高中招生人数可能就相当于1998年以前一个县区一年的高中招生总数。但教学用房、教辅用房仍然停留在原有的规模上。因此，扩大办学规模，适应群众对上高中特别是优质高中的需求，必须保证最为基本的教学用房及教辅用房的数量，也要保证最起码的教学条件，包括实验条件、场地等，同时要保证学生招进来有吃的地方，有住的地方，这无疑需要大量的投入。创建各级示范高中不仅要求教学用房及教辅用房数量充足，同时对教学设施也有具体要求，甚至要求很高，如实验条件、电教条件、场馆设施等要达到国家Ⅰ类或省Ⅰ类标准，这无疑也需要大量的资金投入。因此，高中阶段教育在其发展过程中遇到的最大问题不是生源数量不足的问题，也不是师资数量缺乏问题，而是缺少硬件建设的启动资金问题。不难看出，在高中面临大发展的绝好机遇面前，谁的硬件先上了规模与档次，谁就抓住了先机，谁就赢得了进一步发展的基础，困扰学校发展的钱的问题就会最先得到解决，谁就会最先步入良性发展的快车道，谁就是高中阶段教育大发展中的赢家。但启动资金从哪里来？政府投入，数量有限或根本不可能；多收费，政策不允许，社会不答应；向金融部门贷款，贷款政策有变，只提供担保贷款或质押贷款，但学校固定资产不能提供担保。怎么办？唯一的办法，就是通过各种方式向社会融资，吸引社会资金对学校硬件设施先期进行投入，让社会把学校的后勤办起来，把办学条件先改善起来，把现代化设施先装配起来，把学校规模先扩大起来。向社会融资，让社会资金参与学校的后勤建设，把学校的后勤从学校的工作中剥离出来，这就是后勤服务社会化。

二、高中后勤工作社会化的形式

如何把社会资金吸纳到学校的后勤建设中来，既要让社会在学校改善办学条件中发挥巨大作用，又能调动社会投资者的积极性，是一个很值得我们探讨与思考的问题。高中阶段教育不同于高等教育，办学相对规模较小，特别是住宿生少，收费比高校低得多，学生经济条件参差不齐，学生毕业后去向不明确，家长不愿意多投入，学生的消费层次及水平也较低，等等。因此，高中后勤社会化工作，由于投资回报较低，风险较大，推行速度远不如高校快，推进难度也比高校大。但只要后勤社会化采取的形式对投资者有吸引力，让投资者有利可图，高中后勤社会化工作还是大有文章可做的。目前，高中推行后勤社会化较为成功的形式主要有以下几种。

（一）教职工集资

教职工集资，顾名思义就是把教职工手中的钱以学校的名义借过来，让其发挥作用，学校按银行的贷款利息或后勤服务的实际收益给集资者以回报，学校陆续从今后的收益中偿还本金，由于这种形式的融资事实上是教职工的一项福利，因此，教职工集资的积极性高。这种融资方式最大的特点是融资速度快、数额多，投资者基本上不承担任何风险，工程建设者也无后顾之忧，但这种融资方式不适合面向社会，否则会有非法集资之嫌。教职工融资主要用于教学楼、综合楼等教学用房或教辅用房的建设，也可用于学生公寓、食堂餐厅的建设，还可用于达标升级的其他硬件建设，如建设计算机教室、语音室及各种场馆，添置实验器材、电教器材，以实现电教器材或实验器材Ⅰ类达标等。

（二）建筑商垫资

学校根据办学实际需要建设有关工程设施，建筑工程所需资金全额由建筑商垫资，学校事先与建筑商商定投资回报形式（主要是支付垫资款的利息），通过有资质的单位结算，学校根据双方商定的协议还本付息。这种融资方式的最大特点是操作起来十分方便，还款时间可长可短，特别是计息时间可以推迟到建筑工程结算时，学校可以减轻利息负担，但学校必须完善各种手续，并聘请有资质的质量监理公司参与工程建设的全程质量监理。建筑商垫资主要用于教学用房和教辅用房的建设，也可用于公寓、食堂、餐厅及其他教学设施的添置和场馆的建设等。

（三）社会投资

社会投资就是社会经济实体、经济暴发户、私营企业，甚至是国有企业，以营利为目的参与学校的后勤建设或服务，向学校投资。社会投资的具体形式十分灵活多样，概括起来有以下几方面：①有偿租赁，投资者投入一定资金对学校现有的后勤设施进行改造或重新装修，提高服务质量与服务的档次，学校若干年后收回管理与经营权或直接向经营者收取租金，有偿租赁主要适合于学生公寓及食堂餐厅的经营与管理。②学校在校园规划区内划定地皮，由投资者按学校要求建设后勤服务设施，学校只负责图纸的设计及全程质量监理，资金全额由投资者支付，所有建筑手续全部由投资者办理，学校全方位做好服务，若干年后所有资产及其经营权、管理权收归学校。学校与投资者双方要商定回收年限，若学校需要在投资者经营时限内收回，双方要商定房产及有关设施的处置方式。这种方式主要适合于学校的食堂餐厅及学生公寓等长期有稳定收入的设施建设。③投资者在校园外土地上建设后勤服务设施，向学生提供后勤服务。投资者按学校要求设计图纸，取得合法的建筑手续，并承诺接受学校管理，学校负责工程质量的监理和组织有关服务对象。最后如何处置有关的房地产及服务设施，一般有两种办法：一是投资者自己投资、自己管理、自己经营、自己收益，除非出现经营管理问题，学校不再建设相应的设施，投资者长期经营，房地产学校不回收；二是待学校经济条件允许后回收，回收时请房地产评估事务所进行房地产价值评估，学校按评估价回收，并办理房地产移交手续。这种投资方式主要适合于学生食堂、餐厅、浴室、公寓、多功能体育场馆等服务设施的建设。

（四）私人入股

所谓私人入股就是以类似股份制形式融资进行后勤服务设施的建设，当然它又不是真正意义上的股份制，也不需要成立董事会。具体的操作方法是：学校根据需要取得合法手续建设后勤服务设施，施工与监理全部按有关规定执行，建设资金来自私人入股的股金，股息从向学生提供服务按规定收取的费用或经营中获得的收益中支出，学校按还款能力若干年后退还本金，服务设施可以由学校管理经营，也可以由股东确定专人管理经营。若交学校管理，学校必须以协议的形式保证最低股息，每股多少钱由学校根据需要资金的数量确定。这种融资的最大特点是融资数额可大可小，十分灵活，融资速度快，学校还款周期长、还款压力小，特别适合在学校教职工内部进行，但私人入股只能适用于有稳定收益的学生公寓及学生食堂等服务设施的建设。

三、高中后勤工作社会化中应注意的几方面问题

第一，后勤服务完全推向社会，可以说是不妥当的，后勤社会化是以吸收外来资金为前提的。因此，严格意义上说，"后勤服务社会化"的提法不准确，正确的表达应该是社会化办后勤，或后勤社会化，社会化建设后勤服务设施。当然，后勤服务除了要有必要的硬件，也需要有必需的内部服务设施，这都需要很多投资，社会投资进行内部设施添置，并与服务联系在一起，这是必要的，也是充分调动投资者积极性的需要。

第二，投资学校后勤的社会人不是慈善家，而是地地道道的商人，总是要以赢利为目的，有利可图，获取利润是商人追求的目标，因此，学校吸引社会资金办后勤，必须考虑到投资者的经济利益或社会利益，必须让

投资者有利可图。

第三，无论是学校自身办后勤，还是社会办后勤，总是学校的后勤。后勤管理不仅要纳入学校的管理，更为重要的是无论后勤投资来自哪里，无论后勤服务是社会还是学校在做，后勤总是学校工作的一部分，后勤服务对象总是学生，因此，政府相关部门要一视同仁，不能区别对待，特别是工商、税务等部门，要让投资者享受学校办后勤的一切待遇。

第四，社会化办后勤，不是永远的，它是学校在资金遇到困难又要发展，又要抓住机遇、条件下的权宜之计，一旦条件成熟，学校定要把后勤及服务纳入自己的管理之中。因此，无论何种后勤社会化形式，都要在考虑学校的财力、投资者利益的前提下，选择适当的时机收回所有权，并在后勤社会化的一开始就以协议的形式确定下来，以保障学校的经济利益。

因此，实施后勤社会化需要注意的几个具体问题：①投资者所建设的各种后勤设施必须安全、可靠。比较稳妥的解决办法是，钻探、图纸设计、申报计划、招投标、施工等环节，学校都要全面参与，要聘请质量监理部门全程监理，考虑到参与后勤投资的多数为建筑商，实施招投标可能会挫伤投资者积极性，一般不进行招投标，但必须得到有关部门的批准。除此之外，学校必须全面参与管理，更应该聘请资质过硬的监理人员，确保后勤设施的质量。也只有质量合格，无任何安全隐患，由有关部门出具的质量安全许可证方能投入使用。②社会投资形式，后勤服务及管理方式，终止协议的责任与处理，将来资产归属，资产移交时资产价值的确定，等等，在具体实施后勤社会化之前都要明确，特别是在校外建设的后勤服务设施，在将来资产移交时，房产、服务设施、地产等如何评估等，学校在此之前，一定要集思广益，充分思考，对可能预见的问题，都写入有关协议中去，并与投资方签定有法律效力的文书，确保将来不留下任何后遗症。③后勤社会化所遵循的两个原则，一是投资者有利可图，收回投资有保障；二是有利于学校改善办学条件，有利于学校的管理。社会化投入所建的设施，到底交给谁来管理，由谁来向学生提供服务，这要看是否有利于学校的管理，是否能够向学生或学校提供优质的服务。因此，后勤社会化所建设的各种设施交由学校来管理，由学校来向学生提供服务是最为理想的。如学生公寓应该由学校统一安排学生住宿，由学校按规定收取公寓管理及住宿费，由学校直接与投资方结算投资者的回报，简单讲，社会投入建设相关设施，学校投入服务与管理。当然，这里也存在一个问题，服务质量与收益是紧密相连的，投资者离开了服务，除非学校明确保障收益，否则不一定能调动投资者的积极性。④学校后勤社会化，实际上也是一种吸引社会化投资的开放，能否吸引到投资，关键是看投资环境，除了社会大环境要利于投资者投资外，学校还要做好服务，为投资者着想，要在政策允许范围内组织服务对象，帮助投资者解决实际问题。⑤高中后勤服务社会化毕竟不同于高校，不能高收费，暂时也不能按培养成本收费，学生的经济条件也不允许学生高消费。因此，高中后勤社会化，不能走高校的"企业化、产业化、专业化、集约化"模式，更不能像高校那样成立各种服务公司向学生提供社会化的全面服务，应突出解决经费问题。

霍邱二中在接连的创建过程中，学校的硬件发了天翻地覆的变化，几乎再造了一所学校，一度成为全市县城高中办学条件最优、硬件设施最全、校园功能最齐的学校。霍邱二中不仅有拥有3000多个床位的寝室楼，而且还拥有可以容纳近5000人的多功能室内体育馆，但这样的创建也让霍邱二中背上了2200多万元的高额债务。虽然我心里非常坦然，十分清楚这些债务形成的原因，什么时候能够消化，但有些领导同志并不能够理解，特别是学校的教职工不仅很担心，还有一些议论与猜测。为了消除教职工的疑虑，取得教育主管部门及县委政府的理解与支持，我在国家教育行政学院主办的《中小学校长》上发表了一篇文章。

学校债务问题及其解决之道

目前，我国中西部地区农村及城镇普通及职业高级中学都处于特殊的经济时期，普通与职业高中债台高筑已经成为社会普遍关注的焦点问题之一。学校严重的债务问题已经引起有关部门的高度重视，如何处理好超前借贷发展与可持续发展、硬件建设与消化债务之间的矛盾的问题，摆在了各级政府、教育主管部门及中学校长的面前。我现就有关问题做一下简单探讨。

一、正视学校债务问题

学校的债务确实给现阶段学校的发展带来了难以想象的困难。要想对学校债务问题有一个正确的认识，必须先理清学校债务产生的原因、背景，同时，必须深刻认识到债务过重将会给学校的生存与发展带来哪些新的问题与矛盾。

目前，对学校债务问题有两种截然不同的看法。一些人对学校的债务很担心，认为学校债台高筑，何时能进入良性发展的轨道。有这种看法的主要是关心教育的有关领导及社会各界人士。另外一些人以为各普通或职业高中一年能收费数百万，不出几年债务就可以自行消化，持这种观点的往往是那些盲目乐观的中学校长们。其实，这两种观点都有偏颇，对学校债务不是用不着担心，也不是害怕，关键是要有正确的态度。

第一，绝大多数学校的债务是良性的。对待学校债务问题，不能以债务的多少判断债务是良性的，还是非良性的。所谓债务是良性的，是指学校所欠债务既不是为教师发放福利造成的，也不是肆意挥霍浪费、大手大脚糟搞造成的，而完全是由于学校在发展过程中的硬件投入造成的，只要学校有良好的社会声誉，有稳定的生源，学校管理到位，办学水平相对较高，硬件建设已经基本能适应现有的办学需要，学校的债务没有超过一定的限额，能在3~5年内自行消化，都是良性的债务。据专家估算，省市示范高中按安徽现有的收费政策，生均债务控制在0.6万元以内属于良性的债务。由此可以推知，绝大多数学校的债务都是良性的。当然，有的学校办学规模小，办学硬件条件差，生源不稳定，收费标准低，办学效益差，债务少也是可怕的。

第二，学校的债务问题是学校发展过程中的正常问题。过去几年里，由于各级政府特别是广大农村地区财力有限，对高中阶段教育的投入很少或根本无投入，各级普通及职业高中无论是办学规模还是办学硬件发展都很慢，校容校貌变化都很小。1999年6月，改革开放以来的第三次全教会召开，"两高"扩招的绝好机遇突然来到，一些校长深谋远虑，不等不靠，借贷超前发展办学硬件，学校发展提前进入良性还贷阶段。但也有一些校长面对机遇手忙脚乱，不知如何应对，硬件建设滞后，导致债务至今仍处于继续增长阶段。因此，学校的债务无论是良性的，还是非良性的，学校在没有政府投入，又必须把握"两高"扩招大好机遇的情况之下，负债发展是极其正常的，是不足为怪的，这也与中央有关领导同志指出的基础教育发展可以适度超前的要求是一致的。因此，从某种意义上说，学校没有债务就没有发展，债务是在发展中产生的，也需要在发展中消化。

第三，创建各级示范高中，负债发展硬件是明智之举。在全教会召开之前，各级政府由于"普九"压力大，很少顾及各级高中（完中）、职中的发展。一度出现的"最美的环境是校园，最漂亮的房子是教室"，所指的都是义务教育阶段的初级中学及小学。"普九"之后，从国家到地方教育主管部门，都适时提出了创建各级示范学校的构想，以此推动各级各类学校协调、快速发展，使创建各级示范校成为在继"普九"之后各级政府兴办教育的又一抓手。1998年以来，各级各类学校特别是各级普通高中及职业高中高举创建示范大旗，以创建为契机大规模发展办学硬件，绝大多数学校都趁创建之风，向政府要政策、要支持、要投入，学校面貌发生了天翻地覆的变化。但我们不能不看到，我国中西部绝大多数地区的财政状况很不乐观，捉襟见肘的吃饭财政只能保工资的发放和事业经费的开支，有限的经费只能用于市政建设，根本不可能投入教育，创建示范高中硬件又必须达标，唯一的办法是负债发展。因此，除发达地区大中城市以外的绝大多数的示范高中的债务都很重，少者几百万元，多者上千万元，但他们的债务又相对较轻，因为创建示范高中带来的经济及社会效益，又大大增强了他们的债务偿还能力。

第四，不良债务问题急需解决。我们看到，绝大多数学校债务是良性的，虽然学校暂时背上了较重的债务负担，但学校抓住了"两高"扩招机遇，办学硬件得到了空前的发展，并纷纷跻身于各级示范高中的行列，按预想或提前进入良性还债阶段，债务额在不断减少，但仍有一些学校的债务越来越重。学校债务太重，滋生出许多问题，有些问题还相当严重，甚至已经危及学校的生存与发展。目前，债务过重带来的问题突出表现在以下三方面：①每年要支付高额的利息，甚至每年收取的学杂费还不够支付银行或集资利息，已经到了入不敷出的地步，学校的正常开支不能保证；

②有的学校学生的书款被挪用，不仅不能保证学生按时领到课本，更不可能添置教学设施，基本的教学条件难以保证；③教职工的基本福利得不到保障，其积极性得不到调动，教学质量难以提升，结果导致生源数减少。因此，各级政府及教育主管部门必须加强对学校的监管，特别是要控制基建规模，加强财务审计，避免出现不良债务问题，一旦学校债务出现不良现象，必须尽快设法解决，否则后果不堪设想。

第五，学校消化债务的负担仍然很重。尽管许多学校的债务是良性的，但我们也看到要在短时期内消化债务也不是一件容易的事，各级政府及教育主管部门和那些很自信的校长们，都不能盲目乐观地看待债务问题。不难看出，学校债务的消化要受到以下诸多因素的共同制约：①债务的数量、性质、成因及债权人的还债要求、债务利息的高低；②学校的发展前景、规格与级别、办学规模、生源状况及其稳定性、师资状况及潜力、管理者的素质；③教育政策的可能性变化、学校的地理位置、周边学校的办学水平、当地经济状况等。综合以上几方面因素，我们不难看到学校消化债务的负担仍然很重，压力也相当大：①学校收费具有不确定性，受经济条件、教育政策、高中阶段教育的普及情况、教育竞争的存在、生源状况及学校发展状况等因素的制约，收费并不是稳定或增长的，甚至还会减少。②学校生源会越来越紧张。随着农村人口外流、打工人员不断增多，其子女随工、随商就学的情况越来越普遍。随着中国加入世界贸易组织，特别是从2003年9月1日起，非义务阶段教育全面向国外开放，国内外的私立学校将会迅速崛起，僧多粥少的现象越发明显。随着计划生育政策的落实和前些年计划生育成果的显现，人口将出现负增长。随着工业化发展进程加快和人们观念的变化，中等技术学校及职业学校的振兴指日可待，等等。当然，就业形势的严酷现实，会迫使短视的家长宁愿让孩子初中毕业后就辍学或外出打工。因此，各校的生源会越来越紧张，生源的紧张则必然会导致竞争加剧，也必然会进一步引起收费的不确定性。③学校仍要继续发展。各级各类学校都需要不断地把现代文明与科技成果转化为现时的办学条件，也需要更新或补充教育设施。对于先期发展起来的学校，随着课程改革对学校硬件要求的提高，教学与教辅设备的更新，现代教育技术设备的引入，都需要大量资金的注入。对于发展滞后或处于发展中的学校，更为严峻的任务是还要发展办学硬件，甚至还要为教学用房、教辅用房严重不足而发愁，不创建各级示范学校没有出路，各类示范学校必备的硬件达标又会进一步增加债务额。因此，无论是办学条件好、先期发展起来的学校，还是发展中或仍在生存线上挣扎的学校，都必须继续发展，必须不断改善办学条件。学校的发展与债务消化仍然是各级各类学校的生存与发展过程中的一对极其尖锐的矛盾。④保稳定、保运转也会影响到债务的进一步消化。学校的运转与稳定，如学校的各项教学基础设施的维护、水电费开销、事业费用支出、教师基本福利的保证、突发事件的开支等等，也需要一笔不小的开支，也会在一定程度上影响债务的消化。

二、学校债务问题带来的思考

学校债务问题绝不是个别现象，不仅在广大农村地区普遍存在，在一些中小城市和城镇也是司空见惯的事情。但出现这些问题后，我们除了要正视债务问题，也要从中思考一些问题。

第一，农村及城镇发展高中阶段教育的资金注入渠道到底在哪里？改革开放以来的第三次全教会的召开，带来了"两高"扩招的绝好机遇，高中阶段教育进入了黄金发展阶段。由于前些年广大农村及城镇地区政府全力保证普九的达标与验收，各地都把有限的财力集中在了义务教育阶段，一度出现了"最好的房子是学校，房子最差的学校是高中"的情况，这不仅在一定程度上影响了高中阶段教育办学条件的改善，更影响了高中阶段教育的发展后劲。我们知道，要高质量、快速地发展高中阶段教育，必须有相应的高投入，而高中阶段教育是非义务教育，考虑到教育的成本和学校的社会公益性特点，学校发展的资金应该来自以下三个方面：①政府投入应该是高中阶段教育发展资金注入的主渠道。但近年来，由于农村税费改革，取消了农村教育附加费，各级政府财政吃紧，"保工资、保稳定、保运转"的压力很大，不仅影响了"普九"成果的巩固，在高中阶段教育的发展上也不可能有更多的投入。②学校投入应该是高中阶段教育发展资金的重要组成部分。公益性的办学特点决定了学校办学是非营利性的，因此，政策内的学杂费、借读费、扩招费收入成了学校唯一的收入来源。这些有限的资金不仅要保运转、保事业开支，还承担起了学校发展的重任。③社会投入应该成为高中阶段教育发展资金的必要补充。每年都有一些社会资金无偿地捐赠到教育部门，如邵逸夫、田家炳项目资金等，但由于量少面窄，绝大多数学校不可能得到资助。综上我们看到，由于政府对发展高中阶段教育的不投入或低投入，社会投入微不足道，则必然把发展高中阶段教育的资金投入重任集中压在了学校的肩上，学校的自身投入成了高中阶段教育发展的主渠道。这就是绝大多数农村及城镇中学负债的主要原因。

第二，农村及城镇高中阶段教育发展的突出问题在哪？如何解决？我们知道，既然学校投入成了广大农村及城镇高中阶段教育的主渠道，投入的资金又从哪里来呢？显然，唯一的途径是在政策允许的范围内收取学杂费，但如果办学条件跟不上，基本校舍不足，学生招不进来，又如何能收得费用？因此，农村及城镇地区高中阶段教育发展的突出问题是学校缺乏发展的启动资金。我们可以这样设想：学校有了发展的启动资金，办学条件就可以得到改善，学生不仅可招进来，也使得创建各级示范高中成为可能，政策内的收费标准可以得到提高，学校的收入可以得到保证，启动资金就可以得到偿还。那么，启动资金又从哪里来呢？学校拿不出，政府也不投入，唯一的办法是借贷或融资，先让学校发展起来，把学生招进来，然后再有计划、有步骤地还债。当然，启动应该是量力而行的，借贷也应该符合实际。解决农村及城镇高中阶段教育发展启动资金问题不外乎以下途径：①通过财产抵押或信用担保，向银行贷款；②以学校信用担保借款付息的方式向社会及教职工集资；③学校在发展硬件时，可将垫付资金的还款期限、双方利益写入招标文件，要求参与学校硬件建设的企业给予学校硬件发展一定垫资；④积极推行后勤服务社会化，把后勤服务的投资、经营、收益权，在政策允许范围内交给投资方或社会。可以设想，只要债务数额是在学校发展所能承受的范围内，只要学校的发展计划与目标能顺利实现，一旦学校发展起来，债务自行消化是根本不成问题的。

第三，谁应该对不良债务负责？如何避免不良债务的产生？学校出现不良债务问题，是谁都不愿看到的事情，我们在这里不想追究责任，只是想借此来讨论如何避免不良债务的产生。

我们看到，有些地方政府把学校的债务问题看得很严重，把不良债务问题的责任完全归咎于校长，并在干部考核任用时作为一条硬性规定，债务问题不解决，校长不得提拔，不得调离。其实，就像不良债务的成因是多方面的一样，不良债务的责任人也来自多个层面，除了学校校长应负主要责任之外，当地政府、教育主管部门、城市规划建设主管部门、计划发展部门，甚至纪检、监察部门有关负责人也应该承担相应的责任。

不良债务难以消化，但只要政府各部门及学校共同努力，不良债务的发生是完全可以避免的。①进一步明确校长职责。从某种意义上讲，校长虽然是具有独立法人资格的学校的法人代表，但实际上是不能进行借贷和融资的。校长的职责是受政府委托对学校进行教育教学管理，即使是实行校长负责制的学校，其职权也不包括借贷与融资，甚至不包括学校的硬件建设与学校的规划。因此，必须进一步明确校长的职责，从源头上杜绝债务的形成。②加强计划管理。学校的发展要有计划性，要有中远期规划并进行规划论证，计划部门要加强对学校宏观调控，严格基建项目的审批，帮助学校根据校情、生源状况及债务偿还能力选定建设项目，杜绝盲目建设、重复建设和过度超前建设。同时，学校自身建设时也要量力而行。③加强资金监控。巧妇难为无米之炊，只要有关部门加强对资金使用的监控，特别是加强资金流入、流出渠道的监控，就可以在一定程度上控制信贷与借贷规模，防止不良债务的形成。④充分发挥职代会的作用。职代会要充分发挥其民主理财和重大投资项目的民主决策作用，对学校校长的决策要给予积极的参谋，提供建设性的咨询，确保学校把有限的资金用在刀刃上，防止出现决策失误和资金浪费。⑤加大纪检与监察、审计力度。有关部门要制定专门的规章与制度，明确校长对不良债务所应承担的责任，审计部门要定期审计学校财务及债务，对学校财务、债务适时进行有效监控，同时纪检、监察部门还要对群众反映的经济问题和不良债务问题进行调查，并进行责任追究，以此避免不良债务形成或债务不良产生后果。

第四，学校建设是学"中国老太太"，还是学"美国老太太"？人们在比较东西方不同的消费观时，常用"中国老太太"与"美国老太太"的消费方式来打比方。中国老太太在消费时比较保守，一辈子省吃俭用、节衣缩食，攒钱消费，但有了积蓄后可能已经没有时间享受了。而美国老太太超前消费，在享受中还贷，临终前既获得了最大程度的享受，又消化了债务，乐得其所。显然，"美国老太太"的消费方式比较可取。

学校建设也存在一种类似的观念问题。在学校的建设与发展过程中是学习"中国老太太"，还是学习"美国老太太"呢？学习"中国老太太"的消费观，就是先就现有条件办学，等到积累足够的资金后才去改善办学条件，去扩大办学规模。学习"美国老太太"的消费观，则是先借贷把学校的硬件发展起来，再逐步消化债务。显然，按照"中国老太太"的传统的消费观念来指导学校的发展的话，学校不仅只能在小规模、低效益、低水平下原地打转转，而且还会错失学校发展的最佳机遇，学校永远不可能发展，甚至还会被淘汰。而按照美国老太太的做法，学校不仅可以赢得发展的时间，而且会抓住极好的发展机遇，无论是办学规模，还是办学效益都将会得到根本性的提高。

我们知道，在政府财政没有投入或投入严重不足的农村及城镇中学，硬件建设"欠债"太多，教学用房、教辅用房严重不足，办学条件落后，办学规模相对小，不仅不能适应高中阶段教育大发展的需要，学校自身也不可能有发展后劲。尽管非义务教育阶段也是公益性教育，但绝不可否认，生源就是财源。因此，学校的发展必须依赖办学规模的扩大，通过办学规模的扩大先把硬件发展起来，并不断改善办学条件。显然，无论是发展办学硬件，还是改善现有的办学条件，都必须先期有大的投入，有足够的启动资金。在政府没有支持，学校又没有积累的现实情况下，学校发展学习"美国老太太"，不失为一种促进学校发展的有效办法。

总之，学习"美国老太太"的消费观没有错，学校债务的出现是学校发展过程中的一种必然，学校的债务也只能在发展中逐步消化，所要注意的是学校债务必须与学校的规模、发展目标、偿还能力等相适应，学校的债务状况绝不能脱离学校实际，绝不能超出学校的承受能力。

三、学校解决债务之道

对待学校债务问题，不管我们抱持何种心态，也不管我们从学校的债务问题中受到多大的启发，但最终的落脚点都必须集中在债务的消化问题上。对待债务的消化既不能等待与观望，也不能怨天尤人，更不能坐视不管。债务的化解，需要社会、各级政府及学校的共同努力，特别需要学校全体教职工齐心协力，制定出长期的还债计划，采取积极、有效的还债措施，在保吃饭、保稳定、保运转、保质量的基础上，分轻、重、缓、急有步骤地实施还款计划。具体来说，有如下几点粗浅建议：

第一，统一思想，取得教职工的理解。对待债务问题，学校必须取得教职工的理解，这是一项十分重要的工作。学校这方面的工作分为两种情况：一是尚未形成的债务，随着学校的发展即将产生的债务；二是学校已经产生的债务。对于前者，学校要向教师认真分析制约学校发展的关键因素，要每一位教师都认识到，学校在缺乏发展启动资金的情况下，如何优先发展硬件，如何扩大办学规模，如何提升学校办学档次，等等。只有统一了思想，取得了教师的理解，才能取得他们的支持，也才能保证教学质量的不断提高。对于既成债务者，学校必须向教师分析学校形成债务的原因，特别是要取得教职工对待学校债务形成的理解，使他们认识到债务是学校发展的必然，必须正确对待，还要算好经济账，分析随着学校举债建设发展硬件，学校规模的扩大和办学水平的提高，已经凸现出来的社会及经济效益，要向教职工承诺在保工资、保吃饭、保运转、保稳定的基础上逐年消化债务。总之，统一思想的目的，是消除教职工对待债务的心理惧怕，解除教职工思想上的压力与负担，为下一阶段全面消化债务形成合力。

第二，厉行节约，积极做好增收节支工作。债务并不可怕，关键在如何消化。消化债务的办法不过只有收和支两个方面：一是广开财源，增加收入，即通过争取政府与社会支持，不断扩大办学规模，提高办学档次，提高学校的债务偿还能力；二是厉行节约，尽量提高资金的使用效能，把有限的资金用在刀刃上，缩短学校债务的偿还周期。政府所能提供给学校的，更多的是政策扶持，但由于农村及城镇高中的受教育者往往都是国家特别关注的对象，有关收费受到国家政策、法律法规的制约。学校所能得到的社会捐助也极为有限。因此，增收只能依靠扩大高中办学规模，增加收费基数和创建各级示范高中，从而提高收费标准。在办学规模相对稳定，学校收费标准基本确定的情况下，厉行节约，用好现有的资金，不仅可以有效增加每年实际可支配财力，大大提高债务偿还能力，还可以有效提高管理水平，杜绝浪费和非正常开支的出现。特别是近年来，一些学校随着办学规模的扩大，管理难度增加，铺张浪费，跑、冒、滴、漏现象非常严重，在一定程度上延长了债务的偿还期。因此，消化债务，不仅要重视收，还要注重管，严格控制支出，通过严格的规章制度，甚至通过职工代表大会决议把不必要的开支降下来，把每年应该偿还的债务定下来，以确保债务的有效、快速消化。

第三，采取措施，适度扩大办学规模。适度扩大办学规模，有效增加学生基数，不失为一种快速消化债务的有效方法。我们知道，非义务教育阶段是可以收取学杂费的，学生数的增加，可以直接提高收费总额。现行的高中学校学杂费是按级别定标准的。如安徽省物价部门规定，省级示范高中每生每学期学杂费标准为850元，市级示范高中每生每学期学杂费标准为700元，普通高中每生每学期的学杂费标准为350元。不难看出，即使是普通高中，多收一名学生，三个学年学校可增加收入2100元，如果每个年级都扩大招生，规模效益是十分可观的。一个拥有3000名高中生的学校，每年学费收入可达210万元。因此，扩大高中办学规模是有效偿还债务的最根本的办法。当然，扩大办学规模，必须是适度的，如果无度或不恰当地扩大招生，办学条件、教学管理、师资条件与水平跟不上，势必会影响到学校的办学水平和教学质量，在一定程度上会影响到学校的可持续发展。因此，扩大招生规模和办学规模必须视具体情况而定，同时，必须有较高的教学质量做保证。

第四，抢抓机遇，创建各级示范高中。从国家有关部门出台的文件可以看出，不同级别的学校的学杂费标准是不同的。在招生规模一定，生源数量稳定的情况下，积极创建各级示范高中，不仅可以有效地稳定学校的生源，而且可以有效增收，大大提高学校偿还债务的能力。以一个拥有3000名学生的安徽省高中为例，按安徽省的收费标准，普通高中每年学费收入为210万元，市级示范高中每年学费收入可达420万元，学费收入增加一倍，省级示范高中每年学费收入为510万元，增收更加明显。因此，积极创建省市示范高中，可以有效获得稳定的学费收入，债务消化能力得到有效增强。当然，无论哪一级示范高中都有一定标准的软硬件要求，也就是说，创建要能获得评估通过，必须在组织建设、硬件建设、师资水平、学生质量、学校管理等方面有一定的积淀，并符合一定的标准才能达标，否则创建只能是一句空话。另外，创建过程中硬件投入是很大的，虽然这种投入的回报率很高，但势必会增加新的债务。因此，创建各级示范高中，必须量力而行，同时必须确保创建成功，必须坚决防止创建不成，又形成了新的债务。

第五，广开渠道，推行后勤服务社会化。所谓后勤服务社会化，就是本着谁投资、谁经营、谁管理、谁收益的原则，把学校的后勤建设与服务推向社会，甚至有些大的硬件建设也可以交社会投入来完成，学校采取有偿使用或租赁的办法，待条件成熟后学校回收。推行后勤服务社会化，虽然不能直接帮助学校消化债务，但可以大大缓解改善办学条件带来的经济压力，还能有效增强学校创建示范学校的能力和扩大办学规模的能力。特别是可以把学校工作从这些烦琐事务中解放出来，把主要精力放在教学管理及学校的发展上。根据教育的实际情况，学校可以把学生公寓建设与经营、学生食堂的建设与经营、微机房的建设与管理和体育场馆建设与管理等推向社会。可以肯定，后勤服务社会化是支持扩大办学规模和创建各级示范高中的不可多得的有效办法，但必须注意的是，在推进后勤服务社会化的过程中，后勤建设与服务必须符合现行的法律与规章，有关人员的管理与服务必须合法，必须遵循教育行业行规，不能离开教育的本质进行纯商业化经营，学校还要与有关人员签订周密的协议，决不给将来工作留下任何后遗症。

第六，勤工俭学，鼓励能人领办或创办实体。学校创办实体，有许多优势。一是人才优势，学校各类人才比较多，若能充分发挥或调动，让他们领办或创办实体，可以创造出一定的效益；二是政策优势，有关政策明确规定，学校创办实体可以享受许多政策上的照顾与扶持，可以减免许多税费；三是资源优势，学校的资源优势在学校的无形资产上，特别是名牌学校的无形资产潜在价值大，学校的师资资源、现代化设备资源都可以充分运用。比如，创办公办民助的"四独立"的学校，利用计算机资源、实验室资源开办各种培训班等。当然，勤工俭学、创办实体必须谨慎行事，必须对市场进行充分调研，操作不当也会增加学校的债务。

总之，对待学校出现的债务问题，有关单位要有正确的态度，要认真研究并区分其性质，要不断从中总结出经验与教训，还要想千方设百计，把债务的消化问题落在实处。

霍邱二中在创建中发展，办学内涵在创建中得到不断提升。我的开拓精神在创建中得到最大限度的彰显，我的创新能力与水平得到了充分的展现，特别是省级示范高中的成功创建，不仅有效提升了霍邱二中在全省的影响力，也在一定程度上锻炼了我的管理能力，极大地提升了我的领导能力，也成就了我获得安徽省首批"江淮好校长"荣誉称号，让我迈入安徽省知名校长行列，成为安徽省18个首批名校长工作室主持人之一。

参政议政：为教育发展建言献策

对于从教了30多年的我来说，能成为人大代表一直是我的追求。但直到近些年才如愿。我曾经两次与人大代表身份失之交臂，现在提起这些事来，我仍然感到遗憾。

一次是中国共产党安徽省第七次党代会代表。2002年，中国共产党安徽省第七次代表大会在合肥召开，省委组织部给六安市确定的代表人数是81名。在六安市选举产生出席省第七次党代会代表的会议上，我与当时的六安轴承厂的一位工程师在第一次选举中并列第81名。根据选举规定，两位并列的候选人只能有一位出席省党代会。为此，六安市党代表会议专门进行了第二次选举，我在众多的期待中落选。尽管我当时已经有很多的光环在身，县委组织部准备的材料也非常翔实，但是落选也是一种必然。

这么多年来，我一贯严守的规矩就是在上课期间，无论是谁打来的电话一律拒接，平时我的手机一律设置成震动模式。2002年3月的一天晚上，我正在给学生上晚自习，下课后看到手机上有两个陌生的同一号码打来的未接电话，立即回了过去，对方自报了家门：我是某某！我当时随口就回了一句：某某？请问什么事？接着，我从对方的话音中听出了他的不悦，他只说了一句：明天上午到组织部来一下。然后就挂电话了。第二天上午，我来到了组织部，到了才知道是让我核对省党代会代表候选人信息。当时，那个地方有很多人，大家都在忙着校对自己的材料。当我看到候选人简历上"杨明生，男，1963年生，中学高级教师，霍邱二中校长"寥寥几个字时，我追问经办人："我享受国务院特殊津贴，这上面没有写？"对方回答说："你没有看吗?! 这是简历，不是简介。"我又问："我是特级教师。"对方不耐烦地说："特级教师又不是职称！"结果，我只好把表一字未改地交回去了。带着困惑和疑问，我回到了学校，当时，教育局的陈秀玲副局长带队在霍邱二中开展评聘分开试点工作座谈会，我不仅打听到了打电话的这位同志姓甚名谁，而且知道了凭这样简单的信息要想在差额选举中当上省党代表是没有可能的。果不其然，我落选了，尽管市党代表会议上，有不少教育界的人士为我极力争取，特别是当时分管教育的六安市委副书记程世龙同志也在酝酿候选人时全力推荐我，但在以最终票数定乾坤的选举中，我还是非常遗憾地与省党代表资格擦肩而过。当时，很多人都替我惋惜：享受国务院津贴、安徽省特级教师、安徽省优秀教师、安徽省教坛新星等那么多的荣誉与光环，只要有一项写在简历上，只要引起一个业界之外的人关注，都能在这次党代表会上胜出啊。

2016年10月30日，全省瞩目的中国共产党安徽省第十次代表大会在安徽大剧院隆重开幕。在中共霍邱县委的关心下，我在时隔15年之后，经过层层推荐，经过六安市党代表会议的选举，全票当选为中共安徽省第十次党代会代表，了却了我人生的最大心愿。

2016年之前，我一直与人大代表身份无缘。作为一直十分关注教育、关注社会的我，那么多年来，一直通过人大代表来向有关部门反映情况、表达民意。

1978年，我国最早的特级教师评选暂行规定开始执行，特级教师的津贴标准是中学特级教师每人每月30元，小学特级教师每人每月20元。这个数字看似非常低，但相对特级教师的工资而言已经非常高了，至少已经超过他们的基本工资的一半。改革开放以后的第一次教师工资改革，广大教师的工资标准有了一定的提升，从1993年6月开始，中小学特级教师的津贴统一提高至每人每月80元，约占这个时期的中学高级教师的基本工资的三分之一。进入21世纪，随着工资改革的不断深入，广大教师的工资标准有了很大幅度的提高，但特级教师的津贴仍然维持在每月80元，仅仅占中学高级教师基本工资的六分之一。过低的特级教师津贴，不仅严重影响了广大教师进取的积极性，大大降低了特级教师荣誉的含金量，而且与江浙一带的特级教师待遇相比悬殊，结果导致了安徽省部分特级教师外流，特级教师队伍的稳定性存在严重问题。为此，我于2005年发表了《特级教师不提高待遇，还不如不评好！》的文章。

特级教师不提高待遇，还不如不评好！

特级教师作为一种荣誉与待遇，是无数教师终身向往和追求的目标，激励了无数教师为之奋斗。由于本科毕业生在正常晋升情况下，30岁左右即可成为中学高级教师，因此，特级教师已经成为目前推动广大教师追求提高与进步的最主要动力。

截止到2004年年底，安徽省已经评出了七批特级教师。据调查，在这已评出的七批特级教师中，至今仍然战斗在教育教学一线、担任教育教学任务的特级教师不足半数，除了一部分特级教师自然退休或减员，一部分特级教师由于工作需要走上教育教学管理岗位以外，相当一部分特级教师离开了培养他们多年的安徽，分别流向了江苏、上海、广东，成为兄弟省市教坛的骨干力量。特别是近年来新评出的特级教师，由于评选时条件较高，入门时把关严，再加上这些人的个人条件好，年龄较轻、精力充沛，教育教学经验丰富，教学成绩突出，教育教学水平高，成了兄弟省市甚至一些省外私立学校竞相抢挖的对象。这些特级教师的出走，不仅是安徽省教育事业的一大损失，而且是对安徽省教师队伍稳定的一种极大考验。

分析这些特级教师出走的原因，几乎无一例外的是因为待遇问题！目前，安徽省特级教师的津贴仍然执行的是十年前的每人每月80元的标准，相对当时教师的工资每月50~60元是相当高的，也是很诱人的。随着社会进步，工资标准的不断提高，享受特级教师待遇的教师工资已经涨到每月2000~3000元，工资净增加了40~50倍，而特级教师的月津贴仍然维持在80元。"特级教师"称号仅仅是名誉上的。而与此成鲜明对比的是，兄弟省市不仅提高了本省市特级教师的待遇，每月分别给予300~2000元的津贴，还纷纷给安徽省的特级教师开出了10~20万元不等的诱人年薪，同时还给出为特别优秀的特级教师解决住房，奖励汽车，家属工作安排，子女上学、就业安排等特殊待遇。

关于特级教师待遇提高问题，一些有识之士已经向教育主管部门反映多次了，所得到的答复是特级教师是一种荣誉，作为特级教师要在经济待遇上低调。但我们要说，特级教师也是人，也要面对经济社会！

为此，我特别建议提高安徽省特级教师的津贴标准，每月津贴在1000元左右，这一笔费用可以纳入各级政府财政支付，也可以根据"谁享受特级教师优质教育资源，谁承担相关费用"的原则，由所在学校安排。另外，也请求有关部门进一步加强特级教师的管理和考核，建立能进能出的机制，严格控制特级教师脱离教育教学岗位，还要在政治待遇上给予一定提高，真正实现情感留人、待遇留人、事业留人的目标。

特级教师待遇的提高，已经成为广大教师的一种迫切期待！为此，虽然我有很多的话要说，但由于并没有参政议政的机会，所以我除了在网络里发表一下自己的看法以外，很少有机会表达自己的想法。这时候，我有了要通过霍邱县的人大代表或政协委员表达自己心声的想法。我主动联系到了霍邱籍的省十届人大代表现任六安市地震局局长的于军女士，委托于军女士将"提高特级教师待遇的建议"提交到省人代会上。

关于提高特级教师待遇的建议

安徽省第八批特级教师评选已经结束，看到一大批中青年教师光荣地成为特级教师，让我们感受到了安徽教育的希望，同时也增添了担心！因为，特级教师越是年轻，如果待遇跟不上，他们留守安徽的可能性越小！

因此，抓紧时间立法或出台相关政策，提高一线在岗特级教师的待遇是当务之急！如果特级教师一批批地评，又不提高待遇，实际上只是为某些教师制造了外流的机会，增加了他们跳槽的资本。如果不从根本上提高特级教师的待遇，还不如不评好！

虽然特级教师不是待遇，而是一种荣誉，特级教师是从师德高尚、业务能力强的教师中选拔出来的，应该有一种热爱家乡的情结，但外面的世界确实让属于平凡之人的教师为之所动。从改善教师结构、优化教师资源的角度讲，特级教师待遇再高也不为过，当前十分需要通过提高特级教师待遇来稳住一批人、培养一批人、调动一批人。在30岁左右就可以成为中学高级教师的现有职评政策下，以提高特级教师待遇的方式，带动一大批教师继续奋斗，不失为一项非常好的稳定教师队伍的策略！

因此，特级教师的待遇有待进一步提高，以下建议可供参考：

第一，建立特级教师科研津贴或岗位津贴制度，以货币化的形式给特级教师以补贴，稳定教师的队伍，特别是优秀教师队伍；

第二，区别离职特级教师和一线特级教师，设定基本津贴标准，在教学一线的特级教师在基本津贴的基础上另外享受"特级教师浮动岗位津贴"，离职特级教师取消所有津贴，退休特级教师享受"特级教师基本津贴"；

第三，在制定"特级教师浮动岗位津贴"补助方式时，可以根据教师在教育教学与科研一线的时间确定浮动岗位津贴标准。如，工作在教育教学一线的教师三年(含三年)每月补贴300元，三年至五年每月补贴400元……以此类推，以此鼓励特级教师留守教育教学科研一线工作；

第四，特级教师是所在学校的优质教育资源，谁是这个资源的受益者，谁就要承担一定的费用。因此，政府负责特级教师的基本津贴，通过制定政策，特级教师的浮动岗位津贴由受益学校承担！

当然，加强特级教师的考核，是提高特级教师素质的又一种必须！教育主管部门应该规定特级教师做到"六个一"：每年要承担一个课题的研究工作，每年至少要在省级刊物上发表一篇文章，每年至少要向所在市县区同学科的教师进行一次公开示范课，每年至少要向所在市县区的教师进行一次教育理论或教学经验讲座，每年要向教育人事部门进行一次述职，每位特级教师至少要物色一名青年教师作为特级教师培养对象跟踪培养。考核不合格，或不能发挥特级教师的示范作用的，随时取消所有津贴，以激励特级教师不断进取。

之前，我没有机会担任各种代表或委员，原因也是多方面的。近些年来，尽管教育系统的人大代表人数不少，但由于受到指标类型的限制往往被固定在几个特定人员身上，更多的代表是连选连任，有的已经成为多届人代会的老代表了。2010年6月，六安市第三届人大会议召开前夕，进入代表推选阶段，教育系统的市人大代表指标好不容易分到了霍邱二中。事实上，在此之前，市级以上人大代表从来没有在霍邱二中产生过，县级人大代表也只有一届。现在终于有了市级人大代表需要在霍邱二中产生的机会，我心中充满了期待，如果能当选的话，过去那种靠别人代为反映情况的历史可能成为过去。但当正式的通知到学校时，我才发现文件要求霍邱二中推荐的候选人类型为非党员的一线教师，我又一次错过了当选代表的机会，但我还是非常客观地推选了李家生老师作为候选人，李老师最终成功当选。李家生可以说是一位非常称职的人大代表，不仅在人代会上表现得非常积极，而且每年都提出了一些非常有建设性的议案。

我能够进入各种代表的行列之中，也只是最近几年的事。有一天，我收到时任霍邱县第十六届人大焦永乐副主任的一个未接电话，拨回去以后才知道，焦主任约我去他的办公室谈一件事。我走进焦主任的办公室，他的第一句话就是："这么多年你怎么哪一级的人大代表都不是呀?!"他接着说："省人大即将换届，县委、县人大主要领导要求人大办公室了解一下你没有当过人大代表的原因，并建议把你作为新一届省人大代表候选人推荐给组织部门，但上面所给的霍邱县教育界省人大代表候选人类型为非党员女性，你不符合这次省人大代表候选人的推选条件，请你理解。"我当即表态，非常感谢县委、县人大的领导对我的关心，这么多年虽然没有当过任何一级的人大代表，但向各级人大反映社情民意的渠道一直是畅通的。焦永乐副主任最后说："由于工作变动，县第十六届人大代表有空缺，我们会建议城关镇按相关程序补选你为县一级的人大代表。同时，六安市人大将于明年换届，霍邱县人大常委会向组织部门举荐你作为六安市第四届人大代表候选人。"

2013年1月，我在户口所在地成功补选为霍邱县第十六届人大代表，并参加了霍邱县第十六届人大二次会议。2017年1月，我当选为霍邱县第十七届人大代表，并被选为霍邱县第十七届人大常委会委员。

人大代表的当选，全面激发了我建言献策的积极性。每一届县人大会在召开之前，我都进行充分调研，广泛收集群众的意见与建议。我不仅在每一届人大分组会议上积极发言，而且在每一届人大会上至少提出2条以上的议案或代表建议，为此，我还当选为2014年度优秀代表建议、意见提案人，在霍邱县第十七届人大一次会议上，我还被表彰为霍邱县第十六届优秀人大代表。

2016年1月28日上午，六安市第四届人大第三次会议举行开幕式，下午代表团会议审议六安市原市长毕小彬代表市政府所做的报告。中午，我接到通知，要求做好在毕小彬市长到霍邱代表团听取审议意见时发言的准备。下午，毕小彬市长一落座，我就抢先就教育问题进行了发言，毕小彬市长边听边议，特别是在我发言以后，毕小彬市长非常客气地说："如果你不介意，请把你的发言稿留给我。"由于发言稿是我中午临时准备的，也没有打印，经过毕小彬市长的同意，会后我将经过修订的发言材料电子稿发给了市政府的副秘书长。

我在六安市第四届人大第三次会议上的发言

《政府工作报告》对过去五年工作回顾和2015年工作的总结，既指出成绩，又提出问题，特别是用事实例说发展，用数据例证成绩，既鼓舞人心又有说服力。

《政府工作报告》对"十三五"的工作谋划很高，提出了六大任务，初步描绘了六安经济绿色发展、社会和谐进步、人民幸福安康的美好蓝图。对2016年工作安排很紧，提出了抓好八项工作，目标具体、措施可行，初步规划出了"十三五"开局之年的目标任务。

作为教育界人大代表，我非常关心《政府工作报告》中对"十二五"及2015年教育工作的总结，更关注"十三五"及2016年教育工作目标任务。认真研究了《政府工作报告》中关于"十三五"规划的六项任务中关于教育的一些叙述，如坚持优先发展教育，均衡配置义务教育资源，普及高中阶段教育等等。我也研究了《政府工作报告》中关于2016年工作安排中关于教育的部分内容："深化教育领域改革，推进区域内城乡实施统一的教师配置、办学条件"，"推进新一轮普通高中布局调整"，等等。

作为人大代表，我听了毕小彬市长的《政府工作报告》中关于教育的发展规划与安排，既感到振奋，又多了一些思考。

思考之一：如何优先发展教育？是不是说教育事业的发展要优于其他社会事业？既然把优先发展教育写进《政府工作报告》，这句话就不能成为套话，必须狠抓落实，这也是"三严三实"中谋事要实的具体要求。

思考之二：如何普及高中阶段教育？当前，要想普及高中阶段的教育，必须妥善解决好三大矛盾：一是高中阶段教育面上的普及与老百姓对优质教育资源点上的迫切需求之间的矛盾，普及高中阶段教育要求90%以上初中毕业生都要升入高中阶段教育，各级各类高中阶段学校都要有学生，而对老百姓来说则极力追求上优质的普通高中，择校热的形势依然严峻；二是教育资源均衡配置与城镇化进程中普通高中进城的趋势之间的矛盾，教育资源均衡配置，农村及偏远地区的高中在师资及办学条件上都要合理配置，但随着城镇化的推进，高中要逐步进城，大多数老百姓希望自己的孩子能够在城市读高中；三是高中阶段教育普及的职普招生计划与老百姓合理的职普比需求之间的矛盾，国家和地方希望培养出更多的技术人才，而老百姓则更希望自己的孩子能够通过读普通高中考上大学。

思考之三：如何深化教育改革？怎么改？《政府工作报告》中所说的改革，就是重点推进教育资源的统一配置和均衡配置，也就是两个方面：一是师资的配置，二是办学条件的配置。我认为重点应该是教师的统一与均衡配置。当前择校热，更多的是择班、择教师。获得大不列颠皇家勋章和美国总统教育奖的美国小学五年级数学教师雷夫在做客合肥市青少年活动中心的时候，就提出了这样一个问题：孩子是愿意选择在一所办学条件十分优越、教师一般的学校读书，还是愿意选择在一所校舍老旧，但有着孔圣人一般教师的学校读书？无论在中国，还是在美国，大家的选择都是一致的。由此可见，办学条件差异并不是城乡教育差别的突出表现。因此，均衡配置教育资源，首先应该均衡配置教师资源，而且在均衡配置教师资源时，应该统筹城乡学校之间、强弱学校之间、公办学校与民办学校之间的教师资源配置，通过支教、送教、导教等方式，实现城乡学校之间、强弱学校之间和公办与民办学校之间教师合理流动，真正把均衡教育资源配置落在实处。

基于以上思考，结合《政府工作报告》，我特别向市政府提出以下建议：

第一，提前谋划基于高中阶段教育普及的区域性路线图与时间表，普及高中阶段教育不应该是齐步走，也不是一齐完成的，可以分阶段实施，各县区之间甚至区域内部的高中阶段教育的普及也不一定是同步的。

第二，建立普通高中生均公用经费拨付机制。从2015年秋季学期开始，国家规定普通高中不再招收择校生，省级示范高中的每年每生6000元的择校费收取政策同时废止，这就意味着普通高中每年的收入减少数百万元，对择校费依赖性很强的普通高中的正常运转面临巨大困难，普通高中运转都成问题，如何普及呢？目前，国家已经建立了高等院校办学成本分担机制，国家承担办学成本的75%，个人承担25%，职高过去是免除学生的学费，由国家全额返还。从2016年开始，国家建立了职业高中生均公用经费拨款制度，职业高中生均每年不低于5000元。义务教育阶段的教育也是完全免费的，还有免费的教科书、营养餐等，而普通高中却成了国家政策投入的盲区，现在又突然取消了择校生的收费政策，长期以来形成的债务不仅再也没有消化的可能，而且很多普通高中连发展都会步履维艰，运转面临巨大挑战。

第三，抓住机遇，积极争取国家"十三五"普通高中改扩攻坚计划项目，加快贫困地区、农村地区的普通高中建设步伐。国家发改委与教育部将在"十三五"期间大力推动大别山连片开发县、国家级扶贫县普通高中的改扩建工作，明确30万人口以下的项目县改扩建一所普通高中，30万人口以上的项目县改扩建项目学校原则上不超过2所，而且对于已经取得规划许可与用地许可的项目县将在2016年全面启动。因此，我们一方面要积极争取政策，能否让100万以上的人口大县能够改扩建更多的学校，另一方面，要积极谋划，做好迎接项目落地的前期一切准备工作。

第四，严格控制一些所谓的"优势"（办学优势、区域优势）学校的招生规模。一所两所高中学校的一枝独秀，绝不能实现高中阶段教育普及的满园春色。2015年第四届人大第二次会议上，我就提出了建议，要求严格控制六安主城区普通高中的招生范围及招生规模。目前，六安城区的六安一中，开办了六安一中东校区、六安中学，六安二中也开办了西校区和皖西中学，毛坦厂中学又要即将入驻东三十铺东部城区，加上很有区位优势的城南中学、民办的六安实验中学等，这么多的生源需求必然带来县区生源的大量涌入。六安城区拥有这么多的普通高中，在某种程度上是迎合了家长进城的需求，但是以牺牲县区利益为代价的，不仅县区的一些老牌高中因为生源质量问题遭遇很多的困难，而且一些农村普通高中因为生源的缺乏面临生存危机。在这方面，我们作为县区的普通高中代表，对市政府在普通高中建设与发展上以牺牲县区利益为代价来拉动六安城区的社会经济发展是有意见的。

第五，科学地配置教育资源，提前做好普及高中阶段教育的准备。目前，一些县区的农村或偏远普通高中陷入生存危机，如果不把这些学校闲置的教育资源盘活，一旦普及高中阶段教育的任务下达，我们就会措手不及。在这方面，霍邱县人民政府已经超前谋划，先行一步，在霍邱县第十六届人大第五次会议的《政府工作报告》和霍邱县"十三五"规划纲要（草案）中已经明确，通过城乡联合办学，把农村普通高中闲置的教育资源盘活。如，霍邱一中与长集中学联合办学的问题，段贤柱县长已经召集有关部门开展了专题调研，即将出台具体的实施办法。建议全市都要积极行动起来，一方面全面做好普及高中阶段教育的准备工作；另一方面，也要让那些办学条件达标、曾经辉煌的学校重新站起来，提升他们办好普通高中的信心。

另外，我借此机会还想提出以下两点建议：

一是着力解决好民办学校教师的问题。民办教育是社会主义教育的一部分，是公办教育的重要补充，但民办学校的教师资源配置存在很大问题，它们的师资主要来自两个方面：一是来自公办学校，公办学校的老师在民办学校兼课，只能偷偷摸摸像做贼一样，名不正言不顺；二是来自民办学校自聘，民办学校自聘的教师没有劳动保障，没有职称评审与表彰奖励，教师结构很不合理，教师的职称或学历也普遍不达标，不仅很不稳定，教育质量不高，而且流动性也很大。以霍邱为例，目前在霍邱境内就读的6～15岁学龄孩子共有13.7万人，其中有5万人在民办学校读书，如果不落实这些孩子的师资问题，不仅是对这5万名孩子不负责任，也是对霍邱教育乃至霍邱的未来不负责任。因此，民办学校的师资也应该纳入教育主管部门的管理之中，也要严格民办学校的教师资格准入机制，有关部门还要督促民办教育机构逐步建立规范的劳动保障，民办学校的教师也要有正常的职称评审与晋级，还要与公办学校一样，享有表彰与奖励的权利。

二是着力解决好城镇住宅小区包括社会主义新农村建设当中的卫生、文化、教育和体育设施配套问题。当前，六安主城区在落实有关法律法规方面比较到位，但各县区的城镇住宅小区建设很不配套，根据《中华人民共和国教育法》《中华人民共和国建筑法》《中华人民共和国城乡规划法》等规定，城镇住宅小区配套的体育、文化、卫生及教育设施等要与住宅小区建设同步设计、同步实施、同步交付使用。确因其他原因不能配套建设的，应征收配套设施建设费，由政府部门另择地建设。建议有关部门一定要加强监管，从规划设计环节开始把关，做到无设计不许可，维护法律、法规的严肃性，确保城镇住宅小区项目的完善与配套。同时，对美丽乡村建设的配套问题也要提前谋划。

按照人代会代表议案与建议的处理惯例，代表联名提交的议案绝大多数都会被作为意见与建议办理。我在担任六安市第四届人大代表期间，共提交了7份建议或议案，虽然这些建议或议案都没有被列入正式的议案中，但都得到了涉案单位的高度重视，而且我也都非常认真地处理各单位所反馈的人大代表议案与建议办理意见。

我在履行人大代表职务方面，真可谓尽职尽责。我提出的每一条代表意见、建议或议案，都是在充分调研、认真研判的基础上产生的。多年来，我已经养成了一个好的习惯，在扶贫、走访或调研时，身边总会带着一个记事本，我习惯把一路上所观所闻甚至所想都完完整整地记录下来，作为提出建议、议案的原始素材。

招生宣传是每年中考成绩揭晓以后各个高中学校的规定动作，我作为高中学校的校长，每年的招生季都要亲自跑遍各大生源学校。有一年，我在招生宣传的路上发现霍邱县境内的很多国道、省道，甚至是县道或乡道旁边，多处晾晒着加工胶合板的原材料单板，在霍邱境内也有多家加工单板的生产作坊，经过调研发现，这些单板主要销售到叶集等六安市境内的几家胶合板生产厂家，这些厂家中不乏有一些不具备生产条件的加工作坊。胶合板生产工艺简单，但对环保要求特别高，生产工艺达不到特定的工艺要求，所用的脲醛胶胶水不达标，所生产的胶合板就会慢慢释放出有毒的甲醛气体，用这种有毒的胶合板加工家具，会对人体产生慢性伤害，甚至会引发白血病，后果难以想象。为此，在六安市第四届人大第三次会上，我提交了"关于依法取缔六安市域内胶合板非法生产作坊"的议案，后经人大议案委员会转为建议，交六安市质量监督局办理。六安市质量监督局高度重视我所提出的建议，他们经过慎重研究决定在霍邱召开专门的人大代表建议办理现场会。霍山、金寨、叶集、舒城、霍邱等相关县区的质量监督局局长、执法人员以及重点企业法人代表参加了会议，参会人员就我在建议中所提出的问题进行了解释与说明，重点说明了各交通要道旁边晾晒的单板的流向，以及胶合板生产所需要的胶水的质量保障问题。会上，我就两方面工作提出了新的建议：一是建筑模板所用胶水虽然没有环保方面的质量要求，但不代表生产建筑用模板不需要环境保护方面的考虑；二是为了保证胶合板的生产符合环保质量要求，像叶集这样的胶合板生产集中区能否采取胶水集中生产，采用按需供应的办法？会议收到了非常好的效果，特别是通过这种形式解决了代表所想了解或想解决的问题，还对与会代表进行了相关环保知识的普及。这样的人大代表与涉案单位或企业，以参加现场会议面对面办理代表建议，在六安市还属于首次。

在六安市第四届人大第二次会议上，我提交了"关于出台六安市住宅小区教育设施配套建设管理及使用办法"的议案，后来被六安市人大第四届第二次会议提案委员会确定为建议，并移交给六安市规划局办理。市规划局在接受了任务以后，立即进行了回复，但我在建议与议案办理意见反馈表上直接给出了"不满意"的答复，原来市规划局有关人员并没有完全领会我所提出的建议，而是直接把早些年六安市政府出台的城区教育布局调整规划摘录后提交了。在市规划局收到我对所提建议或议案的办理"不满意"的反馈后，局领导高度重视，主要领导亲自过问，对照建议逐条梳理、认真回复，局纪检书记率有关同志专程赶往霍邱，当面听取反馈意见，让我非常感动。

从2016年秋季学期开始，安徽省政府取消择校生招生政策，相应的择校生收费政策随即取消。安徽省教育工委在2016、2017年连续两年的年度工作任务要点中都明确了要建立普通高中生均公用经费拨付机制，但各地一直都没有落实。为此，我首先向市人代会提出了代表建议，要求市政府出台相关文件，建立普通高中生均公用经费拨付机制。但由于市县财政是"分灶吃饭"，这项建议只能搁浅。随后，我又在霍邱第十六届人大五次会议上，联合10名代表提交了"关于普通高中生均公用经费列入政府预算的议案"，后经转为代表建议后交由县政府办理。此建议得到了县政府主要领导的高度重视，经过县政府常委会议研究通过，在全省率先建立了普通高中择校生政策取消以后生均公用经费拨付机制，每位高中生每年政府拨付公用经费1000元，为霍邱的普通高中健康发展提供了强有力的保障。

2017年2月，霍邱第十七届人民代表大会第一次会议召开。在人代会上总会提一些建议或意见的我，结合霍邱教育发展的实际，针对城区百姓对优质教育资源的迫切需求，为了有效化解城区优质教育资源有限与广大老百姓对优质教育资源的大量需求之间的矛盾，联合10名代表向大会提交了"推进集团化办学 共享优质教育资源"的议案。

推进集团化办学 共享优质教育资源

集团化办学是以行政指令为主，兼顾学校共同意愿，将一所名校和若干所学校组成学校共同体（名校集团），以名校为龙头，在教育理念、学校管理、教育科研、信息技术、教育评价、校产管理等方面统一管理，实现管理、师资、设备等优质教育资源的共享。集团化办学是实现区域教育优质均衡发展的重要机制创新。

霍邱县内从幼儿园、小学到初中、高中，名校资源奇缺，同一学段学校办学水平、管理水平、教学质量差异化非常严重，老百姓对名校资源的要求相当迫切，尤其是城区表现尤为突出。一方面，由于老百姓不能在霍邱享受到相对优质的教育资源，纷纷选择到民办学校或外地就读，直接导致霍邱大量的优质生源外流，成为长期以来制约县域经济发展及城市建设之痛；另一方面，城区各层次学段学校之间生源状况极不平衡，薄弱学校生源不足，校舍及师资大量闲置，优质学校生源爆满，师资及校舍紧张，大班额现象突出，教育均衡化推进困难。

霍邱城区各学段都有一些老百姓普遍认同、相对满意的优质学校。如，高中阶段的霍邱一中、霍邱二中等，初中阶段的霍邱一中初中部、光明中学等，小学阶段的城关镇中心小学、逸夫小学、城关一小等，幼儿教育阶段的城关中心幼儿园等。在霍邱县域内积极推行集团化办学，不仅可以满足老百姓对优质教育资源的需要，而且是推进教育均衡化发展的最佳选择，更是助力霍邱城市建设和发展的有效推手。

基于此，我特别建议县政府立即启动霍邱县域内集体办学规划，制定并实施霍邱县域内教育集团化办学试点方案。本着先行先试的原则，2017年春季学期完成各学段首批集团化办学的布局安排，包括集团化学校的确定、学校人事调整、招生规模等，2017年秋季学期全面招生。各学段教育集团建议如下。

霍邱一中教育集团：霍邱一中本部、霍邱一中初中部（霍邱三中）、霍邱一中城南校区、霍邱一中长集教学点、霍邱一中周集教学点等。

城关镇中心小学教育集团：城关镇中心小学本部、陈埠小学校区、汇峰国际城校区等。

县直幼儿园教育集团：县直幼儿园本部、县直幼儿园蓼城路园、县直幼儿园公园路园等。

霍邱县域内教育集团化办学，建议采取"名校领办集团化"模式，通过移植、合成、新生三个阶段来推进薄弱学校的再生：①移植，即薄弱学校成为名校的"子体"，依托名校这一"母体"立校，成为名校的分校或校区，并移植母体的办学理念、办学模式，共享母体的师资和教学设施、互联网络、融资渠道、生源等；②合成，即"子体"在积极消化吸收"母体"优势的同时，努力通过定向培训、联合科研等形式培养本校有发展潜力的教师队伍，培育自我发展和可持续发展的能力。母校和各校区同听一堂课、同读一本书，并请有经验的教师以一帮一的形式，辅导青年教师，从而进一步缩短校区之间的差距；③新生，即"子体"在获得可持续发展后脱离"母体"，成为新的个体，在校园文化建设等方面打响自己的品牌，形成自身的特色与自我生存发展的能力。

我们相信实施教育集团化办学，一定能够推进基础教育均衡、优质化发展，也能充分调动更多学校和社会各界办学的积极性、主动性和创造性，提高中小学的整体办学效益和水平；更能够发挥优秀骨干教师的作用，加快提高师资队伍整体水平；特别是能够有效满足更多的人民群众"上好学"的强烈需求，实现优质教育的平民化、普及化，有利于更好地实现教育公平。

此议案得到了有关部门的高度重视，被议案委员会确定为霍邱第十六届人大以来的第一个议案。为了让这个议案办理得更好，霍邱人大常委会专门组织了规模较大的教育集团化考察团，分赴教育集团化发展比较成熟的合肥包河区与南京建邺区考察，经过反复论证，初步形成了霍邱教育集团化方案。

人大代表是人民群众的代表，也是人民选出来的代言人。人大代表能否当好、履好职，功在平时，更重要的是在人代会期间的表现（积极建言献策，勇于提出建议或意见）。我虽然是一位"迟到"的人大代表，但发挥了人大代表应有的作用。

携手同行：两岸交流的教育使者

2010 年春，我被省教育厅干训中心安排进入由合肥师范学院承办的"高中校长高级研修班"学习。2011 年 4 月，安徽省教育厅与中国台湾铭传大学共建安徽教育中心，巧逢安徽经贸代表团访问台湾，开展"铭传亲缘宝岛行"经贸文化交流活动，安徽省教育厅决定借此机会进行安徽教育中心挂牌及安徽省赠送中国台湾铭传大学刘铭传铜像揭牌仪式。为此，安徽省教育厅在全省范围内遴选了以普通高中校长为主的教育干部代表，组建了"2011 年安徽菁英高中校长研习班"。作为安徽教育中心的首批学员，我有幸成为这个班的 27 名学员之一，对台湾进行了为期 21 天的学习与参访活动。

为了保证 27 名学员抵台后保质保量完成参访及学习任务，出发前的培训是少不了的。在培训会上，教育厅不仅专门邀请了安徽省人民政府台湾事务办公室的专家进行了"台湾形势"及"对台政策"的专题报告，而且省教育厅外事处的领导对此行的学员进行了赴台的基本常识培训。培训时，有关同志特别强调，此次行程中，需要到 10 所著名的高中参访，中华民族是一个礼仪之邦，台湾同胞作为中华民族一个组成部分，也非常重视礼尚往来，要求每一位学员都要准备一份礼品，以备用时所需。当 27 名学员全部聚集在合肥骆岗机场准备经停澳门飞往台湾之前，研习班负责人、合肥师范学院吴昕春副院长在检查大家所带的礼品时，有一个意外的发现，几乎所有的学员所带的礼品都是白酒，唯有我扛着一大包装裱好的字画，准备作为礼品带到台湾去。在等待安检的时间里，大家带着好奇心打开了所谓的字画，原来这些装裱考究的可不是一般的字画，而是写有参访的铭传大学及 10 所高中校训的书法作品。

可以说，在选择什么样的礼品上，既高雅华贵，又能受到台湾同胞的喜爱，我是动足了脑筋，做足了功课。我首先想到了用剪纸作品作为礼品带到台湾去，当时我所在的霍邱二中有一位杰出校友张玉柱，他的剪纸作品很名贵，他曾出访日本和马来西亚进行中国传统文化艺术交流，但他的每一件作品都价值不菲，11件作品至少需要10万元的费用，我感觉到这样不太合适，也承担不起。后来，我想到了作为中华文化的瑰宝——书法，于是，我分别从网上查到了铭传大学及所要参访的10所高中学校的校训，请霍邱二中教师、安徽省书法家协会会员赵军老师分别采用不同的字体书写出来，又精心挑选了绫子，全部装裱成横幅。

由于这次在台湾学习的时间长，本来所带的行李就多，我还带上了笔记本电脑，一路上为了这一大捆横幅可让我摊上麻烦事了，但我还是坚持把这些在台湾校长眼中珍贵的礼品带到了台湾。第一件送出去的礼品是中国台湾铭传大学的校训"人之儿女，吾之儿女"的书法作品，在中国台湾铭传大学举行的欢迎仪式上，代表团负责人吴昕春把这幅字交到铭传大学李铨校长的手中时，他非常激动地安排工作人员一定要多照几张照片，并吩咐会后立即将这幅字挂在会议室最醒目的位置。这幅写有铭传大学校训的字出了彩，虽然铭传大学李铨校长连这幅字是哪位学员从大陆带来的都不清楚，但我的心里热乎乎的，可怜一路辛苦终于得到了认可。会后所有学员都向我竖起了大拇指。后来，吴昕春团长无论参访哪所学校，赠送写有学校校训的横幅都成了规定动作，遗憾的是这些珍贵的礼品没有一件是经过我的手送出去的。

事后，我积极思考这件事的得失。可以说，我不仅从这些同行身上获得了赞许，而且改变了一些校长——不乏一些资历非常深的校长对我的看法。在他们眼中，没有想到看似非常随意的我，做事却极其细腻，考虑问题非常周密，这也许正是我在专业成长道路上极其宝贵的精神，也是我取得成功的秘诀。

在台湾的21天时间里，我共参访了10所台湾著名的高中。如，台北第一女子高级中学、台南第一高级中学、台中第一高级中学、高雄中学、桃园武陵中学、大园国际高中、私立薇阁高级中学等，其中我印象最为深刻的就是台北第一女子高级中学，不仅因为这所学校的特殊地理位置，还因为这所学校有一段难为人知的历史。2012年，我参加了远东教育家联盟行知访学上海高中名校行活动。在承办学校上海市淞江二中，我知道了台北第一女子高级中学第十一任校长江学珠的传奇故事。江学珠原为上海市淞江二中第三任校长，也是淞江二中历史上唯一的一位女校长。虽然江学珠只是一位中学校长，但她是中华人民共和国成立前夕与南开大学创始人张伯苓齐名的教育人。1949年，蒋介石去台湾之前，专门拜访了两位名校长，要把他们带到台湾去继续他们的教育事业。然而张伯苓选择了留在大陆，而江学珠则是有条件地去了台湾。当时江学珠已经在松江二中当了22年的校长，她给蒋介石开出的去台条件是接着当22年的校长。于是她在蒋介石的特批之下，担任了由日本人在统治时期创办的台北第一女子高中的校长。江学珠把台北第一女子高级中学办成了台湾地区最有名，也是台湾的女孩们向往的女子高级中学。关于台北第一女子高级中学，我在博客中给予了浓墨重彩的介绍。

充满神秘色彩的北一女中

提起北一女中（台北第一女子高级中学），当地没有人不知道。北一女中不仅有着悠久的办学历史，创办于1904年，而且是出女科学家、政治家和名人的地方。

我们早在到达铭传大学的第二天就与这所学校结了缘，因为在我们的开班仪式上，铭传大学所安排的与大陆校长面对面活动中就有北一女中的张碧娟校长参会，那时只是与张碧娟校长相识，今天是与学校相知，在走进这所充满传奇色彩的学校之后，我们真正感受到了什么是历史名校，什么是质优学校。

在张碧娟校长安排的欢迎会上，我们看到了学校家长会在学校的地位。我们在欢迎会上不仅认识了家长会会长、台湾地方检察院高级检察官刘承武先生及家长会的委员，而且还听取了家长会会长对家长会的介绍。虽然欢迎仪式非常简单，但非常隆重，不仅让我们听取了高二年级学生介绍的学校简报，而且我们还分成三组在学生的引导下参观了校园。欢迎仪式上，我们赠送的写有北一女中校训的字幅，像以往在其他学校一样，不仅非常出彩，而且非常受欢迎！

　　我们走在小小的校园中，一切都让我们感到新奇，我们不时迎到跑步的学生，原来她们是在上体育课，由于操场太小，她们不得不在不规整的环校小道上跑步。我们走到教师办公室门前的走道上，让我们看到了北一女中教师的辛苦，她们有的在认真备课，有的趴在办公桌上休息，有的在电脑旁忙乎，堆在她们办公桌上的书及作业远比我们教师办公桌上的要多。她们并不是每人都有一台电脑，在她们办公室仅有的两三台电脑旁比我们多了一些打印或复印设备，这是我们没有的。我们在导览学生一路"小心"的提醒中，来到了学生教室走廊上，我们看到了一张又一张可爱、友善的面孔，她们向我们露出善意的微笑，突然从教室里跑出来一只小猫，我们吓得不轻，导览学生告诉我们，她们是可以带宠物猫到学校来的。我们来到了操场上，孩子们或在玩空竹，或在打球，一身的绿黑配，让人们明显感受到北一女中与别的学校的不同。我们在北一女中侧门门口看到了两个石碑，分别刻写了创校时的校训"正、强、淑"和现在的校训"公、正、勤、朴"。我们还看到，公共场所贴了不少带有标签的对联，原来这是在春节期间进行对联征集中获得优胜的对联，由学生或家长书写出来展览。

　　在我国台湾，有一定历史和影响的高中，大多是男女生不同校的。在台北，最有名的男中是建国中学，最有名的女中是北一女中。张碧娟校长向我们介绍说，虽然她们的学生都是女生，但学校并不反对男、女生的正常交往。每天放学前后，学校门前都会有一些等候女同学的建国中学男生。由于历史原因，现在想要把女中改成混合高中，已经不是制度上的问题，而是一些校友不答应的事了。

　　北一女中的校内有41个社团，学生从进入北一女中的那天起，就可以到社联部去申请加入自己感兴趣的社团并参加活。每年的4月底、5月初，高二的学生都要举行社团活动联展，即会演。今天晚上，我们非常有幸地赶上了北一女中的社团联展。在新北市的市政多功能大厅里，我们在阵阵喝彩声中欣赏了民乐、街舞、霹雳舞、歌唱、吉他、口琴等社团高质量而精彩的联展，她们的水平毫不逊色于专业水准。联展结束以后，这些可爱的孩子们就要像大陆的同龄人一样，不得不投入紧张的升学考试准备当中。

　　看到北一女中那非常不起眼的校门，我们感慨：真的是历史名校不在门大，质优学校不在楼高！北一女中这样的名校，校园内连一条主干道都没有，200米环道操场是学生唯一的活动场所，但学校内各种设施非常齐全，包括拥有常年恒温的地下游泳池。北一女中作为质优的学校，可以招收很多学生，但她们始终保持每班30人左右的班额。相比之下，我们自感惭愧！这值得我们这些教育者深思！

我们在台湾的大部分时间都是在铭传大学集中上课。正是在这短短的21天时间里，菁英班的学员们经历了两次至今想起还令人心有余悸的事件：一次是在铭传大学上课期间发生的地震，另一次是在游览阿里山期间发生的小火车翻车事件。

关于地震，我在博客中写道：

难忘的地震

真没有想到，在海峡对岸的台湾，我第一次感受到了什么是地震！地震过后，我打电话回家报平安，爱人调侃我：你们这次到台湾真是不顺利，不是翻车就是地震，都让你们遇到了。其实，这次台湾之行不仅让我们长了见识，还让我们有一些特别的感觉。

今天下午的课程分为两个阶段，第一阶段是台湾政治大学教育学院副院长汤志民教授的"优质校园营造"课程，第二阶段是中国台湾铭传大学都市规划与防灾系主任洪启东副教授的"校园灾害预防及应变"课程，两位老师的课程各为一个半小时。谁知道汤志民教授特别健谈，八个专题的教学内容只讲了一半就到点了，第一阶段的课程不得不草草结束。本来10分钟的课间我们只休息了5分钟，就开始了第二阶段的课程教学。说来也特别巧，当洪教授正在讲授地震避险的时候，我们突然发现给我们讲课的洪教授在晃，很快我们又发现不是洪教授在晃，而是教室在晃，我们所坐的转椅也在前后移动，一只节能灯脱落下来在天花板下不停地摇晃，这时大家的第一反应就是地震了，由于我们的老师还在那非常平静地讲课，大家也没有表现出什么异常，只是有一位校长提议让我们先把课停下来撤离，就权当是一次地震避难演习。这时，洪教授只是安排工作人员把所有的门都打开，继续若无其事地讲他的课。一会儿，洪教授的手机响了一声，洪教授说这是有关地震的讯息。由于洪教授是台湾地区防灾避险方面的专家，每当发生地震、洪灾、台风等自然灾害时，有关部门总是在第一时间把相关信息发给他。不出所料，他收到的短信是：4月30日下午16：37分，台湾宜兰县发生芮氏（在大陆称里氏）5.7级地震，震源离地表76公里，在全台都有震感，其中台北市震感3级，伤亡事故零报告。

在安徽，曾经不止一次发生地震，我也听说过几次地震，如上次的合肥地震。据说汶川地震发生时，安徽省的很多地方都有震感，但我从没有经历过地震，更不知道地震发生时有什么感觉。没有想到，在海峡对岸的他乡，让我经历了人生的第一次地震。

下课了，大家都不约而同地打开电视机、登录网络，查询地震的相关信息。我们得知，这次地震原来是昨天夜里发生在台东县6.2级地震的余震，由于震源比较深，感觉不那么强烈，同时我们还得知这是2011年台湾地区发生的第三次大地震，在此之前台湾地区还发生了6.2级和5.8级地震。吃饭了，大家都在议论地震的事，有的人担心，有的人好奇，有的人不安。当我们向工作人员问到地震都发生了，为什么老师还在那平静地上课，工作人员告诉我们说，在我国的台湾，地震是一件极其平常的事，尤其是4、5月份，是台湾地震的高发期，平时遇到地震没有什么大惊小怪的。我们上课的会议室所在的楼宇都装有特别的警报设施，已经经过抗震设计的楼宇只有当地震达到一定震级时才会报警。既然我们在上课时并没有报警，说明地震的震级较低，没有必要逃避，当然，如果报警了，逃避也已经来不及了。

地震过后，我们不少人或多或少地都有点后怕。不过，在防灾抗灾方面，台湾还真有很多地方值得我们学习呢！

关于在阿里山小火车翻车的经历，我在博客中也有记录。

虚惊一场的阿里山之行

今天我们游览的目的地是我国台湾最著名的风景区——阿里山。可以说，对大陆的成年人来说，没有人不知道阿里山的。一首《阿里山的姑娘》一度成为大陆地区最流行的歌曲之一，"高山青，涧水蓝，阿里山的姑娘美如水啊，阿里山的少年壮如山啊……"，优美抒情的曲调和朗朗上口的歌词，让很多大陆人都对阿里山充满了向往。根据铭传大学发给我们的行程安排单显示，那一天我们上、下午都是游览阿里山，中午在阿里山宾馆吃饭。我们8点钟从所住的宾馆出发，导游在路上就与我们商议，考虑到山上游览的人太多，我们能不能吃过午饭错过人流高峰再上山，我们先到阿里山邹族（高山族的一个分支）山寨去接受邹族人的祈福，并在11点观看演出，在山寨里吃中饭。大家都不作声，就等于大家默认了导游的安排。经过1个多小时的车程，我们就来到了阿里山的半山腰邹族山寨。我们先是接受邹族人的祈福，每个人都被佩带上一块避邪的陶片，然后被两位阿里山姑娘带到所谓的陈列馆，在那里我们看到了这么一个小小的山寨可不简单，中央台办原主任陈云林就来过这里，那里还挂有陈云林与阿里山姑娘的合影。

我们很快就被带到一个茶厂去品阿里山茶，导游的意图在这时再也隐藏不了了。既然大家都来了，只好跟着阿里山姑娘参观茶厂，与阿里山姑娘合影，采购阿里山高山茶。说来也有意思，大家不仅没有人抱怨，而且感到挺有乐趣的。十一点整，演出正式开始，演出虽然只有40分钟，载歌载舞也倒是热闹，一些年轻、活泼的校长加入其中跳起舞来。演出的最后一个节目是猎户族组合，把大家的兴致调到了最高点。这个组合曾是2008年中央电视台"星光大道"节目的周冠军、月冠军、季冠军，可惜的是他们没有唱到最后即被淘汰了，只获得了总决赛的季军，他们演唱了在星光大道总决赛上还未来得及唱的歌曲，把整个演出推向高潮。不知不觉中已经到了中午吃饭的时间了，我们吃过饭已经十二点半了，游览车载着我们去往阿里山观光小火车站。

车一停稳，导游就急着去购观光火车票，我们陆陆续续走下游览车。这时，我们突然听到天空中隆隆的轰鸣声，寻着声音望去，一架绿色涂有红十字的直升机向我们飞来，我们无意中向上面招手，发现上面的人也在向下招手，我们看见直升机越降越低，稳稳地停在我们旁边的停车场中间。我们带着好奇走近一看，原来这是一架医疗救护直升机，一些人正抬着担架，把似乎是受伤的人抬上直升机，我们这些人哪见过这样的阵势，都纷纷举起相机拍摄。这时，我们又看见在我们上山的方向，一辆又一辆响着警报声的救护车急速往山上赶，导游一边在招呼我们靠边让路，一边在阻止我们拍摄。我们很快就接到通知，观光小火车翻车了，我们已经不能上山了。我们只好改走步行道，这时我们发现从我们身边驶过的车辆越来越多，各种笛声越来越响，警车来了，消防车也来了，连车站上用的检修车辆也来了。

我们带着几分后怕沿着观光步道来到姐潭、妹潭，又来到曾经遭到日本人疯狂砍伐的原始森林，一个又一个粗达好几米的桧树树桩，仿佛不断地在向游人们述说着当年日本人犯下的滔天罪行。我们又经过了本应该在那里就餐的阿里山宾馆，那里停满了各家电视台的采访车。这时，我们都发自内心地向导游发出感谢的目光——多亏了导游的行程调整。很快，我们有的校长就接到家里打来的问询电话，我们也很快从大陆打来的电话中得知，据中央电视台国际频道报道，阿里山游览小火车为了避让倒下的大树造成翻车，造成5人死亡、23人受重伤、38人受轻伤。

不知不觉中已经下午3点多了，我们又转回到游览车停车的地方，也就是上山时直升机停下的地方。我们看到，救护车还在那一辆又一辆呼啸着上山，直升机还在那一架又一架飞来飞去。与刚上去不同的是，这里停了很多的消防车、宪兵车，路上站满了穿着橘红色制服的消防队队员和穿着黑色制服的宪兵，停直升机的临时机坪上躺着十几个伤者等待着救护，一些救护人员手举着吊水瓶在那照顾伤员，一些伤者的颈部被套上了救护套。

在我国台湾21天的参访与学习，不仅让菁英班的校长们有了很大的感触，收获多多，而且让校长们对台湾的学校管理和教育生态有了一定的了解。

中国台湾的中小学不设所谓的副校长，也没有所谓的校办室，学校除了校长以外，只有校长秘书、教务主任和训导主任等几位中层干部。学校倒是配备了不少书记（文员），他们都归校长秘书调配。台湾的中小学校园里没有食堂，也没有所谓的行政管理人员或工勤人员。台湾的中小学生中午基本上都在学校就餐，他们的餐饮需求主要由社会来承担。到了中午，负责餐饮服务的公司会有一辆餐车开进校园，每位同学一份便当，吃完以后将餐饮垃圾交餐饮公司工作人员带走，这样就保证了校园内没有油烟污染，也没有餐饮垃圾。特别令人吃惊的是，学校里所有的保洁、基础管理工作都是由家长义工来承担的。当地明确规定，每个学段的家长每学年必须承担一周以上的志工服务，也就是志愿者服务，如果不能完成规定时间的志工工作，学生将不能毕业。如台湾的中小学图书馆管理人员，除了一位负责人是学校的老师，其余的全是家长，他们都佩戴着专门的标牌，非常熟练地忙碌在自己的工作岗位上，不知情的人无论如何也不会想到，他们会是学生家长。

台湾的中小学教师的管理与大陆有着本质的区别。在台湾，中小学教师的社会地位在岛内是非常高的，教师已经成为台湾地区最受尊敬的职业之一。由于台湾地区的教育水平和工资结构的特殊要求，台湾地区的中小学教师的学历水平都比较高。一般来说，99%的小学教师都拥有本科以上学历，其中从研究所毕业的教师占教师总数的四分之一左右。在高级中学里，拥有硕士研究生学历的教师占60%左右，还有相当数量的拥有博士研究生学历的教师，甚至还有为数不少的海外留学生加盟了教师队伍。学校校长的学历层次更高，菁英班所接触到的几所学校的校长中，他们绝大多数都拥有博士学位。

台湾地区的中小学教师没有职称，中小学教师的薪水不是根据职称来确定的，而是由学历及工龄共同决定的。中小学教师的薪水有本俸和学术研究费两部分组成，本俸分为25级，中小学教师只要考绩不为丙等，都可以每年正常升一级，也即中小学教师连续工作25年以后，无论是在职，还是退休，他的薪水将不再增加。学术研究费分为3级，本科生、硕士研究生、博士研究生的本俸起点是不同的，分别为每月40000元、46000元、54000元新台币。除此之外，校长、中层人员及导师的"佳绩"分别为每月11000元、7000元、2000元新台币。在我国的台湾，无论是中小学教师，还是公务员，月薪都是根据学历来确定的，也就是说公务员与中小学教师相比，在工作的一开始就没有什么优势，因为公务员不存在所谓的学术研究费。特别是中小学教师每年可以领到14个半月的薪水，还有假休。而且随着工龄的增加，中小学教师的工资也在不断增加，如果公务员在工作7年后的第一次升级中不能从书记升为科级，工资将不能增加。因此，在我国的台湾，中小学教师的薪水比绝大多数的公务员的薪水都要高，尤其是不能在一定的年限内正常升职的公务员的薪水与中小学教师相比悬殊更大。台湾的中小学教师，工作25年或年龄达到50岁就可以选择退休，退休时只能拿到在职时薪水的75%，退休时年龄越大，退休后所能领导薪水的比例越高，但中小学教师的工龄与年龄之和达到85时必须退休，退休薪水的最高比例为在职薪水的95%。

台湾的中小学教师每年核编一次，有关人事部门根据学校的学生人数核定班级，确定导师人数和教师人数。多余的教师要解聘，教师不足要甄选。在台湾，中文教师的工作量是每周14课时，英语、数学每周16课时，化学、物理、地理、历史每周18课时，音乐、体育每周20课时，如果教师的课时超出工作量，超出的部分高中每节课给予400元新台币、初中360元新台币的课时费（钟点费）。在台湾，越是落后的地区，中小学教师的工资越高。教师的岗位管理主要是一年一次的评鉴，根据评鉴结果不同，校长可以解聘、停聘、复聘和不续聘教师。评鉴不合格或犯错，校长可以解聘教师，如果教师遭到投诉，校长往往先对教师进行停聘，教师停聘期间只拿一半的薪水，如果经督学调查投诉不成立，校长可以复聘该教师，所扣的薪水补发；如果投诉属实，校长需要解聘该教师，解聘后所扣的薪水不再补发。如果新的学年学生数减少，核定的教师编制减少，一部分教师就不能续聘，没有被聘任的教师还可以到其他学校去申请应聘。如果学校的教师不足，有关部门会组成教师甄选委员会，负责甄选教师，被甄选上的教师可收到校长发送的聘书。但台湾地区的中小学退休教师在出门乘计程车时，一般都不愿意让司机知道自己是退休教师，如果司机知道乘车人是退休教师，他们往往会让退休教师下车，因为他们非常反感教师退休后不工作，还拿那么高的薪水。我们还了解到，台湾地区的教师很少是被解聘的，当地人戏称"每年被解聘的教师比去世的人还少"。

在台湾学习的21天的时间里，我除了跟随大家参访了10所高中外，还写出了25篇高质量的博文，有游记，有参访记录，还有观后感。大家通过阅读这些博文，可以全面地了解台湾地区的风土民情，特别是台湾地区的一些高中的办学风格及条件。目前，这些博文已经成为安徽教育中心向赴台开展教育交流考察项目的教育干部推荐的必读篇目。

与中国台湾校长面对面

上午九点，安徽菁英高中校长研习班在中国台湾铭传大学国际会议中心顺利开班，简短的开班仪式后，参加研习班的24位校长和应邀与会的台湾4所菁英学校校长进行了面对面的交流。4位菁英校长分别是：台湾政治大学附中吴榕峰、台北一女中校长张碧娟、桃园县大岑国中校长赖锈慧和桃园寿山高中校长陈胜利。通过与台湾4位校长3个多小时的面对面的互动，不仅让我们对我国台湾的基础教育有了一定的了解，而且让我们初步了解了台湾的中学校长。

台湾实行的也是九年制义务教育。到2014年，台湾地区将全面普及高中阶段教育，实行12年制义务教育，也就是说那个时候的台湾中学生升入高中以后，除了收取部分学杂费以外，将不再缴纳学费。台湾的公办初中一律称"国中"，凡是冠以"国中"校名的学校都是初中，七年级称为"国中一年级"，八年级称为"国中二年级"，九年级称为"国中三年级"，相当于我们的初一、初二和初三。当然，也有"国小"的存在。

台湾学校的规模一般都比较小，不仅班额小，"国中"每班人数限定为30到35人，高中每班人数限定为40至50人，而且学校的在校人数也比较少，绝大多数学校只有1000至2000人，也有一些规模相对较大的学校，如，台湾地区的最优质的学校之一——北一女中共有78个班，在校人数为3200余人。同时，台湾的校园面积也比较小，一般都只有2至3公顷。当他们听说安徽还有占地500亩、在校人数超过10000人的高级中学时，他们既感到不可思议，又非常钦佩大陆高中校长卓越的领导力。

在我国的台湾，校长并不是行政机构任命的，而是采取遴选制任命的。每位校长任期4年，任期最多不超过2任。台湾地区的教育主管部门组成15人专家委员会（包括教育官员、民意代表、教师代表及学生家长代表），专门负责遴选工作。有意担任校长的人士，必须先通过笔试进入第二轮面试，还要被安排到有关学校实地察看，发表个人主张，专家委员会在听取了面试人的答题和主张以后，分别为所有参加面试的人投票，只有得票超过半数以上的人才能胜出。什么资历的人都可以报考校长职位，但必须事先取得校长资格认证。台湾的校长非常辛苦，他们的薪水也不比教师高，由于不能带课，他们从教师到校长的角色变化，就意味着薪水的减少。不仅如此，台湾的校长权力很小，每个月可以有8000元新台币的公务费，但只够将就一次接待的费用。相对来说，大陆校长的自由度还是较大的，来人招待还是有权安排的。

台湾地区的教师也采用遴选制。欲从事教师职业的人，必须先取得教师资格认证，然后便取得了教师的遴选资格。台湾的教师没有职称，如，只要是博士生，无论是在小学任教，还是在高中任教，工薪都是一样的。只是本科生、硕士生与博士生的起点工薪有所区别，但无论起点工薪是多少，月薪的最高限额只能为80000元新台币。不过，校长每个月可以有11000元新台币的职务津贴。与内地相比，台湾地区教师的薪水基本上与京、沪、惠地区的教师工资属同一个水平。

台湾地区的学校是十分重视学校德育的。他们称之为"品格教育"的德育，不仅有专门的部门执行，而且各级各类学校各具特色，尤其是他们的德育非常实用。如，台湾政治大学附中的品格教育思路就是要求学生把人做好、把身练好、把书读好，这与我们所倡导的学生教育目标是完全一致的。

宝岛人的环保理念

到达台湾已经十多天了，我们感触很多，不仅让我们感受到了台湾地区高度发达的物质文明，而且让我们感受到了深入台湾同胞骨子里的环保意识与观念。我们无论徒步行走在台湾的大街上，还是漫步在太平洋的海滩上，都看不到一片纸屑，也看不见一块果皮，更看不到各类餐饮垃圾。在台湾地区，只要有"不能""不可以""不允许"，那是真的不能、不可以或不允许，没有哪个人有试试看的想法。因为他们都从骨子里认识到，只有一个台湾，也只有36000平方公里的陆地面积，大家都要爱护好自己赖以生存的空间。现仅举出我们在参访中的一些发现，以凸显台湾人的环保理念。

在我国的台湾，不允许在公共场合抽烟。在公共场合抽烟，可以处以10000元新台币的罚款。所谓公共场合，就是指3个人聚集的空间。我们一行的校长中，有的烟瘾很大，但他们不仅不敢在游览车里抽烟，而且不敢在下车后的任何场所抽烟。导游告诉他们，如果我们有些校长确实需要过一下烟瘾的话，可以2个人在一起找个没有人的地方去抽，但无论如何不能3个人聚集在一起抽，否则就会受到严厉的处罚。

在我国的台湾，汽车停下来的时间超过3分钟以上的，必须熄火，否则就要处以重罚。我们在嘉义的孔庙参访，要求大家在给定的时间内都要上车，结果有几个人掉了队，坐在车上的我们强烈要求司机开空调，结果被司机拒绝了，他说："我不能因为开空调而受到处罚。"由此可见，当地的低碳生活，不仅有制度保障，而且更关键的是深入人心。

在我国的台湾，真的是"吃不了，兜着走"。无论是在大排档里吃饭，还是在大饭店里就餐，是不允许有剩菜剩饭的。如果有剩余的饭菜，必须在离开饭店时带走。而且在台湾的餐馆，总是按人定菜，一些菜肴及点心都是一人一份。为此，我们的团长还专门开会，要求我们一定要注意节约。我记得我们在台北的时候，到包子店里吃包子，大家吃完后桌面上只剩下了一个包子，这在大陆是非常正常的情况，可是在这里，我们都已经离开了，服务人员还是把打包好的包子送给了我们。从那以后，我们的团餐就开始尽量少点多吃了。

在我国台湾，无论是街道上的路灯，还是我们所住的宾馆或家庭照明，找不到一盏白炽灯，都是节能灯。有一天，我的室友晚上洗袜子，为了第二天能穿，他把湿袜子放在台灯的灯罩上烘烤。结果，他第二天早上一摸，一点也摸不到热，而且袜子仍然是湿的，可见台灯的功率有多么小。台湾的民用电压之所以都是110伏，估计也是从节能的角度考虑的。

在我国台湾，我们在商店购物，无论购买什么物品，都有十分精美的包装，而且是免费的，无论是在已经实现"户户通"的中国台湾农村，还是在台北、高雄等这样繁华的大都市，我们看不到一片包装纸或塑料皮。这要归结于他们的垃圾回收工作做得十分科学、有效。据介绍，总有一些志工（志愿者或义工）会自发地从事垃圾的分类回收工作，他们回收垃圾并不是为了卖钱，也不是去让不法商贩重复使用，而是回收后进行再加工利用。如，在我们的游览车上，就有一个专门回收纯净水瓶子的纸盒，据导游说，她们回去后，要根据领出来的纯净水数量，如数把纯净水的瓶子上交给公司，有关部门会对这些瓶子进行处理抽丝，制成运动员穿的排汗衣。

从上可见，环境保护、低碳生活，不仅仅是制度层面的要求，而且应该化为深入人心的行动。地球只有一个，人类生活是无限的，而可利用的资源却是非常有限的。

在我国台湾参访的20余天时间里，购物似乎成了大家的规定动作。去过台湾地区的游客都说，那儿是一个巨大的购物天堂，说的一点都不过分。但在这里，我没有在购买土特产上有更多的花费，甚至连给家人带一件像样的纪念品都没舍得，而是花费30000多元新台币，想千方设百计，甚至委托铭传大学的工作人员，买到了泰宇版、翰林版高中化学教科书和康轩文教版自然与生活科技教科书。为了能够将这些教科书托运回来，我花去的托运费就高达3100元新台币。最让我感到尴尬的事情就是在中国台湾桃园国际机场办理这些教科书的托运事宜。

回到大陆以后，在台湾使用的新台币只能留作纪念，所以，到台湾的游客在到机场之前基本上会把自己身上的新台币花个分文不剩，最多也就留一点用作托运行李之用，我和其他校长也是如此。我们一行到达机场经过安检以后，进入办理登机牌环节，我自愿留下来帮助大家看管行李，让大家先行办理手续。当大家陆续进入了候机厅后，我最后一个拖着笨重的行李排了很长时间的队才到达服务窗口。我把行李往传输带上一放，结果显示屏上显示的托运费为3100元新台币，这下我可为难了，当时我仅留下了1000元新台币。我排了很长的时间好不容易才到了窗口，而且如果重新兑换新台币不得不拖着装有那么多书、非常沉的行李去往很远处的另外一个窗口。这时候的我既感到无助，又有所担心———旦误机怎么办？即使在这个非常艰难的时刻，我也没有为带这么多书而后悔，而是冷静地一件一件地办理好相关手续并顺利地在登机前进入候机厅，与大家会合。

带回这些教科书，只是我开展课题研究大胆设想的第一步。这么多年来，我感觉到自己虽然在课程研究、教学研究等领域取得了一定的成果，在国内课程与教学研究方面也有了一定的影响，但要想有新的课程研究成果非常难。这不仅有研究瓶颈受限的问题，而且有研究能力、研究水平和研究手段的差距问题。有了这些教科书，我的研究视野大开，新的研究领域自然生成。我决定先从大陆与台湾高中化学课程的比较研究开始着手，积累出经验之后，再进一步开展大陆与台湾的基础教育化学课程的比较研究。于是我立即启动了课题申报的准备工作。

从台湾回来的时候，已经是5月上旬了。每年的3月至5月，是安徽省省级规划课题的申报季，进入5月份，课题申报已经结束，基本上已经是课题评审阶段了。为此，我专门去省教育厅拜访了安徽省教育科研规划办公室的同志，提出了补报课题的申请，好在当年的课题评审还未开始。经过特批，我不仅以"大陆与台湾高中化学课程的比较研究"为课题获得补报，而且此课题顺利通过评审被列入当年的省级规划课题，以我为课题组组长的课题研究小组开始了为期2年的课题研究工作。

关于此课题的研究意义，我在课题申请报告中进行了详细的分析：

随着两岸文化教育交流的不断深入和两岸高校相互招收高中毕业生的规模进一步扩大，两岸高中阶段教育课程（尤其是理科课程）之间的区别与关联引发了基础教育界的普遍关注。本课题研究的目的与意义主要体现在以下4个方面：

（1）大陆与台湾同期进入高中课程实验，大陆地区普通高中化学课程标准与台湾地区高中化学新课程纲要在高中化学学科教学的目标任务、课程内容安排等方面都有一定的区别与联系。通过比较研究，对进一步深化两岸中学化学教学交流和加强两岸课程建设有着非常重要的意义。

（2）海峡两岸高中化学课程中的许多基本概念表述及化学用语的表达方式存在较为明显的区别。通过对两岸教科书中化学基本概念表述与化学用语的表达进行对比研究，可以为两岸高中化学的学科教学交流与课程教材建设提供重要参考。

（3）大陆与台湾采取的都是"一纲多本"，台湾地区教科书无论是在教科书内容安排、体例编写方面，还是在教科书印制和印刷方面，都有值得借鉴的特点。通过比较研究，有利于两岸的高中化学的教材建设。

（4）海峡两岸的文化背景和科学、技术、经济、出版等方面发展存在的明显差异，决定了两岸的高中化学课程资源开发与利用的程度与条件有所不同，通过比较研究，有利于两岸共同开发、共享高中化学课程资源，丰富高中化学课程体系。

关于高中化学课程研究的现状和课题研究可能取得的突破，我在课题申请书中是这样写的：

2003年前后，大陆学界开始了关于高中化学课程的研究。在高中化学新课程实验之前，主要进行的是大陆高中化学课程与欧洲发达地区高中化学课程之间的比较研究，在研究过程中结合我国的国情和我国的课程实施状况，研制了我国的高中化学课程标准，开发了多套高中化学课程标准教科书。但是关于海峡两岸的高中化学课程建设，尤其是两岸高中化学课程的比较研究，一直是一个空白。此课题的研究，不仅可以填补当前关于高中化学课程研究的空白，而且非常有利于两岸的高中化学课程建设，尤其有利于两岸高中化学教学的交流、共享。本课题研究预计在以下3个方面将有重大突破：

（1）对海峡两岸高中化学基本概念表述和化学用语的表达规范区别研究，从根本上解决两岸的化学教学在学术交流上存在的障碍；

（2）对海峡两岸的高中化学课程标准与课程纲要的区别与联系进行研究，必将对两岸的高中化学的课程目标确定、化学课程实施、课程评价、课程资源开发与利用等方面理论研究及实践探索产生极其深远的影响；

（3）对海峡两岸的高中化学教科书的对比研究，必将对两岸高中化学教材建设产生非常积极的促进作用。

尤其是此课题的研究，必将在化学教学研究方面开辟一个全新的研究领域，对加强两岸政治、文化、教育的交流与合作必将产生深远的影响，具有划时代的意义。

我在"大陆与台湾地区高中化学课程比较研究"的课题申请书中，不仅明确了课题研究的方向，也为课题研究规划了5个方面的具体研究内容：

（1）大陆地区普通高级中学化学课程标准与台湾地区普通高级中学化学新课程纲要的比较研究；

（2）大陆地区与台湾地区高级中学化学基本概念表述及高中化学用语规范表达的比较研究；

（3）大陆地区基于高中化学课程标准与台湾地区基于新的课程纲要的高中化学教科书的比较研究；

（4）大陆地区与台湾地区高中化学课程教学内容的比较研究；

（5）大陆与台湾地区的高中化学课程资源开发与利用现状的比较研究，以及实现交流共享的方式研究。

在课题组同仁的共同努力下，经过对人教版高中化学教科书与台湾泰宇版高中化学教科书、大陆地区高中化学课程标准与台湾地区高中化学课程纲要进行比较研究，尤其是对化学用语、符号表达方式、具体的教学内容进行了重点研究，我们取得了一系列的研究成果。我们累计在《化学教育》上发表了《我国海峡两岸中学化学基本概念与化学用语的区别简介》《我国大陆普通高中化学课程标准与我国台湾课程纲要比较研究》《我国台湾地区泰宇版普通高级中学化学教科书简介》《我国大陆与我国台湾地区高中化学课程中元素化合物部分内容比较研究》《浅谈我国台湾地区高中化学课程中的STSE教育》《中国大陆与中国台湾普通高中有机化学课程内容比较研究》《我国台湾地区普通高中化学实验课程设置及内容安排》等9篇高质量的研究论文，而且还应邀在安徽省基础化学教学年会和第十届化学课程论与教学论年会上交流研究成果。

"他山之石，可以攻玉"。我非常重视与兄弟学校分享管理成果和管理经验，每次外出学习或参观考察，我都会有很多的收获与感想，这些收获有效地更新了我的教育教学与管理。我把这些收获与感想内化为自己的教育教学与管理行动，运用到了自己的管理实践之中。

我的台湾之行，真可谓：宝岛探宝，收获多多。

选择留守：厚植家乡教育一片绿野

我选择留守家乡，收获的不仅仅是家乡人民的厚爱、家长的称赞、社会的认可，还取得了一系列很多人看来终身都难取得的荣誉，包括成为安徽省首批正高级教师。

我用30多年的时间，在教学一线默默坚守，在家乡教育的土地上辛勤耕耘，获得了一份令很多人羡慕的成绩单，向家乡的教育事业交上了一份令人满意的试卷：

1994年12月，被安徽省高级职称评审委员会破格晋升为中学高级教师；

1995年9月，被安徽省教育委员会授予"安徽省优秀教师"称号；

1995年起，担任安徽省高级职称评审委员会委员，直到其撤销；

1997年7月，被安徽省教育委员会授予"安徽省中小学教坛新星"称号；

1998年10月，被中华人民共和国国务院批准享受政府特殊津贴；

1999年4月，被安徽省人民政府授予"安徽省特级教师"称号；

2000年4月，被安徽师范大学聘为兼职教授；

2001年7月，被中共六安市委授予"优秀共产党员"称号；

2002年12月，被安徽省教育厅聘请担任安徽省中小学教材审定委员会化学学科组长；

2003年1月起，多次被聘为安徽省特级教师评审委员会专家；

2003年起，多次参加安徽省中考及高中毕业会考命题工作；

2003年10月，被安徽师范大学聘为化学教学研究所研究员；

2004年6月，应山东教育出版社的邀请参加课标教材策划及编写工作；

2006年8月起，连续5年任六安市中学高级教师专业技术资格评审委员会主任委员；

2006年12月，被授予化学教学论教育硕士学位；

2007年12月，被全国教育硕士专业学位教育指导委员会授予"首届全国教育硕士优秀学员"；

2008年10月，被六安市教育局评为六安市首批"学科带头人"（2011、2014、2017年连任）；

2009年9月，主持的科研课题入选第七届安徽省教育科学研究优秀成果三等奖；

2009年12月，被安徽省关心下一代委员会授予"安徽省家教名师"称号；

2010年4月，被中国化学会化学教育委员会评为"全国高中化学新课程实施先进个人"；

2010年6月，被六安市公民无偿献血领导组授予"无偿献血先进工作者"称号；

2010年7月，被教育部中国教师发展基金会评为"教育科研先进工作者"；

2011年10月，被安徽省文明办授予"'我最感动的江淮志愿服务'优秀典型"称号；

2012年4月，被六安人民政府授予"六安市先进工作者"称号；

2012年4月，被安徽省人民政府授予"安徽省先进工作者"称号；

2012年7月，科研成果入选第八届安徽省优秀教育科学研究成果一等奖；

2012年12月，撰写的文章被评为安徽省中小学优秀德育实践案例特等奖；

2013年6月，被安徽省人民政府教育督导委员会聘为第三届安徽省督学；

2013年9月，被安徽省教育厅授予"江淮好校长"称号；

2014年5月，被六安市文明办授予"'敬业奉献'类'六安好人'"称号；

2014年8月，被中国化学会授予首届"化学基础教育奖"（全国仅10人获奖）；

2014年10月，当选为第29届中国化学会化学教育委员会委员（全国仅2位中学教师入选）；

2015年4月，受聘担任中国教育学会化学教学专业委员会第七届理事会理事；

2015年10月，被中国教育学会化学教学专业委员会评为"先进工作者"；

2015年11月，在"一师一优课、一课一名师、课课有精品"活动中获得省级"优课"荣誉，2016、2017年连续获此荣誉；

2016年6月，被安徽省教育厅聘为安徽省名校长工作室首席负责人；

2016年9月，被六安市教育局授予"皖西名师"称号；

2016年10月，当选为安徽省第十次党代会代表；

2018年5月，当选为第30届中国化学会化学教育委员会委员。

我先后登上北京大学、北京师范大学、华中师范大学、安徽师范大学、延边大学、宁夏大学、青海师范大学、淮北师范大学、淮南师范学院、合肥师范学院等高校的讲台，进行化学学科课程或教学的学术报告。多次应邀到国家教育行政学院校长班开展"浅谈中小学德育的文化引领"和"浅谈中小学校长的德育领导力"讲座，连续多年作为安徽省高考试卷分析与评价会议的主讲教师，多次担任安徽省高考考试说明解读教师，连续多年担任六安市高中教师继续教育教师，多次作为国家骨干教师培训班主讲教师。

我的科研成果也令很多同行咋舌，主要业绩为：

（1）累计在省级以上刊物上发表教育、教学论文600余篇，其中在《化学教育》《化学教学》《中学化学教学参考》《中学化学》等国家级期刊上发表近50篇文章，有多篇论文被中国人民大学复印报刊资料库全文转载。

（2）有近百篇论文在教育主管部门、省级以上专业学会举行的论文评选中获奖，其中有多篇论文获得中国化学会、中国教育学会化学教学专业委员会一等奖和省级教育主管部门论文评选一等奖。

（3）参加有关部门组织的教学大赛或实验创新大赛，并多次获奖。其中，连续三年的"一师一优课、一课一名师、课课有精品"晒课均获得省级优课。率学校教师参加实验创新大赛获得多个安徽省一、二、三等奖，代表安徽省参加全国实验创新大赛，获全国一等奖、二等奖各一个。

（4）分别出版《试题调研》《做一位合格的中学生》等教育专著或学科教辅近20部。

（5）先后承担7项省级规划立项课题的负责工作，有3项省级课题的研究成果分获安徽省教育科学研究优秀成果一、二、三等奖。

（6）累计在霍邱教育博客网上发表教育博客800多篇共计约150万字。

我所取得的每一项荣誉或每一个成果，都充满了艰辛和坎坷，也都饱含我对学校管理、教育教学和教育科研工作的执着追求与对基础教育的长期坚守。这些成绩与荣誉，既是对我长期战斗在基础教育一线的褒奖，又是对我多年来工作成绩的充分肯定。有人说，我当教师已经做到了极致，该有的荣誉都有了，特别是这么多的荣誉与称号集中在一个人身上，非常罕见。但我从来没有放松过对自己的严格要求，在追求专业发展和事业进步的道路上从来没有停下来歇歇脚，而且总是充满激情地工作在教育教学与教研的一线。

2002年4月，我因为率领霍邱二中老师创建省级示范高中取得了成功，在霍邱县教委主任贾本昌的极力举荐下，我被县总工会推选为安徽省先进工作者候选人。由于在评选文件中明确规定"单位负责人不得申报"，我错过了当选"劳模"的机会。在我的坚持下，教育系统的这个劳模指标仍然留在了霍邱二中。2012年，五年一届的省级"劳模"评选又拉开了帷幕，终于在省级下达给霍邱的"劳模"指标类别中又有了科教人员，但在最开始的推选人当中，并没有我的名字，当县总工会将拟推选的"劳模"人选上报给县委主要领导审核时，县委主要领导在得知霍邱的科教人员指标已经给了一家企业的技术人员时，当即发出了"杨明生怎么没有当选"的疑问，很快总工会对拟推荐的"劳模"人员进行了重新调整，虽然此时此刻的我仍然是校长，在文件中也明文规定，单位负责人不能当选，但文件的补充说明中有"享受省政府以上津贴的单位负责人不受此款限制"的规定。十年之后，我终于当上了"安徽省先进工作者"，弥补了十年前与"劳模"擦肩而过的遗憾。也是在当年，我又被评为"六安市先进工作者"。

1996年4月，国务院学位委员会通过决议设置教育硕士专业学位，并于1997年开始招生试点工作。教育硕士专业学位在我国的设置，为中小学教师获取研究生学位开辟了渠道。开设教育硕士专业学位，教师可以系统地学习新知识，掌握学科的前沿知识，得到教育研究的培养。多次经历考研，却一直没有能如愿的我非常关注这件事，但由于我当时刚刚调入霍邱二中担任副校长，后又接任校长职务，紧接着是一次又一次的示范高中创建，我一直没有机会去准备，即使考取了，按当时的情况也无法进行为期一年的脱产学习。2002年3月，霍邱二中完成了省级示范高中的创建工作，为了进一步优化教师队伍，加快教师队伍成长步伐，教师的高学历建设终于提到了学校的管理议程上。我在霍邱二中提出教师培养"四个三"工程，即用三年的时间，学校花费三十万元，培养三十位教育硕士，让高学历教师占青年教师的三分之一。但这项关乎学校高位发展的战略性工程并没有得到多少青年教师的响应，大家最大的担心是怕考试通不过。于是，当时已经40岁的我决定先行一试，用我的实际行动向广大教师表明学校想培养高学历青年教师的决心，同时向还在犹豫中的青年教师做出示范——教育硕士考试并不难。经过一段时间的准备，2002年10月我走进了设在合肥工业大学的全国教育硕士统一招生考试现场，虽然我在教育学、心理学和专业考试中都提前1小时交卷，但最后一场英语考试，我用了整整3个小时最后一个交卷。2003年4月，结果揭晓了，我以英语42分的成绩，刚刚通过英语学科40分的录取线，被安徽师范大学录取为教育硕士。2003年9月，我在安排好学校的开学工作以后，带着几分自信，也带着几分羞涩，重新回到了阔别19年的母校攻读教育硕士学位，"有幸"成为当时安徽师范大学已经录取的攻读教育硕士学员中年龄最大的一位学生。2006年12月，我完成了从脱产学习到论文答辩的全过程，终于拿到了梦寐以求的教育硕士学位证书。2007年12月，全国教育硕士招生十周年纪念大会在北京西郊宾馆隆重召开，在这次大会上，我被国务院学位办授予"全国教育硕士优秀学员"称号。

2013年8月，中国教育教学会化学教学专业委员会办的第十届课程与教学论大会在华中师范大学召开，我率"杨明生名师工作室"的成员出席了会议。在这次会议上，我了解到中国化学会将在2014年中国化学会建会100周年之际，表彰一批在我国基础化学教育界做出突出贡献的中学一线化学教师。得知了这样一个信息之后，我非常重视，也非常期待，提前做了积极的准备。2013年年底，中国化学会发布文件，拟在全国范围内表彰10位对中国基础化学做出突出贡献的中学化学教师，授予他们"化学基础教育奖"，并在北京大学召开的中国化学会第29届学术年会上进行表彰。

《中国化学会"化学基础教育奖"奖励条例（试行）》明确规定，凡在化学基础教育教学一线连续任教20年以上的中学化学教师，具备以下条件者，均可申请中学化学基础教育奖：①对化学人才的培养起到启蒙、引路的作用，培养出优秀的化学教育、科技与管理人才；②在化学教育教学期刊上发表相关的论文或出版专著，在国内外化学基础教育学术交流中，具有一定的声望及影响力；③主持或作为核心成员参加过省部级及以上政府部门或全国学术团体的重大化学教育教学研究课题，取得显著成果；④获得过省部级及以上政府部门或全国学术团体优秀教育教学成果奖及荣誉称号；⑤积极进行社会服务，对区域经验发展或化学教育教学做出较大贡献，在化学基础教育教学团队建设中，居于中心或骨干地位。完全符合评审条件的我，十分看重这个含金量非常高的奖项，并做好了志在必得的心理准备。

就在准备上报材料的时候，我发现申报资格出了问题。根据文件规定，申报"化学基础教育奖"的人员可以通过两个渠道上报材料：一是由省级化学会推荐，二是由两名中国化学会化学教育委员会委员联名推荐，且都只限推荐一名候选人。在我试图通过安徽省化学会推选时，有关同志告诉我，安徽省化学会已经推选了合肥一中的一位化学教师。摆在我面前的就只有一条推荐通道了，那就是由两名中国化学会教育委员会委员推荐。经过联系，我发现但凡是我认识的且有联系方式的委员都已经推选了候选人，他们已经失去了再推选的资格。这时，多亏了我在安徽师范大学读研时的导师、中国化学会第28届教育委员闫蒙钢教授，他不仅主动联系我，作为我的推荐人之一，而且他联系到了华南师范大学的钱扬义教授。在两位教授的举荐之下，经过专家的评审和评委的投票，我终于不负众望，在非常激烈的竞争中，以得票第二的名次顺利当选为中国化学会首次设立的"化学基础教育奖"。

2014年8月，中国化学会第29届学术年会在北京大学邱德拔体育馆隆重举行，来自全国各地的中国化学会会员、大中小学教师和科研院所的专家近万名代表出席会议。会议安排了隆重的表彰仪式，10位获奖人员陆续登上颁奖台。主持人的颁奖词是这样的："今天这些到会的院士、学者、教授们，当你们在化学领域里取得了如此巨大的成就的时候，你们有没有想到是谁把你们领上了化学研究这条道路？是他们，正是这些长期坚守在中学教学一线的教师们！"这句话一出，立即博得了与会者长达3分钟的掌声，也让我感动得热泪盈眶。

中国化学会把这项在中国基础化学教育界最有含金量的奖颁发给我后，我把它看得比享受国务院津贴还要重。这个奖项是对在中学化学教育界从教30年的我最大的褒奖，也是对我学术成就的最充分肯定，同时也更加坚定了我坚守家乡基础教育一线的决心。

我在多个场合讲过，在安徽省评正高级教师，我要第一批通过。2012年11月，安徽省正高级教师评审在亳州、淮南和马鞍山等三个市开展试点工作，当年有18位幸运者顺利成为安徽省首批正高级教师，这对早已达到评审条件的我来说，虽然看到了希望，但没有成为"第一"，这让我充满了遗憾，我也期待着试点以后的正式评审尽快开始，可这一等，让我等了整整4年。

2016年9月2日，人力资源和社会保障部、教育部联合印发《关于深化中小学教师职称制度改革的指导意见》，明确中小学教师职称制度改革在全国范围全面展开。2016年9月9日，人社部发布消息称，将在全国范围内全面开展中小学教师职称制度改革，在第31个教师节期间，国务院为广大中小学教师送上了一份"大礼包"，即"中小学教师也能当教授"。我盼望已久的时刻终于到来，早已做好充分准备的我经历了一个又一个关于校长与非校长、农村教师与城镇教师、50岁以上教师与50岁以下教师的结构比例淘汰，再经过市级说课比拼，终于杀出重围，在最后的评审中获得了资格评审通过，被正式聘为中学正高级教师，实现了我努力了十几年的"教授"

夙愿，成了名副其实的教授。

留守家乡，为了让家乡的孩子有与同龄人一样读书的机会，我选择了当一名慈善使者。从一名普通的"全美华人文化教育基金会"义工开始，到2015年霍邱县爱心公益助学协会成立，再到2017年我从事慈善工作十周年，我通过彩虹计划的资助形式和近十个资助项目，让霍邱县数千名学子获得国内外的资助。我在收获爱心的同时，也得到了社会的认可。2011年，我被安徽省文明办授予"'我最感动的江淮志愿服务'优秀典型"称号。

我所做的第一项慈善工作就是对霍邱二中学生魏同学的资助工作，因为他的一个远房亲戚是"全美华人文化教育基金会"义工，这位华侨通过家庭渠道得知母亲过早离世的魏同学在读高中时遇到困难，他主动联系我，表示他希望通过"全美华人文化教育基金会"的彩虹计划项目每年给予魏同学2400元的资助。由于"全美华人文化教育基金会"资助手续比较烦琐，家访调查表、回访调查表和助学证明等，都需要学校的支持与配合，魏同学的班主任周浩老师就把我的电话号码给了基金会，通过双方多次的联系与交流，"全美华人文化教育基金会"决定吸收我为"全美华人文化教育基金会"的安徽义工，负责安徽省的彩虹计划项目资助的管理工作。2009年9月，魏同学在"全美华人文化教育基金会"资助下顺利完成学业，考取了宁夏医学院。自此，也拉开了"全美华人文化教育基金会"在安徽省的贫困学子资助工作的序幕。由于安徽省地域辽阔，我的精力有限，所以安徽省的"全美华人文化教育基金会"彩虹计划项目的资助工作仅限于在霍邱开展。从魏同学开始，基于我的积极争取，特别是我的志愿服务工作不断得到"全美华人文化教育基金会"总部的充分信任，资助对象在逐年增加，最高峰时"全美华人文化教育基金会"在霍邱同期资助小学生、初中生及高中生多达33人。资助小学生每学期300元，资助初中生每学期400元，资助高中生每学期1200元，从资助对象的遴选，到家访调查，再到每学期开学初资助生的核查，助学善款的发放，到最后家庭回访表、资助证明的扫描上传，每年都要耗费我大量的时间与精力。对拥有3300平方公里国土面积的霍邱东南西北都分不清楚的我，通过"全美华人文化教育基金会"资助项目，几乎跑遍了霍邱的33个乡镇的每一所偏僻中小学，从关注彩虹计划资助对象，再到关注偏远学校的发展，乡村道路的建设，我的义举不断得到人们的赞扬与支持。这时，一些年轻的教师也开始加入这个爱心团队，除了助学善款的发放必须由安徽义工我亲自主持外，其他的事情都由一些年轻人来完成了。

每一次家访、每一次资助款的发放，我收获的不仅是来自太平洋彼岸滚热的爱心，而且还有很多很多的感动。我每次家访或发放资助款回来，都会通过博客文章来表达自己激动的心情。在我对大顾店初中毕业生解同学家访以后，含着热泪写下了让我自己，也让很多人感动的博文。

我每参加一次"全美华人文化教育基金会"义工活动，都会受到一次深深地感动，一次发自肺腑的心灵震撼。

昨天，我们一行四人（我、志愿者朱其强、霍邱教育局基教股股长巫涛、解同学的班主任丁明江老师）来到了"全美华人文化教育基金会"新增加的资助对象解同学的家，按照"全美华人文化教育基金会"要求进行调查。我们从姚李出发，沿着泥泞、崎岖的小路，忍受着不停地颠簸，向着我们的目的地进发。一路上，一座座小洋楼，让我心里一次又一次地产生疑问：这么富裕的新农村，哪有需要资助的孩子呢？车子停在路边，我们下了车，当地的村民说，那就是解同学的家！在傍晚的薄雾中，我们顺着村民手指的方向隐约地看到了水塘对面的三间土坯房。因为按照"全美华人文化教育基金会"的要求，必须让资助对象在自家的房子前拍一张照片，我们不得不踏着泥泞走到了解同学家的房前。走近一看，我们一行人都愣住了，原来，三间土房的南头那一间歪歪倒倒、铁锁已经锈蚀得打不开门的房子就是解同学的栖身之处。我们一行人匆匆忙忙地拍了一张照片，就与村民们了拉起了关于解同学的家常。

原来，解同学曾是一个弃婴，被一位好心的单身老农也就是解同学的养父捡回并收养。解同学的养父尽管穷得连老婆都娶不回来，但他还是坚强地把抚养解同学的责任担了起来。正是在那间四处透风的土坯房子里，解同学度过了她的童年，完成了小学生学业进入了大顾店初中。解同学是一个非常争气、有上进心的孩子，她悄悄地许下了一个心愿：一定要好好学习，来报答那个与她没有任何血缘关系的养父和给她提供过帮助的好心人。为此，她学习非常用功、刻苦，在班里的成绩总是名列前茅。她进入初中以后，虽然接受的是义务教育，但随着养父劳动能力的逐渐丧失，她的生活遇到了困难，这时她的初中班主任主动承担起为她提供生活费的责任。2007年冬，那一场无情的大雪，夺去了她养父的生命，从此失去依靠的解同学不得不寄居于她养父大哥的家中，从那时起，那间属于解同学的房子的房门再也没有打开过。尽管这位大伯家老老少少没有嫌弃她，还给她提供了住处和平时的生活费，但解同学升入高中以后的学费、生活费成了一个不大不小的现实问题。

2009年夏天，解同学初中毕业了，还考到了667分的高分，很多学校都表示愿意录取她，但都没有办法解决她的学杂费及生活费。一次偶然的机会，霍邱县教育局副局长刘照华去姚李调研，当他得知这件事后，立即与霍邱二中取得了联系。学校听了介绍以后，立即研究决定，免去解同学在霍邱二中就读期间的所有费用，并承诺向"全美华人文化教育基金会"争取资助，确保解同学能够顺利读完高中，考入满意的大学，实现人生的理想。

我们一行人在夜幕中带着感动、带着同情，离开了解同学那个本不存在的家，我们一再向村民和解同学的大伯家人表示感谢，是那个地方的一群好心人让这个可怜的孩子健康地活着，能够有吃的、有住的、有学上。

我们回到车子里，我们没有其他的话可说，我们只有一个话题：现在的好心人就是多。

解同学的养父，可以说是给予解同学第二次生命的人，没有这位老人家的义举，就没有解同学健康地活着，是这位老人捡回了解同学的一条小命，而且还让这个小生命变得如此顽强。

解同学的大伯，他们一家人与解同学没有任何血缘关系，他们无怨无悔地接过照顾解同学的接力棒，给她提供住所，提供生活保障，没有他们的义举，也不会有解同学的初中生涯。

当地的村民，他们并不富裕，可是每家每户都是解同学的恩人，因为他们都曾为解同学提供过可口的饭菜，谁都没有嫌弃过她，正是他们的热心，这位穿过百家衣、吃过百家饭的苦命孩子才长这么大，并长得如此健康。

解同学的初中班主任——邹军老师，他虽然做了一件作为教师应该做、也值得做的事，但他这样做也是义举，或许换成其他人也会这么做，但我们还是由衷地钦佩他，因为他主动认解同学为养女，他也愿意接过这个接力棒，让解同学好好成长。

……

我是含着热泪写完这篇博客的。我总相信，在这个世界上，好心人与好人就是多！让我们共同祝愿好人一生平安，祝愿解同学一生平安、幸福！

2012年，解同学在很多好心人的帮助下，顺利完成高中学业，考入蚌埠医学院造影系。通过三年来的捐献与资助，解同学的银行卡上已经有了4万多元的存款，"全美华人文化教育基金会"也一次性奖励她5000元。有了这些钱，解同学读大学已经没有任何问题。但我还是不放心，在解同学到蚌埠医学院报到后不久，我来到了蚌埠医学院，约见了蚌埠医学院的院团委书记。我说："解同学是一个苦命的孩子，也是一位非常幸运的孩子，她一直在爱心的滋润下成长。她现在高中毕业了，我们把照顾她、资助她的接力棒又传到你们这了，希望你们给予她更多的关爱！"五年的大学生活锻炼了她，她参加"安徽省'自立自强、励志成才、报效祖国'大学生演讲比赛"，她用她收获爱心的经历感动了很多听众，也感动了评委，获得了大学生组一等奖。

2014年，霍邱电视台的一档主打栏目——"天南地北霍邱人"的制片人顾清海，在采访那些霍邱籍在外创业成功的人士时了解到，他们在收获成功之后都想为家乡的教育事业做点事情，顾清海立即把他们的想法转达给了我。在我们的共同努力之下，霍邱境内的第二个贫困生资助项目"天南地北霍邱人彩虹计划"落地。

2015年，霍邱一中、霍邱二中的一大批青年教师在我的影响之下加入志愿者团队，也有好几个资助项目希望交给我的爱心团队来经营管理。为了管理好这些项目，争取到更多的资助项目，我决定成立"霍邱县爱心公益助学协会"，推荐顾清海任会长，我担任总顾问，所有的协会成员都分别在中国文明网上注册为"中国志愿者"。"霍邱县爱心公益助学协会"的成立，吸引了许多爱心人士或企业的爱心资助项目在霍邱落地。目前，"霍邱县爱心公益助学协会"经营管理的项目主要有："全美华人文化教育基金会"彩虹计划、天南地北霍邱人彩虹计划、南京梯尔希制药彩虹计划、张海银种业基金会助学金项目、上海霍邱经济文化教育促进会资助项目、上海弘儒会资助项目等，还有江汉、徐滨、马飞、纪瑞等著名的企业家的个人资助项目也在协会的管理之下。仅2016年一年，协会共争取到企业及个人的爱心助学善款70多万元，有500多位贫困学生获得爱心资助。2018年11月，在霍邱县人民政府的促成之下，霍邱县临水酒业捐赠的100万元慈善助学基金进入霍邱县爱心公益助学协会的账户，这标志着霍邱县爱心公益助学事业又有了更高的起点。

有人认为我所做的一切都是在沽名钓誉，也有一些人做出了从误解、误会甚至到直接伤害我的事情，特别是我在走出去参加学术活动或教研活动，甚至参加省教育厅抽调的示范高中评估活动的时候都受到了质疑。这个时候的我开始有了"不安分"的想法。

2003年，江苏省南通市西亭中学以15万的年薪面向全国招聘特级教师，国庆假期我在没有与校方取得联系的情况下乘大巴来到南通，又转公交车来到了距离南通市区32公里的西亭中学。当时西亭中学的校长是著名的化学特级教师邢斌，他是我的老朋友，我们有着共同的爱好——写文章，在《中学生化学报》《中学生学习报》的同一版面上经常会同时出现我们两个人的名字。我把西亭中学里里外外看了一遍以后，又回到了南通住下，我于当天晚上联系上了正在上海出差的邢斌。说实在的，从校园环境到办学条件，再到学校的良好声誉，真的让我对这所农村高中产生了浓厚的兴趣。但我晚上与邢斌通了电话以后，我失望地选择了放弃。像这样先是态度坚决的报考应聘，到最后主动放弃的情况，这是第一次。邢斌告诉我，他们招聘特级教师除了出于加强学校教师队伍建设的需要，还希望这些特级教师过来装点一下"门面"。这句话让我心里非常失落，我本来是想找一个清静的地方，与世无争地教教书、做做学问，原来西亭中学所需要的只是我的一个"名头"。尽管邢斌非常热情，很晚了还安排了学校的领导同志从西亭中学过来，前往我所住的宾馆，非常客气地邀请我出去吃夜宵，但被我婉言拒绝了。第二天一大早，我没有打招呼就离开了这个让我很失望的地方。不过，不管怎么说，西亭中学还是给我留下了一个非常美好的印象，我回来后专门写了一篇文章《走西亭》，发表在当时的《霍邱报》上。

走 西 亭

教育界的人们常说，全国的教育看江苏，江苏的教育看南通。这句话让我在我的一个同行吴晓晖——江苏省特级教师、江苏省平潮中学（国家级示范高中、江苏省重点中学）校长那里得到了深刻理解。江苏省南通市平潮中学创造了几项全国第一，一所农村普通中学一跃发展为国家级示范高中，学校拥有自己的接送学生的豪华车队，为了学生进出方便，学校出资买下了一座大桥，是国内唯一拥有跨河大桥的学校。江苏南通的教育让我惊诧，一个地级市其教育能超越全国教育发达地区，让许多人都难以想通，深感不可思议。我带着这种疑问，利用国庆长假只身来到了江苏南通市西亭中学。通过参观，着实让我大开了眼界，西亭中学的教学质量确实是一流的。从门前的大红喜报上我看到：据江苏省高招办公布的数据表明，2003年高考西亭中学本科生达线率全省第一名，重点本科达线率全省第六名。这就是一所农村高级中学在教育发达的江苏省的位次，是西亭中学教学质量的直接反映，也是为什么那么多家长宁愿交3万元的门槛费，也要让孩子进入西亭中学学习的原因。据西亭中学的严副校长介绍，西亭中学年收入在2400万元左右，初中现在有24个（每个年级8个班）6年一贯制班，初高中各三年，每年赞助费每生1万元。

南通市，现役体操冠军黄旭的家乡，一个地级市，却拥有三所国家级示范高中，平潮中学、通州中学、西亭中学。特别是通州市（县级市）138万人，拥有三所国家级示范高中里的通州中学和西亭中学，整个安徽省的国家级示范高中项目尚没有启动，也就是说安徽省还没有一所国家级示范高中。更不可思议的是，这三所国家级示范高中全部都不在南通市区，一所在农村，另外两所分别在通州市县城、平潮县城。

西亭中学在南通市西郊，距市区仅32公里，坐落在一片农田之中，是一所实实在在的农村中学。一条4米宽的柏油路通到学校大门口，大门连同相关设施南北走向绵延100多米。门楼上金色大字昭然写着："江苏省西亭高级中学——陈云题"，门口是一个近乎足球场大小的停车场，我原以为是学校地处农村，土地不值钱，为了摆阔气。后来我从门前的农户口中了解到，这个停车场是为接送学生专车修建的。农户告诉我，每逢周一与周六，学校门前车水马龙，上千辆小汽车要在门前停留，为了维持交通秩序，南通市交警每次要派一个中队过来，而这些高档小汽车多数来自南通市区，能调动交警来维持交通秩序可以肯定其中一定有家长的因素。由此，我们完全有理由相信西亭中学的教学质量是南通市一流的。有雄厚的经济实力支撑，西亭中学就能财大气粗。学校的办学硬件应有尽有，用他们自己的话说，中学里应该有的设施学校都有，室内体育馆、游泳池，全封闭功能齐全的塑胶跑道、篮球场、排球场等。可想而知，这样的学校其经济实力有多强。

2004年3月，霍英东基金会策划并出资创办的英东中学向全国招聘教学副校长，我报了名，并很快收到了面试的通知书，学校方面热情接待了我，并带领我参观了正在兴建中的校园和位于山脚下面朝大海专门为引进人才建造的人才公寓。校方特别向我介绍了南沙岛的发展前景、南沙大酒店、直达香港的游船码头，还有亚洲第一软件园区。还在原学校任职的准校长，与我进行了长达2个小时的谈话，谈话内容从我为什么拥有如此优异的业绩还出来打拼，到如果你来当这个只对"红三角地区（江西、贵州、湖南）"招收贫困学生的学校的校长，你会怎么做？但是我在收到应聘录用的短信以后，再次放弃了当初的选择。2016年10月，我应广州大学培训学院的邀请，为广州市教务主任英才班讲课，又在广州外国语学校参加了广东省特级教师协会组织的一项活动。有了这样一个机会，又由于广州外国语学校与英东中学是紧邻的两所学校，我有机会再次来到当年还没有建成，现在已经成为珠三角地区非常有名气的这所民办学校。望着那美丽的校园，我感慨万千——我并不是为当年的放弃后悔，而是对英东中学何时放弃了当初的办学宗旨而感到困惑：这所学校当年不是为了让"红三角地区"的贫苦孩子能够享受到好的教育而创办的吗？现在的"红三角地区"的孩子还能享受到教育的优扶吗？

2005年5月，合肥市政务新区举办的文博中学面向全国招聘校长，我再次报了名。尽管这次前去应聘的岗位是初中校长，作为高中化学特级教师的我暂时可能会连代课的机会都没有，但是我还是下定了决心。一是这所学校在合肥市、在安徽省内，我所拥有的所有的人脉资源仍然可以发挥作用，包括所获得的奖励等等；二是我女儿当时在合肥读书，将来也许在合肥工作，一家人在合肥生活，应该说是一种比较理想的生活状态。这次来自全国报考文博中学校长岗位的有100多人，当时在第一轮面试时按照省外组和省内组同时分别进行，邀请的专家评委都是来头不小的"大腕"，包括当时的上海建平中学校长程红兵、人民教育出版社文科室主任任小艾、中国教育学会秘书长滕腾等。经过语言表达、问题分析、英语口语和计算能力测试，我以省内组第一名的成绩杀出重围，成为第二轮入围的6位应聘候选人之一。下午入围的6位人选又"转战"到政务新区绿怡居小学，在参观了校园、听取了校长的工作报告以后，每位入围人员分别对这所学校的校园环境、校园文化和学校管理提出自己的见解。这种非常特别的考核形式，至今还让我难忘。我抽到了1号签，第一个走进绿怡居小学的会议室。面对上午的那些评委，我滔滔不绝地发表了对这所新建小学的看法，并提出了自己对环境建设、制度建设和文化建设的建议。后来得知，由于抽的是1号签，没有准备充分的我在这次面试中只取得了第二名的成绩，来自西安铁路六中的应聘者以第一名的成绩成功入围。我带着几分遗憾，更带着几分欣慰回到了学校，遗憾的是没有能够把握机会，欣慰的是自己对自己在应聘中的表现还是非常满意的，面试结果也是实力的体现。虽然这次我没有能够入围，但我的教学实绩、荣誉表彰、业务能力、临场表现，还是受到了评委的极大关注，根据评委的建议和政务新区领导班子研究，报经合肥市有关部门批准，政务新区决定把我留下来，为此专门成立了政务新区教研室，拟聘请我担任教研室主任。在征得我的同意以后，政务新区党工委副书记、建设指挥部办公室副主任瞿临源带领区社会事业发展局局长、组织人事局局长等一行赴霍邱对我进行政审，并请求县委政府给予支持，准予调入。为了避免给当时的霍邱二中带来不稳定的因素，我直接把几位客人带到酒店住下，当时霍邱的县委宣传部部长袁琴、副县长黄昕和教育局局长王俊，应约与合肥政务新区的客人共进晚餐。这顿晚餐从双方见面就充满了不快，王俊局长知道了客人的来意之后，毫不客气地起身离开，经过我的反复劝说，他才勉强回到餐桌上。可以想象，这顿饭的结局只能是不欢而散！

7月29日，政务新区的暑假教师全员培训开始，按照培训日程安排，我有半天的讲座。我经过精心准备的讲座毫无悬念地取得了成功。讲座结束了，等到我收拾好自己的笔记本电脑等物品后，报告厅已经空无一人了。无论是临时过来听课的政务新区的官员，还是接受培训的政务新区的教师，全部都离开了。已经快十二点了，我在哪吃饭，又住在哪里？我在茫然中感到失落。在我的心里，无论如何也接受不了这样一种冷遇，在我所经历的所有讲座或专家报告中，没有一次不是热情接待、高接远送的，可是，在这里，吃饭都得自己安排，住在哪里也不清楚，下一步的工作任务是什么，在哪里上班，都没有人告诉你。这让我心里委屈到了极点，我决定打道回府！我打通了在合肥工作的所有学生的电话，通知他们立即到我所住的宾馆楼下餐馆包厢集中，就在大家端起酒杯准备向我敬酒时，我当众宣布：放弃到政务新区任职，回到霍邱二中去！我的决定让在场的所有学生都感到意外，大家好不容易把他们最敬爱的老师盼到合肥了，怎么又回去了呢?! 听了我的心声，大家也觉得老师这样的性格，在这样缺少人情味的大都市里容易造成心理不平衡，回到霍邱二中未必不是一个相对好的选择。尽管后来瞿临源副书记给我打电话，反复解释说当时的情况是工作疏忽造成的，并在此后的节假日，我收到瞿临源副书记的每一条短信后都有"随时欢迎您加盟政务文化新区"的邀请，但我从此以后再也没有动过一丝一毫的要离开霍邱的念头。

2013年9月，六安市委组织部有意调我去六安一中担任业务副校长，县委书记刘胜打电话征求我的意见，我毫不犹豫地谢绝了。2014年8月，县委决定派我到霍邱一中担任校长。我虽然有很多理由，不愿离开我非常熟悉的霍邱二中，但是我还是从霍邱教育大局出发，服从了组织决定，于8月28日到霍邱一中走马上任。

短短的几年时间，我在县委县政府高度重视下，在霍邱教育局的坚强领导下，在霍邱一中广大教职工的共同努力下，在广大家长的信任与支持下，霍邱一中不仅重新树立了"霍邱第一"的良好形象，而且让霍邱一中人找回了自信。以高考成绩为标志的教学质量稳步提升，本科达线率、一本录取率、名校录取人数都在逐年攀升，特别是在三年时间内实现了中国最顶端高校 C9 联盟校录取的全覆盖，在间隔了 7 年之后，清华、北大等全国一流名校的校园中又有了霍邱一中的学生。

尽管我一直非常珍视自己的荣誉与成绩，也以饱满的热情对待工作与生活，但还是引来了很多人的非议。我调入霍邱一中担任校长工作以后，高举"振兴一中，再创一流"的大旗，想千方设百计，狠抓教学质量，努力提升霍邱一中教职工的"三大指数"，即幸福指数、魅力指数和健康指数，不断树立校园正气，提升校园正能量，但省、市、县纪律检查部门很快就收到了关于我的实名举报信，举报我在用人上存在问题，在决策上缺乏民主，等等。由于当时正赶上 2015 年高考备考的关键时期，同时出于对我的充分信任，有关部门并没有立即立案处理。2016 年 9 月，我因被推荐为安徽省第十次党代会代表，省党代会代表资格审查部门发现我还存在没有结案的信访件，于是要求有关部门尽快结案。为此，县纪委成立了专门的调查组，围绕举报信内容展开全面调查，当时正赶上教师节，连续几天的问询、调阅学校相关材料及账目，让我心烦意乱，情绪极差。9 月 13 日上午，我接到通知，十点钟接受纪委书记约谈。

我准时到达县纪委会议室，县纪委几位书记正襟危坐，让我感受到了约谈的严肃性。在简短的开场白之后，我开始发表对这件事的看法。我说："自己从教 30 余年，知道什么是轻，什么是重，自己的工作中绝没有出现违规违纪的事，最多也只是存在一些小问题。我没有想到为霍邱教育做了那么大贡献还遭人无中生有举报，更没有想到霍邱一中这么复杂。说到底，还是霍邱一中正气不足，正能量有待提升……"我还没有说完，就被县委常委、纪委书记安珺给打断了。安书记说："杨明生同志，我们是按照程序约谈你，组织审查没有发现问题不代表你就没有任何问题。即使没有问题，'咬耳扯袖、红脸出汗'也是必要的。你的态度明显有些问题，你不能认识到自己在工作上存在的方法问题，不解决思想上存在的骄傲、自满情绪，不代表以后不会出现什么问题。你为霍邱教育是做出了一定的贡献，取得了一些荣誉，但这些荣誉不仅不能成为你骄傲的资本，而且你要知道你所取得的每一项荣誉与称号都是霍邱县委、霍邱县政府和霍邱人民对你的奖赏，这是你必须正确对待的大问题。"没有想到似乎什么道理都懂的我，被安书记的几句话说得心服口服，我不仅在思想上产生了顿悟，而且在态度上也发生了根本性转变。

被纪委约谈以后，我如释重负，教师节期间的身心压抑一下子得到了彻底的放松。这时的我想写一篇文章，来表达自己的所思所想，也算是对这次经历的反思，也是对纪委约谈的一种反馈。

关爱与资本

教师节期间，经历了一点点小事情，可以说忙得不可开交，一些同事也因此不得不跟着忙了一阵子。好在事情已经说开了，问题也搞清楚了，大家也就相互理解了。特别是这件事的发生让我这个当事人受益匪浅，我本来是一肚子的情绪，经过有关同志点拨以后，茅塞顿开、恍然大悟。这里最受启发的就是"关爱"与"资本"的关系问题，这个问题也一直是我没有处理好的思想问题。

我常常这样看自己：从教35年，有32年的党龄，担任一把手校长职务也已经20年有余，是名副其实的老校长了，工作单位也从当初的霍邱三中，走到霍邱二中，今天又带着使命来到霍邱一中，可谓阅历丰富、资格老道、见多识广，自认为接受党的教育几十年，最起码的党性观念、政治敏锐性已经具备。别人提出一些问题，总是以为自己比谁都懂。尤其是经常以获得各种荣誉与光环自居。然而我在显摆这些光环与荣誉的时候，更多的情况下是向大家炫耀自己在教育行业里所拥有的资本，动不动以专家自居、高高在上，甚至在工作上有些任性，听不进去不同意见——难怪有人向组织反映我有家长作风。特别是经常性地认为当年放弃读研和选择留守霍邱教育是对霍邱的最大贡献，霍邱二中成为全省薄弱高中转化的先进典型和霍邱一中很快赢得老百姓的信任，自己功不可没，所得到的荣誉是理所当然的，应该享受的待遇也无可非议，等等。由于这些偏激思想的存在，也就必然让我的行为高调、工作任性、工作方法简单，导致坊间及校内颇有微词。

针对以上个人思想上存在的一些糊涂认识，2016年9月13日上午，几位县有关部门的领导对我们进行了约谈。开始，我还在为自己的某些行为辩解，也在为自己为霍邱教育所做的贡献邀功，同时对一些同志的微词表示不理解与不满，但听了领导们关于"关爱"与"资本"关系的一席话，真的让我情绪大变、思想大通、观念大转！

领导们都在发出一个声音：你所取得的那么多的光环与荣誉，与你个人的工作成绩是分不开的，但那更是县委、县政府及教育主管部门对你的关爱，它们不是你工作可以任性、行为可以高调的资本。真是听君一席话，胜读十年书！平时所听到的，基本上都是大家发出的惊叹与褒扬：你真了不起，真是教育专家，等等。在一片赞扬声中的我自然沉浸在自我陶醉之中，我想就是神仙处在我这种环境中也会飘飘然。

有了同志们这样一种对荣誉与光环的认识与理解，我们辩证地去想一想，何尝不是如此呢？！不是在霍邱，而是在其他地区，我还能取得这么多的荣誉与光环吗？其实早些年就有领导跟我说，你不要骄傲，也不是非出去不可，至少我在任上时你不能离开六安，一方水土养一方人啊！还有这些荣誉与光环为什么非要给你呢？给别人也是可以的呀，在教育岗位上默默奉献的人多着呢！成绩更突出、事迹更感人、做事更低调、困难更突出的也是大有人在的呀！为什么非要把这么多的荣誉与光环都要集中到你一个人身上呢？如果分散给予，不是可以调动更多老师的积极性吗？！

基于此，看来我们对荣誉与光环确实要有一个全新的、正确的认识。奖励与褒扬，固然是对一个人工作的认可与肯定，但也是组织上给予一个人的一种关爱。作为受到表彰与奖励的个体，在受到表彰与关爱的时候应该有一种自豪感和继续干好工作的责任感，特别是要树立感恩意识，在工作中更加努力与付出，把关爱化成一种动力，积极奉献、再接再厉、再立新功。相反，如果把这些荣誉与光环看成个人奋斗的结果，就会走入一个误区，就会自以为是教育的功臣、学校救星，甚至把荣誉与光环当作自己工作高调与任性的资本。显然，一旦我们出现了这样的认识偏差，就很容易走向骄傲与自满，甚至在错误的道路上越走越远，后果很难想象！

生活与工作中有很多事情都需要辩证地去对待，看来真的要学习，而且要不断地去学习辩证法。

我于1980年从霍邱一中走出去，阔别了34年以后，我又回到了母校霍邱一中。我在就职演说中说道："从我的经历来看，我1984年从安徽师范大学毕业后在霍邱三中工作了11年，在那里奉献了自己的青春年华，有幸与很多同仁成为战友，为霍邱三中的腾飞与发展做出了应有的努力；在霍邱二中发展的最困难、最低谷时期，又受组织重托，分别担任3年副校长、16年的校长工作，与霍邱二中的同仁们共同奋斗了近20年，让霍邱二中这所薄弱学校得到了积极转化，初步进入良性发展的快车道。在教育战线上摸爬滚打整整30年后的今天，我又受教育局推荐、县委的指派，担任霍邱一中的校长，我有信心也会尽力与各位同仁一道共同实现县委、全县广大人民群众所期待的任职目标，即1年有变化，2到3年改变霍邱一中在全市的形象与地位。"

霍邱一中是我的母校，30多年前我从霍邱一中高中毕业走出霍邱，今天又回到霍邱一中工作，霍邱一中必将成为我职业生涯的最后驿站，我必然会在霍邱一中为自己的职业生涯画上完美的句号。